22

글쓰는기계 게임 판타지 장편소설

초판 1쇄 찍은 날 | 2020년 9월 16일
초판 1쇄 펴낸 날 | 2020년 9월 23일

지은이 | 글쓰는기계
펴낸이 | 예경원

기획 | 위시북스
편집책임 | 이은송
편집 | 위시북스

펴낸곳 | 예원북스
등록번호 | 제396-2012-000132호
등록일자 | 2012. 7. 25
KFN | 제1-558호

주소 | 경기도 고양시 일산동구 호수로 646-24 위너스21II빌딩 206A호 (우)10401
전화 | 031-819-9431 팩스 | 031-817-9432
E-mail | yewonbooks@naver.com

ⓒ글쓰는기계, 2019

ISBN 979-11-365-4079-9 04810
      979-11-6424-237-5 (Set)

Wish Books

나는 될 놈이다

22 글쓰는기계 게임 판타지 장편소설
WISHBOOKS GAME FANTASY STORY

CONTENTS

CHAPTER 1

[아란티스의 새로운 국왕이 탄생했습니다! 모두 경배하십시오!]

"뭐여 ××?!"

"장난해?!"

"너냐?! 네가 가져갔나!"

"으악! 나 지금 싸우고 있는데 어떻게 왕관을 가져가!"

"저놈이 수상해! 죽여!"

패닉에 빠진 플레이어들! 그러나 그 패닉은 얼마 가지 않았다. 명령을 받은 경비대들이 활동을 시작한 것이다.

"멈춰라! 싸움은 금지다!"

"에이…… 방해되게……."

플레이어들은 투덜거리면서 멈췄다. 어인 경비대들이 달려왔지만 겁먹는 사람은 없었다. 기껏해야 벌금이나, 심하면 감옥에 잠깐 있는 정도일 테니까.

"왕국 내에서 싸움을 한 사람은……. 사형이다!"

"뭐??"

"아니 세상에 그딴 법이……."

"잡아서 죽여라! 즉결 처형이다!"

순식간에 무기를 들고 덤비는 어인 경비대들!

플레이어들은 비명을 지르며 도망쳤다.

"진짜로 죽이려고 하잖아?!"

"어떤 놈이 국왕 됐는데 이런 짓을 하는 거야?!"

누가 국왕이 되었든 간에, 이런 건 상식 밖이었다. 보통 국왕이 됐으면 왕국을 발전시키기 위해 다른 플레이어들을 받아주고 끌어들여야 하지 않는가. 그런데 되자마자 이런 짓이라니. 마치 왕국의 플레이어들을 모두 쫓아버리기라도 하려는 것 같은…….

[아란티스 왕국이 새로운 플레이어 시작 지점으로 시작됩니다. 앞으로 플레이어들은 아란티스 왕국에서 시작할 수 있습니다.]

[아란티스 왕국의 세율은 100%입니다.]

[아란티스 왕국 내에서 싸움을 벌일 경우 사형에……]

"……미, 미친 건가?"

"어떤 미친놈이 왕관을 쓴 거지?"

아란티스 왕국에 있던 플레이어들은 모두 황당하다는 듯이 메시지창을 쳐다보았다. 그리고 왕관을 쓴 게 누군지는 얼마 지나지 않아 알려지게 되었다.

'파워 워리어 길드가 아란티스 왕국을 먹었다!'
'아란티스 왕국의 왕관을 쓴 건 파워 워리어 길드다!'
소문은 빠르게 퍼졌다. 대부분의 사람들은 믿지 못하겠다는 반응을 보였다.

-아니, 아무리 그래도 파워 워리어가??
-왕관만 찾으면 된다지만 그래도 대체 무슨 일이 있었길래······.

충격은 충격이고, 사람들은 이번 사건이 판온을 어떻게 뒤흔들지 이야기하기 시작했다.

-아란티스 왕국에서 시작할 수 있다는데, 아란티스 왕국에서 시작하면 뭐가 좋지?
-어부나 낚시꾼은 좋긴 하겠네.
-아무리 생각해도 중앙 대륙, 하다못해 남쪽 대륙도 너무 멀리 떨어져 있는 곳이라 불리한 것 같은데.
-게다가 국왕이 미친놈이야! 누가 파워 워리어 길드 아니랄까 봐 세율을 100%로 올렸어!

버는 만큼 뺏어가는 참신한 세율! 아무리 높은 세율을 유지하는 영지라도 세율을 100%로 하는 미친놈은 없었다. 그랬다가는 아무도 오지 않을 테니까!

플레이어들 대부분은 '미친 짓 하네'였지만, 그래도 몇몇 호기심 넘치는 플레이어들은 '그래도 한 번 아란티스 왕국에서 해본다!' 같은 반응을 보였다. 태현이 타이럼 시에서 시작했듯이, 언제나 직접 불구덩이에 뛰어드는 사람들은 있는 법!

"흑흑흑, 어르신! 세율을 내리셔야 합니다!"

"전하! 세율을 내리십……."

"지금 사극 흉내 낼 때냐!"

파워 워리어 길드원들은 유 회장 앞에 엎드려서 빌고 있었다. 마치 폭군 앞에서 충언을 올리는 충신 같은 모습!

그러거나 말거나 유 회장은 심드렁한 얼굴로 고개를 돌리고 있었다. 분명 왕국의 왕궁이고, 파워 워리어 길드원들 입장에서는 여기 들어온 것만으로도 엄청난 결과였지만…….

'이러다가는 망한다!'

왕국을 손에 넣었으면 왕국을 잘 다스리고 가꿔서 천 년만 년 잘 먹고 살아야 하는데, 유 회장은 뭘 잘못 먹었는지 닥치는 대로 플레이어들을 쫓아내려고 하고 있었다.

"흥. 싫다. 번 만큼 내야지."

"아니, 다 뜯어가면 누가 여기서 놉니까!"

"싫으면 나가라고 해라. 그런다고 왕국 안 망하니까."

"망해요! 그러다가 망한다고요!"

"망하면 망하는 거겠지."

유 회장은 귓등으로도 듣지 않았다. 파워 워리어 길드원들은 답답해서 가슴을 쳤다.

"애초에 말이다. 응? 나는 육지에 못 올라가는데 너희들은 올라갈 수 있다는 게 말이 되냐?"

"아니……. 그게 저희 잘못은……."

"나는 여기서 계속 있어야 하는데 너희들은 육지에 올라가서 재밌게 놀고 오겠지."

유 회장은 완전히 심기가 틀어져서 돌아앉았다. 나이 든 사람이 토라지면 무섭다!

파워 워리어 길드원들은 서로 쳐다보았다. 어떻게 해야 유 회장의 분노를 풀 수 있을까?

"헉, 헉……. 큰일 났습니다!"

"왕국에 있던 플레이어들이 공격을 준비하고 있습니다!"

왕관을 뺏겼다고 '아, 그렇군요' 하고 물러날 플레이어들은 얼마 없었다.

"잘됐다! 어디 갔나 찾기도 힘들었는데 이렇게 나와주다니. 잡고 뺏으면 그만이지!"

"왕국이라고 해봤자 지금 막 왕위에 올랐는데, 쓸 수 있는 병사가 얼마나 되겠어? 게다가 왕국도 오랫동안 망해 있던 왕국이잖아. 충분히 뺏을 수 있다!"

"나는 길드 동맹의 느레! 여기는 내 동생 느페! 우리를 믿고 따라오면 충분히 뺏을 수 있다!"

길드 동맹의 산적 플레이어, 느레 느페 형제! 시끄럽게 떠드는 플레이어들 앞에 그들이 나섰다. 나름 이름이 알려진 플레이어였고, 길드도 빵빵하니 플레이어들은 웅성거리며 그들을 따랐다.

"나를 따라라! 나를 따라오는 놈들한테는 보상을 약속해준다! 왕이 되자마자 세율 100% 때리는 놈한테 뭘 기대할 수 있겠냐!"

"맞다! 맞아!"

처음에는 파티 한두 개로 시작한 모임이, 점점 시간이 흐르자 다른 파티도 모여들기 시작했다. 다들 반응이 뜨겁자 느레도 신이 나서 더 크게 외쳤다.

"이건 정의로운 싸움이다! 자격도 없는 놈이 왕이 됐으니……"

자기도 안 믿는 소리를 당당하게 외치는 느레!

느페가 옆에서 작게 말을 걸었다.

"그런데 형."

"……?"

"우리 앨콧 구출하러 온 거 아닙니까?"

"……그건 좀 나중에 해도 돼! 지금 앞을 보라고!"

앨콧이 들으면 이를 갈 소리를 당당하게 하는 느레였다. 왕국 하나를 눈에 둔 상태에서 앨콧 같은 건 사소한 문제!

"공격을 준비하고 있다고?"

"네! 지금 당장 준비를 하셔야……."

"음, 왕국 뺏기면 왕관도 가져가는 건가?"

유 회장은 머리 위에 쓰고 있는 왕관을 툭툭 건드리며 물었다. 마음 같아서는 지금 당장에라도 벗고 싶은 이 왕관!

"아직 포기하실 필요는 없습니다! 우리도 전력이 있습니다!"

"맞아요, 어르신! 저희가 목숨을 걸고 지키겠습니다!"

"아니, 그럴 거까지야……."

"아닙니다! 저희의 진심을 보여 드리겠습니다!"

파워 워리어 길드원들은 뜨겁게 불타올랐다.

절대 뺏기지 않으리라!

그러는 사이 유 회장은 속으로 생각했다.

'어떻게 왕관을 뺏길 수는 없나?'

유 회장의 속마음을 모르고, 파워 워리어 길드원들은 결사 항전의 각오를 세웠다.

"폭탄 갖고 와."

"헉! 그건……."

"지금 아이템 가릴 때냐! 뭐든지 써야지!"

"길마님한테 도와달라고 요청해 봐! 우리로는 힘들어!"

"어이! 파워 워리어 길드!"

밖에서 들리는 고함!

몰려온 플레이어들이 왕궁 앞에서 외치는 소리였다.

"어쩌다가 너희들이 왕관을 손에 넣은 건지는 모르겠지만, 괜히 안 맞는 왕관 갖고 있다가 맞지 말고 갖고 나와라! 그러면 목숨은 살려주마!"

대놓고 무시하는 듯한 말투! 파워 워리어 길드원들은 울컥했다.

"아니 저 자식이……."

"우리보다 레벨 높고 직업 좋고 장비 좋고 컨트롤 좀 잘한다고 우리를 무시해?!"

"……그, 그건 말하면 좀 슬퍼지지 않냐?"

"만약 우리가 들어갈 때까지 안 나오고 버틴다면 전부 다 죽을 줄 알아!"

느레의 엄포! 산적 직업을 괜히 가진 건 아니었는지, 스킬들이 적용되었다.

[느레가 <산적의 협박> 스킬을 사용합니다. 사기가 하락합니다.]

"왕궁 어인 전사들 믿는 것 같은데, 우리 숫자면 게네들이 달려오기 전에 왕궁 점령하고 끝낼 수 있다! 마지막으로 기회 준다. 3, 2……."

"왕관을 가져가고 싶냐?"

유 회장이 왕궁 테라스에 나와서 고개를 내밀었다.

"저 사람이……"

왕관을 쓰고 있는 유 회장을 발견한 플레이어들은 웅성거렸다.

"저 사람 파워 워리어 길드원 맞아?"

"장비가 너무 호화로운데……"

느레는 뒤에서 떠드는 건 무시하고 다시 협박을 시작했다.

"어이! 아저씨! 왕관 내놓으면 목숨은 살려줄게!"

'저걸 협박이라고……'

유 회장은 고개를 절레절레 저었다. 그가 보기에 느레의 협박은 스킬만 있었지 실제 수준은 애송이 그 자체였다.

그렇지만 지금은 느레를 잘 이용해야 했다. 저놈을 잘 이용하면 왕관을 뺏길 수도 있을 테니까!

"왕관을 원하냐? 원한다면 와서 가져가라. 줄 테니까."

느긋하고 여유 있는 유 회장의 태도! 그 모습에 느레는 움찔했다.

'뭐……. 뭐지?'

너무 여유 있으니 오히려 수상했다.

"와서 가져가라니까? 안 오고 뭐 하냐?"

-왜 그러십니까? 안 들어가고?

-잠깐만…… 뭔가 수상하다.

-……?

-저 태도를 봐라! 우리가 들어오기를 기다리고 있는 것 같잖아!

-확실히…….

뒤에서 '왜 안 들어가냐?' 하고 기다리던 플레이어들도 그 말을 듣자 멈칫했다. 확실히 이상할 정도로 여유 있어 보이는 유 회장의 태도가 수상쩍었던 것이다.

"설마 함정이라던가…….."

"확실히 가능성 있어. 파워 워리어 길드는 김태현하고 같이 다닌다잖아. 들어보니까 기계공학 대장장이들 아이템을 쓴다던데."

"자폭도 한다고……."

"왕궁에 폭탄 설치된 거 아냐?"

"왕궁에 폭탄이 이미 설치됐다고?"

"들어오면 같이 자폭한다고?!"

점점 부풀려지는 소문! 느레는 뒤에서 그런 일이 일어나고 있는지 꿈에도 상상 못한 채 고민에 빠졌다.

'들어가? 말아?'

괜히 들어갔다가 혼자 피해보면 그만큼 억울한 것도 없었다. 여기 모인 놈들은 오늘 처음 만난 놈들. 그런 놈들을 위해서 괜히 희생할 필요는 없지 않은가!

고민하던 느레는 무릎을 쳤다. 좋은 방법이 떠오른 것이다.

"야, 너희가 먼저 들어가라."

"뭐? 우리가 왜?"

물론 씨알도 먹히지 않을 방법이었다. 여기 모일 정도의 플레이어면 당연히 그 정도 눈치는 있는 것이다.

먼저 들어가는 놈이 독박 쓴다!

"너희 파티가 탱커 많잖아."

"아냐. 얘 중갑만 입고 있지 사실 HP도 적은 편이고 스킬도 적어. 그보다 너희가 낫지 않냐? 사제도 있고 레벨도 높은데."

"우, 우리 사제는 허접해! 회복도 제대로 못 시켜준다고! 얘가 얼마나 굼뜬지……."

"우리 탱커도 엄청 쓰레기거든?! 어그로 끌 시간에 딜을 넣는 쓰레기라니까!"

졸지에 분위기가 누가 더 자기 파티원을 욕 잘하는지의 싸움으로 바뀌어버렸다.

각 파티장들은 자기 파티원들이 싸늘하게 쳐다보고 있다는 걸 깨닫지 못한 채 뜨겁게 싸웠다. 파워 워리어 길드원들은 황당한 눈으로 아래를 내려다보았다.

당장에라도 공격해 올 줄 알았던 놈들이 저러고 있다니.

"어르신……! 오늘 새로 배웠습니다. 괜히 허둥지둥하는 것보단 그런 허세가 훨씬 더 잘 먹히는 거군요!"

감탄하는 길드원들! 허세 하나로 공격대들을 와해시키고 혼란에 빠뜨리다니!

그러는 사이 밖에서는 다른 움직임이 일어나고 있었다.

"〈일어나라〉, 〈일어나라〉, 〈일어나라〉……."

[언령 스킬 레벨이 부족해서 언데드 소환에 실패합니다.]

-아직……. 그 수준은 아닌 것 같군…….
"쯧."
-그보다……. 아카서스의 전인아……. 언데드를 부려도 되나……?
"안 됩니까?"
-아니…… 뭐……. 네 자유지만……. 으하암…….
오케노아스는 하품을 하며 말했다.
-이제 많이 배우지 않았나……?
"좀 더 해보겠습니다!"
-……지루하지……. 않나…….
"안 지루합니다!"
-언제……. 나갈 건가……. 기다리는 일행도 있을 텐데…….

[너무 오래 훈련장에 머물렀습니다. 오케노아스의 친밀도가 떨어집니다. 최고급 화술 스킬을 갖고 있습니다. 오케노아스가 당신이 나가주기를 바라고 있다는 걸 깨닫습니다.]

최고급 화술 스킬로 읽어내는 드래곤의 속마음! 물론 알아챘다고 따라주는 건 아니었다. 태현은 무시했다.

[언령 스킬이 오릅니다.]
[언령 스킬 레벨이 2로 올랐습니다. 두 소절까지의 사용이 가능해졌습니다!]

-오오……. 잘됐군……. 이제 갈 건가……?
태현은 무시하고 스킬을 사용했다.

"〈언데드 소환〉!"

[언령 스킬로 언데드를 소환합니다. 어떤 언데드인지는 랜덤으로 정해집니다.]

"오케노아스 님. 언령 스킬인데 어떤 언데드를 소환할 수 있을지 지정할 수는 없습니까?"
-그건……. 더 길고 자세하게 말할 수 있어야……. 한다…….
언령 스킬의 레벨이 오를수록, 길고 자세하게 말할 수 있어졌다. 하위 언령 스킬의 강력함도 올라가고!

[중급 스켈레톤 전사가 소환됩니다.]
[하급 스켈레톤 전사가 소환됩니다.]

[하급 스켈레톤 전사가 소환……]
[하급 데스 나이트가 소환됩니다!]
[마법, 흑마법 스킬이 오릅니다.]

계속해서 언령으로 소환하다 보니 마법 스킬과 흑마법 스킬이 올랐다.

-어둠에서 나를 불러내다니! 정당한 자격이 없다면 나를 소환할 수는 없……. 위, 위대한 존재가 왜 여기에?

[하급 데스 나이트가 드래곤의 위엄에 굴복합니다.]

언데드나 악마들 중 격이 높은 존재들은 소환한다고 바로 부릴 수 있는 게 아니었다. 소환자가 자격이 없으면 오히려 역으로 공격하는 경우도 종종 있었다. 그렇지만 이번에는 예외! 고룡 오케노아스가 옆에 있는데 덤비는 언데드들은 없었다.

'어라? 그러면 이번 기회에……'

태현은 이번이 좋은 기회라는 걸 깨닫고 스킬을 연달아 사용했다.

-언제……. 나갈 건가…….

"〈악마 소환〉!"

-내 말……. 안 들리나…….

오케노아스의 목소리가 왠지 모르게 애처롭게 들렸다.

아쉽게도 태현과 원수 관계인 악마들은 나오지 않았다. 물론 그렇다고 악마들이 친절했던 건 아니었다.

-감히 인간 주제에 나를 부르다니! 내 너를 태워주리라! 헉! 위대한 존재가 왜 여기에!

-……시끄러우니……. 닥쳐라…….

오케노아스가 심기 불편한 눈으로 쳐다보자 어지간한 악마들은 다 조용히 찌그러졌다. 태현은 그 기회를 틈타 악마들에게 물어보았다.

-요즘 에다오르는 뭐 하나? 요즘 아다드는 뭐 하나?

악마들은 제각각 다르게 대답했다.

-내가 그런 놈을 어떻게 알아?

-에다오르? 그놈 힘 회복하느라 안 나오고 있다던데.

-에다오르는 대륙에 가지 않았나?

-아다드……. 웬 사악한 인간한테 부하를 잃었다고 들었지. 얼마나 사악한 인간이길래.

-아다드가 곧 중앙 대륙에 나온다고 하더라.

[제한 시간이 다 되었습니다. 악마들의 소환이 취소됩니다.]

오케노아스가 MP를 계속해서 회복시켜 줘서 그렇지, 원래라면 태현은 여기 있는 악마들과 언데드들을 소환해서 부리고 다닐 수준이 아니었다. 태현도 그걸 알았기에 악착같이 스킬 한 번이라도 더 쓰려고 하는 것이었고.

-악마들하고도 원한이 있나……?

"살다 보면 악마 한둘 정도 원수가 되는 법 아닙니까."

―……아닌 것 같은데……. 그보다……. 이제 나가도 될 거 같은데……. 지금 나가면……. 여기 있는 목걸이를 주지…….

태현이 끝까지 버티고 안 나가자, 오케노아스는 겉으로만 봐도 좋아 보이는 목걸이를 꺼내서 흔들었다.

"아닙니다, 오케노아스 님! 저는 뭘 받으려고 이러는 게 아닙니다!"

―그러면…… 이 장갑도 주마…….

"아닙니다! 오케노아스 님!"

―제발…… 좀……. 나가라…….

오케노아스는 왜 다른 드래곤들이 아키서스와 엮이지 말라고 경고했는지를 이제야 알 것 같았다. 뭐든 한번 엮이면 좋은 꼴을 보기 힘든 것이다. 그러거나 말거나 태현은 계속 버티려고 했다. 밖에서 연락이 오기 전까지는.

―플레이어들이 파티를 짜서 왕궁을 공격하려고 하고 있습니다! 도와주십쇼!

'에이. 아쉽게 됐군.'

태현은 입맛을 다시며 나갈 준비를 했다. 여기서 계속 있고 싶었지만 그럴 수는 없었다. 바다 위에서는 각 교단 원정대가 기다리고 있었고, 또 지금 당장 왕궁을 공격하려는 놈들까지 있으니…….

"오케노아스 님. 이만 가볼까 생각 중인데……."

오케노아스의 눈이 번쩍 뜨였다.

-그거…… 정말 잘 생각했다…….

"혹시 뭐 더 주실 수 있으십니까?"

[오케노아스의 친밀도가 떨어집니다.]

태현은 오케노아스에게서 뜯어낼 수 있는 만큼 뜯어냈다.

-오케노아스 님. 목걸이를 차니 팔목이 좀 허전한 것 같습니다. 팔찌 하나만 더 차면 좋을 것 같은데…….

-아니, 팔찌를 차니 이번에는 손가락이 허전한데…….

-반지를 차니까 이번에는 발이 좀 시리군요.

오케노아스가 게으른 용이 아니었다면 당장에 분노의 브레스를 내뿜었을 것이다.

태현은 마지막으로 다른 요청을 했다.

-혹시 오케노아스 님, 떨어져 나간 비늘이나 꼬리 같은 건 없으신지…….

정말 끝까지 벗겨 먹으려는 속셈! 오케노아스의 눈 주변 왠지 모르게 파들파들 떨리는 기분이었다.

-여기 있다…….

[오케노아스의 낡은 비늘을 얻었습니다.]

[오케노아스의 낡은 발톱을…….]

"아. 꼬리는 안 떨어져 나가셨나요?"

-저주받을 놈의…… 아키서스……

"예? 방금 뭐라고?"

-아무것도…… 아니다……

태현은 오케노아스에게 '〈비장의 몬스터 정수〉 만들도록 꼬리 좀 빌려주실 수 있으십니까?'라고 물으려다가 말았다. 아무리 그래도 오케노아스가 그걸 들으면 화를 낼 것 같았던 것이다.

'뭐…… 비늘이나 발톱만으로도 충분하겠지……'

대장장이라면 비늘이나 발톱으로 아이템을 만들 생각을 했을 것이다. 드래곤의 신체 부위라니! 낡고 보잘것없는 부분이라도 부르는 게 값이었다. 어디서 구하려고 해도 구할 수가 없는 것이다.

그렇지만 태현은 이걸로 몬스터 정수를 만들 생각이었다.

'어차피 무기는 이미 충분하고, 비늘하고 발톱 몇 개 가지고 만들 수 있는 방어구는 한계가 있겠지. 차라리 방어구는 다른 곳에서 구하고 이걸로는 몬스터 정수를 만든다.'

적이 많은 태현에게는 이런 아무도 모르는 비장의 수가 많이 필요했던 것이다.

"그러면 이만 가보겠습니다. 오케노아스 님. 다음에 이 주변 들리면 찾아뵙고 싶은데……"

-잘 가라!

[던전에서 추방됩니다. <고대 해룡의 숨겨진 던전>의 문이 완전히 닫힙니다. 더 이상 던전에 들어갈 수 없습니다.]

던전의 문이 실제로 있었다면 '쾅!'하고 닫히는 소리가 났을 것이다. 그만큼 오케노아스가 태현을 내보내는 속도는 재빠르고 단호했다.

'다시는 오지 마라!'라는 감정이 느껴지는 반응!

'에이. 아쉬워라.'

태현은 던전 앞을 기웃거렸지만 그런다고 굳게 닫힌 문이 열리지는 않았다.

"앗! 백작님! 돌아오셨군요! 걱정하고 있었습니다!"

데메르 교단 사제가 돌아온 태현을 보고 달려왔다.

"유배지를 찾으신 겁니까?"

"아니. 아무래도 잘못 온 것 같은데? 후고 사제를 부르도록."

"파이토스 교단의 고위 사제라는 사람이! 어떻게! 위치를 잘못 찾을 수가 있나!"

후고 사제는 얼굴을 들지 못했다. 태현은 다른 교단의 사제들도 들으라는 듯이 외쳤다.

"거기 안에 있는 드래곤에게 물어봤더니 유배지는 여기가 아니라더군. 거기 드래곤이 성격이 좋아서 망정이지, 아니었으면 여기 원정대는 다 죽었을 수도 있었어."

"아직 확실한 건 아닙니다! 이 주변도 더 확인해 봐야……."

후고 사제가 항의했지만 다른 교단 사제들은 슬슬 발을 뺐다. 그들도 뭔가 이상하다는 걸 깨달은 것이다.

"저희는 아닙니다."

"저희는 백작님의 지휘에 따르겠습니다."

재빠른 발 빼기! 후고 사제가 그들을 노려보았지만 그들은 시선을 피했다.

'자기가 실수를 해놓고 저러면 안 되지.'

'김태현 백작의 지휘권을 뺏으려고 해도 저러면 뺏을 수가 없잖아.'

솔직히 지도를 잘못 찾아서 왔다는 것 자체가 뭐라고 할 말 없는 실수였다. 그들은 태현이 후고 사제를 공격할 거라고 생각했다. 피도 눈물도 없이 물어뜯겠지!

그렇지만 아니었다.

"음……. 그러면 어쩔 수 없지."

"??"

"후고 사제가 그렇다니까 좀 더 확인해 보자고. 각 교단에서 성기사들 좀 내놔봐. 이 주변에 들어갈 수 있는 곳은 다 들어가서 확인할 테니까."

"……아, 아니. 그렇게까지……."

후고 사제는 당황해서 말리려고 들었다. 더 찾았는데 아무것도 안 나오면 그만큼 곤란해지는 것이다.

"왜. 자신 없나?"

"에이! 이래서는 끝이 안 나겠다! 주사위 굴려서 결정하자. 모두 주사위 굴려!"

"파티장님. 믿습니다!"

"걱정 마! 내가 행운이 무려 50을 넘는다고."

"헉. 쟤 행운이 50 넘는다는데?"

"속지 마. 50이나 10이나 그게 그거야. 의지로 굴려!"

느레가 이끄는 파티는 아직도 왕궁 앞에서 떠들고 있었다.

원래라면 왕궁 곳곳에 있는 전사들이 몰려오기 전에 재빨리 치고 빠져야 했지만, 그것도 까먹고 있었던 것이다.

만약 유 회장이 독하게 마음먹고 명령만 내렸다면 그들도 포위당해서 위험해질 수 있는 상황!

"저것들 뭐 하나?"

덕분에 성기사들을 우르르 끌고 온 태현은 느레 일행을 보고 황당해했다. 태현이 생각한 건 왕궁을 둘러싸고 치열한 공격을 퍼붓는 플레이어들이었는데……. 지금 보이는 건 왕궁 앞에서 웬 주사위 시합이나 벌이는 모자라 보이는 놈들!

"뭐 그건 그거고 이건 이거지. 공격!"

[원정대에게 명령을 내립니다. 원정 목적에 맞지 않는 일에 명령을 내릴 경우 신뢰도와 평판이 하락할 수 있습니다. 계속해서 하락할 경우 지휘권을 잃을 수 있습니다.]

상관없는 짓에 원정대를 쓰지 말라는 경고!

물론 태현에게는 무의미한 경고였다.

"저 사악한 놈들을 보니 저주받은 유배지에 대해 뭔가 아는 게 분명하다. 전부 공격!"

[최고급 화술을…… 페널티가 사라집니다.]

태현이 말하니 '그런가보다' 하고 무기를 뽑는 성기사들!

"뭐야?!"

"공격이다!"

그제야 뒤에서 성기사단이 나타난 걸 깨달은 플레이어들!

"쫄지 마! 어차피 이런 곳에 나타나는 성기사는 레벨이……."

"레벨이?"

"어……."

플레이어 중 한 명이 달려오는 성기사에게 레벨 측정 스킬을 사용했다. 그리고 말문이 막혔다.

'레벨이 250이면…… 하급 성기사는 절대 아닌데?!'

교단에서도 보기 드문 고위 NPC!

"몇인……. 컥!"

쾅!

그러는 사이 성기사들이 방패를 앞세우고 돌격을 성공시켰다.
묵직한 돌격에 경로에 있던 플레이어들은 모조리 튕겨 나갔다.

[<자비심 없는 돌격>에 당했습니다. 스턴 상태에 빠집니다. 신
앙의 징표 디버프에……]

"크억!"

"잠. 잠깐! 나도 파이토스 교단 믿는데!"

플레이어 중 같은 교단을 믿는 플레이어들도 있었다. 그러
나 태현은 냉정했다.

"속지 마라! 저놈 사디크 교단이다!"

"??"

"나는 야타 교단이라고!"

"저놈은…… 그래. 저놈은 아키서스 교단이라고 하자. 저놈
은 아키서스 교단에 있다가 나온 배신자다!"

촤촤촥!

같은 교단이라고 봐주는 건 없었다. 순식간에 성기사들은
파도 가르듯 플레이어들을 박살 내기 시작했다.

"와아아아아! 기다리고 있었습니다!"

"태현 님 만세! 흑흑!"

왕궁 안에서 환호성을 지르는 파워 워리어 길드원들!

느레는 이를 악물며 외쳤다.

"이런 치사한 아저씨 같으니, 이걸 노리고 있었나!"

유 회장은 자기를 손가락질하며 욕하는 느레를 보고 어이가 없었다. 그냥 가져가라고 해도 안 가져가고 멍청하게 굴다가 날려 버린 놈이 뭐라는 거야?

"야, 이놈아. 내가 와서 가져가라고 했잖아!"

"이…… 이……. 아직도 날 조롱해? 이 원한은 절대 잊지 않겠다!"

느레는 그렇게 말하고 도망치려고 했다. 다른 플레이어들이 두들겨 맞는 사이 도망치면 그만…….

"응?"

"안녕?"

"어……. 누구?"

"누구겠냐."

태현은 대만불강검을 들어서 느레를 겨누며 말했다.

느레는 불안한 목소리로 말했다.

"김…… 김태현?"

"잘 맞췄네."

느레의 얼굴이 창백하게 질렸다. 옆에 있던 동생 느페가 속삭였다.

"형, 어쩌죠? 김태현이면……."

"조용히 하고 있어. 이 형이 하는 걸 잘 봐라."

느레는 그렇게 말하며 가슴을 탕탕 쳤다.

"오냐, 김태현. 너하고 한번 붙어보고 싶었다! 네가 그렇게 유명한데 그게 진짜 실력인지 아닌지 알아보겠다!"

느레는 그렇게 말하며 넓적한 대형 칼을 뽑아 들었다.

그 당당한 모습에 태현은 고개를 갸웃거리며 물었다.

"지금 방송하냐?"

"……"

"헉. 어떻게 아셨……."

"그걸 왜 대답해 줘 멍청한 새끼야!"

느레는 느페의 뒤통수를 한 대 때렸다. 폼 좀 잡으려는데 그걸 깨는 태현이나, 받아주는 동생이나…….

느레는 힐끗 개인 방송 창을 훑어보았다. 실제로 태현이 나오자마자 뜨거운 반응이 들어오고 있었다.

-나무단: 와! 김태현이다!

-공사: 느레 님 큰일 난 거 아님?

-님아닝쑤: 김태현 죽여! 동귀어진이라도 해! 이 자식아!

이제 여기서 멋진 모습 좀 보여주고 도망치기만 하면 한 달 정도는 판온 게시판에서 화제가 될 수 있을 텐데…….

"태현 님! 그 자식 방송 화면에 잡혀주지 마요!"

"그 새끼 화면에 나오지 말아주세요!"

뒤에서 파워 워리어 길드원들이 질투심에 가득 찬 목소리로 외쳤다. 태현이 한번 화면에 나오기만 하면 방송 시청자 숫자가 두 배로 뛴다는 소문이 있었다. 약간 과장된 게 있겠지만 파워 워리어 길드원들은 그게 소문만은 아니라는 걸 잘 알았다.

"안 나오고 어떻게 싸우라고?"

"그, 그러게요."

"야! 느레! 치사하게 생방송 하지 마라! 우리는 다 기다렸다가 방송하는데! 넌 상도덕도 없냐 이 도둑놈아!"

"쟤 직업 산적이잖아. 도둑이라고 해봤자……."

느레는 귀를 씻고 싶었다. 그가 직업인 산적이지만 나름 폼을 잡고 다니는 랭커였다. 파워 워리어 길드 같은 이상한 놈들에게 저런 소리를 듣고 싶지는 않다!

"김태현, 정정당……. 컥!"

푹!

[치명타가 터졌습니다! 너무 큰 대미지를 입어서 잠시 움직일 수 없습니다. 급소에 찔렸습니다. 출혈 상태에 걸립니다.]

느레는 믿을 수 없다는 듯이 내려다보았다. 잠깐 고개를 뒤로 돌린 사이 태현이 번개처럼 다가와 공격을 찔러 넣은 것이다. 그러나 거기서 끝나지 않았다. 태현의 입에서 스킬 이름이 하나 더 튀어나왔다.

-칼날 폭파!

"잠……."

카드득!

몸통에 박힌 태현의 대만불강검이 쪼개지더니, 눈 부신 빛과 함께 폭발했다.

"크아아아아악!"

하나하나가 강렬한 대미지를 입히며 들어가는 검의 파편!

느레의 개인 방송에서는 다들 탄식했다.

-넘아닝쭈: 아니, 이 멍청한 놈아! 김태현 상대하면서 뒤돌아보는 놈이 어디 있어!!

그러나 느레는 그런 반응을 볼 여유도 없었다. 정신없이 두들겨 맞고 있었던 것이다.

퍽, 퍽, 퍼퍽-

"잠, 김, 잠, 김……."

"뭐라는 거야 저거?"

"잠깐, '김태현'이라고 하려는 거 아닐까요?"

파워 워리어 길드원들은 흥미진진하게 구경하기 시작했다. 두들겨 맞는 랭커들은 언제나 봐도 보기 좋았던 것!

"안, 안 돼……!"

설마 여기서 죽을 거라고는 생각지도 않았던 느레! 산적 같은 PVP 성향 직업들은 죽었을 때도 페널티가 심했다.

[HP가 0으로 내려가 사망합니다.]

"후. 질기군."

태현은 깔끔하게 느레를 털어버린 후 아이템을 챙겼다.

[아이템을 얻었습니다.]

[아이템을⋯⋯.]

"와, 이 자식 뭐 이렇게 많이 뿌리지?"

태현은 놀라서 느레가 있던 자리를 쳐다보았다. PVP를 얼마나 하고 다닌 거야? 물론 단순히 다른 플레이어를 공격한 페널티도 있긴 했지만, 태현의 어마어마한 행운도 있었다.

거의 느레를 다 털어먹은 수준!

호다닥-

"음?"

저 멀리서 도망치는 플레이어 몇몇이 보였다. 느레의 동생 느페도 거기 끼어서 도망치고 있었다.

태현은 피식 웃으면서 말했다.

"동생이 더 똑똑한 것 같은데."

"어르신! 제가 구하러 왔습니다!"

"구하러 올 필요 없는데."

"하하. 쑥스러우셔서 그러는 거군요?"

"저리 가라. 이놈아."

유 회장은 태현을 밀어냈다. 파워 워리어 길드원들은 흐뭇하게 그 모습을 쳐다보았다. 쑥스러우셔서 저러는 거구나!

하하하!

"나는……. 여기서 갇혀 있는 동안 너희들은 재밌게 놀겠지……."

"어르신. 좋게 생각합시다. 어차피 어르신은 낚시를 가장 많이 하시는데 바다에서만 있어도 상관없지 않습니까?"

"아무리 낚시 좋아해도 육지 못 올라가는 게 말이 되냐! 땅에서만 할 수 있는 게 있는데!"

"뭐가 있죠?"

"상점도 있고, NPC들도 있고……. 플레이어들도 거기 있고……."

"어차피 어르신도 왕국 생기셨는데 거기다가 짓고 부르면 되잖습니까?"

"어……."

유 회장은 말문이 막혔다. 태현은 은근한 말투로 속삭였다.

"기왕 왕국 얻으셨는데 이런 기회를 그냥 날리시기엔 너무 아깝지 않습니까? 잘 활용하셔야죠."

"으음……."

유 회장은 생각에 잠겼다. 만약 왕국을 꾸민다면 어떻게 꾸며야 하는가? 아란티스 왕국의 크기는 그렇게 크지 않았다. 대륙의 다른 왕국에 비하면, 그냥 좀 커다란 영지 수준!

그렇지만 대륙의 다른 곳에 비하면 압도적인 장점이 있었다. 바닷속에 있다는 것!

'낚시꾼들의 왕국이 좋겠군.'

낚시 좀 좋아하는 사람들이라면 무조건 다 여기 와서 낚시를 하게 되는, 낚시꾼들의 천국!

'낚시꾼 관련 건물들만 다 지어버린 다음에……'

유 회장이 이런 살벌한 생각을 하고 있다고는 꿈에도 예상 못 한 채, 태현은 계속해서 유 회장을 꼬드겼다.

"그렇습니다. 어르신. 어르신의 막강한 재력이라면 여기에 강력한 왕국을 만들 수 있을 겁니다."

"흐으음……. 확실히 나쁘지는 않은 것 같기도 하고……. 그렇지만 이미 세금을 100%로 했는데."

"……그, 그런 짓을 하셨다고요?"

태현도 살짝 당황했다. 아니, 태현의 영지는 세금을 거의 없다시피 운영하고 있는데 이게 무슨 배짱?

"내리시면 되죠."

"음. 한 지 얼마나 됐다고 내리면 좀 창피하군."

"……조금 있다가 내리시면 되죠. 다른 방법으로 플레이어들을 끌어들이면 됩니다."

"예를 들면?"

"오스턴 왕국의 길드들 영지 보면 쉬우실 겁니다. 새로 시작하는 플레이어들한테 골드를 지원한다거나, 아이템을 지원해 준다거나, 좋은 건물을 건설하고 고렙 NPC들을 모셔온다거나……"

"낚시꾼으로 전직하면 전액 지원 같은 걸 말하는 거군."

"……그, 그렇게까지는 말 안 했습니다만."

"낚시꾼으로 전직만 하면 레벨 100 때까지 드는 장비나 미끼 같은 소모품들은 모두 지원……. 음. 괜찮은 거 같은데."

"……그건 좀 과한 것 같은데요. 그보다 낚시꾼들만 지원하면 좀……."

태현이 유 회장을 꼬드기는 이유는 하나였다. 해저 왕국을 잘 키워서 동맹으로 써먹기 위해!

지금 당장 김태산과 아저씨들의 길드만 봐도 그랬다. 성이고 도시고 뭐고 간에 아무것도 없는 맨바닥에서 시작했고, 온갖 경쟁자들이 있는데도 길드 동맹이 숫자로 밀고 들어오기 전까지는 오스턴 왕국에서 손꼽히는 영지를 운영하고 있었다. 그 힘은 바로……. 현질! 무에서 유를 만드는 게 바로 현질이었다.

영지? 성벽이고 건물이고 현금을 주고 건축가 플레이어들을 불러 모으면 해결이 됐다.

길드원? 현금으로 골드를 산 다음 골드와 아이템을 지원해 준다고 하면 우르르 몰려 들어왔다.

그만큼 현질의 힘은 강력했던 것이다.

게다가 유 회장의 상황은 김태산보다 훨씬 더 좋았다. 크기야 좀 작아도 일단 왕국이었고, 바다 밑에 있는 데다가 주변에는 경쟁 세력도 별로 없었다.

즉 유 회장의 현질 투자로 성장할 시간이 충분한 것!

그런데 잘 꼬드기고 있었는데, 유 회장은 뭔가 방향을 이상하게 잡으려고 하고 있었다.

'낚시꾼들만 지원하면 안 되지!'

이 좋은 곳에 낚시꾼들만 부르는 건 너무 아까웠다. 게다가 낚시꾼 플레이어들은 전체 플레이어들과 비교하면 소수에 불과했다. 영지를 키우려면 다양한 플레이어들을 적극적으로 끌어모으며…….

'잠깐. 생각해 보니까 슬퍼지는데…….'

생각해 보니 태현의 영지도 저런 균형 잡힌 성장과는 거리가 멀었다.

"낚시꾼들만 지원하는 게 뭐가 어때서?"

"낚시꾼들만 있으면 영지가 안 돌아가잖습니까. 만약 영지전이라도 벌어지면 어떡하시려고요."

"여기서 무슨 영지전이 벌어지냐?"

아픈 곳을 찌르는 유 회장의 반격. 확실히 그랬다. 사실 여기는 정말 낚시꾼들만 있어도 크게 문제 될 것 같지 않은 곳이다.

그러나 태현은 물러서지 않았다.

"후. 어르신. 모르시는 말씀입니다. 판온 하는 놈들이 영지를 얼마나 좋아하는데요. 오스턴 왕국 보십쇼. 거기서 얼마나 치열하게 싸웁니까? 게다가 방금만 해도 왕궁 공격하려던 놈들이 몰려왔잖습니까."

"으음……."

"여기가 대륙이랑 멀리 떨어져 있긴 해도 배 타고 오면 못 올 거리는 아니잖습니까? 위치도 공개되어 있고. 미리 준비를 안 하면 나중에는 큰일 날 수도 있을 겁니다."

"그래……. 맞는 말이군."

유 회장은 고개를 끄덕였다. 태현은 옳다구나 싶었다.

"그렇습니다. 그러니까 전투 직업 플레이어들도 끌어들일 수 있는 방법을……."

"낚시꾼들도 싸울 수 있게 해줘야겠어."

"……예?"

태현은 어이가 없었다.

전투 직업은 전투 직업. 제작 직업은 제작 직업.

왜 이런 식으로 분류가 되어 있겠는가! 물론 제작 직업도 무기 휘두르고 싸울 수야 있지만 아무래도 불리한 점이 많으니 제작 직업 아니겠는가.

그러나 유 회장은 설명을 해도 납득하지 않았다.

"아니, 힘들다니까요?"

"그렇지만 너는 판온 1에서 대장장이로 랭커들 이기고 다니지 않았느냐?"

설마 자기가 했던 일 때문에 발목이 잡힐 줄이야!

태현은 뒤통수를 한 대 얻어맞은 기분이었다.

"그, 그건 극히 예외인 경우고……. 원래 제작 직업으로 전투 직업 이기는 건 힘든……."

"불가능한 건 아니니까 열심히 노력하면 되겠지!"

쓸데없이 긍정적인 유 회장! 태현은 설득을 포기했다.

"아……. 예……."

"그러고 보니 나도 이제 영주라고 할 수 있겠군. 같은 영주끼리 잘 지내자꾸나. 서로 도우면서."

'오래 못 갈 것 같은데……'

그렇게 생각했지만 태현은 입 밖으로 내지 않았다.

"어르신."

"음?"

"파이팅입니다."

"뭔가……. 느낌이 이상한데."

결심한 유 회장은 금세 정책을 추가했다.

낚시꾼 직업 전폭적 지원!

꿈과 희망의 아란티스 왕국으로 와라!

장비, 소모품 등 전부 지원! 영주님이 미쳤어요!

아란티스 왕국이 화제의 중심이기는 했지만, 게시판에 이런 소식들이 빠르게 퍼진 데에는 다 이유가 있었다.

-님아원드길어리워워파: 이번에 아란티스 왕국 봤나요? 진짜 대단하더라고요. 낚시꾼 직업을 가진 플레이어라면 무조건 가야 할 것 같던데요. 주변이 바다라 낚시꾼들이 성장하기는 정말 좋은 데다가, 이번에 국왕 된 플레이어가 낚시꾼이라 그런지 엄청 지원해 주더라고요. 지원해 주는 장비 봤어요? 무려 〈붉은 고래 낚시꾼〉 세트를 지원해 주더라고요.

필사적으로 광고를 해대는 파워 워리어 길드원들! 아란티스 왕국이 유 회장 손에 들어간 이상, 아란티스 왕국을 띄워야 그들에게도 남는 게 있었다. 이대로 가면 아란티스 왕국은 진짜 낚시만 하는 낚시터가 되어버린다!

어떻게든 최대한 많은 플레이어들을 꼬셔야······.

-음맞구호: 정말요? 그 비싼 세트를요? 세금을 100% 때린다고 해서 망설이고 있었는데······.

-세만어리워워파: 그 세금은 플레이어들이 너무 많이 올까 봐 그렇게 때린 거라네요.

절묘한 포장 기술!

-님아원드길어리워워파: 맞아요. 영주님도 지원을 해줘야 하는데 너무 많이 오면 지원을 못 해주니까······. 영주님 인성 너무 좋은 거 같지 않아요?

-세만어리워워파: 영주님부터 시작해서 영지 관리하는 플레이어들도 다들 친절하다고······.

-님아원드길어리워워파: 그러니까 한 번 가보세요! 꼭 낚시꾼들 아니더라도! 아니, 낚시꾼 아니면 더 좋아요!

-음맞구호: 어. 그런데 낚시꾼 아닌 사람들한테는 어떤 게 좋은 거죠?

[님아원드길어리워워파 님이 나가셨습니다.]
[세만어리워워파 님이 나가셨습니다.]

화제의 중심인 데다가 광고까지 하자 효과는 금방 나타났다. 판온의 낚시꾼, 어부 등 뭘 좀 낚는다 싶은 플레이어들은 전부 몰려온 것이다. 덕분에 아란티스 왕국 입구 근처는 온갖 종류의 낚싯배가 득실거렸다.

"헉, 헉헉……. 오는 도중에 침몰해서 죽는 줄 알았다."

"멀기는 더럽게 머네. 근데 진짜 그 장비들 주는 거 맞아?"

허위 광고나 과장 광고는 판온에서 흔한 일이었다. 당장 파워 워리어…… 아니, 꼭 파워 워리어만 그런 건 아니고 모든 길드들이 '우리 길드 오면 장밋빛 미래가 있다!'라고 광고를 하고 있었으니까. 게다가 아란티스 왕국은 광고가 너무 좋았다. 플레이어들도 오면서 '진짜 주는 거 맞아?' 할 정도로.

"자. 받아가세요."

"혹시 직업이? 아. 낚시꾼이라고요……. 아, 아니. 실망하는 건 아니고요……. 흑흑……."

그러나 그 의심은 금세 사라졌다. 왕국에 들어가자 정말 곳곳에서 지원을 해주고 있었던 것이다.

영지에 귀환 등록만 해놓고 확인하면 아이템을 준다! 아이템을 나눠주는 플레이어들이 왜 다 시무룩한 얼굴인지는 모르겠지만, 어쨌든 공짜로 지원을 받은 낚시꾼들은 신이 났다.

"소문이 진짜였어!"

"낚시하러 가자! 여기 파티 없나?"

"아, 새로 오셨나요? 저희하고 같이 하실래요?"

"앗, 네! 끼워주신다면 감사하죠!"

"지금 초대할게요. 위로 올라가서 이동할 건데, 준비는 다

하셨나요?"

"준비?"

"그게 뭐지?"

"아. 새로 오셔서 모르는구나. 일단 장비는 받으셨죠?"

"네. 장비는 받았는데요."

"그다음 저기 아키서스 교단 신전 가서 가입하신 다음 축복 받고 오세요."

"네?"

어쨌든 일도 다 끝났겠다, 태현은 쿨하게 떠나려고 했다. 성기사들도 기다리고 있을 테니 올라가서 후고 사제를 갈궈야지! 여기가 무슨 유배지냐! 어! 그러니까 지도를 확인하고 가져왔어야지. 자, 봐라! 이게 진짜 지도다!

……이런 식으로.

그러나 유 회장은 떠나려던 태현을 붙잡았다.

"뭡니까?"

"가기 전에 신전 좀 설치해 줄 수 있느냐?"

"신전이요? 아키서스 신전?"

유 회장은 고개를 끄덕였다.

태현은 이해가 가지 않는다는 듯이 물었다.

"저야 좋지만 왜 하고많은 신전 중에 아키서스 신전?"

"그건……. 아니, 설치해 줄 거냐 말 거냐!"

유 회장은 대답 대신 화를 냈다. 아키서스 낚시꾼으로 전직한 게 이상하게 사기당한 기분이었던 것이다. 말하면 더 자존심 상하는 것 같은 느낌!

유 회장의 직업 때문인지, 덕분에 영지 건설 창에는 다양한 아키서스 관련 건물들이 보였다.

아키서스의 미끼 보관 창고:

아키서스의 이름으로 만들어진 미끼를 보관하는 창고입니다. 이 미끼를 사용해서 낚시를 할 경우 특별한 것을 낚을 수 있습니다.

건축 비용: 최소 1,000 골드.

아키서스의 낡은 낚싯대 제작소:

아키서스의 이름으로 축복받은 낚싯대를 만드는 곳입니다. 다른 낚싯대로도 아키서스의 이름으로 축복받은 낚싯대를 만들 수 있습니다.

건축 비용: 최소 2,000 골드.

아키서스의 신전:

(아키서스의 신전은 교단에서 허락을 받고 직접 설치해야 합니다.)

아키서스의 신전은 교단에서 직접 허락을 받아야 하는 것!

"아니 왜 화를 내고 그러세요?"

"설치해 줄 거냐, 말 거냐?"

"설치야 별일 아닌데……."

[아란티스 왕국에 아키서스 교단 신전의 설치를 허락합니다. 명성, 신성이 크게 오릅니다.]

[대륙에서 아주 멀리 떨어진 장소에까지 교단의 신앙을 퍼뜨리는 데 성공했습니다. 칭호: 신앙의 개척자를 얻습니다.]

[레벨 업 하셨습니다.]

뜬금없는 레벨 업! 레벨 업 한 지 얼마 안 되어서 기대도 안 하고 있었는데, 생각보다 보상 경험치가 컸던 모양이었다.

'드디어 레벨 100 달성인가…….'

남들은 개나 소나 100을 찍고, 최상위권 랭커들은 200을 넘기고 있을 때 간신히 100에 도착한 태현! 새삼스럽게 감개가 무량했다.

[레벨 100을 달성한 것으로 아키서스의 특별한 축복이 내립니다. 무기 중 하나를 고르십시오. 그 무기를 다루는 스킬에 축복이 내릴 겁니다.]

'응?'

갑자기 빛과 함께 다양한 무기들의 종류가 앞에 나타났다.

태현이 판온에서 한 번이라도 써본 적 있는 무기들은 전부 다!

무기들이 나타난 거 자체에는 놀라지 않았다. 이 중 하나를 고르라는 걸 보니 관련된 특별한 버프를 주는 거겠지.

태현이 놀란 건 아키서스가 선택지를 준다는 점이었다.

맨날 랜덤으로 골라주는 게 아키서스!

'음…… 검, 창, 머스킷 중 하나인데.'

태현이 자주 쓰는 건 역시 검이었다. 대만불강검의 성능은 매우 뛰어났고, 앞으로 한동안 이걸 뛰어넘는 무기를 구하지는 못할 것 같았다.

그렇지만 태현의 검술 스킬은 이미 고급이었다.

'검술 스킬은 계속 검을 써서 올릴 수 있는 데다가, 검술 스킬은 딱히 부족한 걸 느낀 적이 없는데. 이거 받는다고 효과가 있을지 모르겠군.'

괜히 골랐다가 별로 효과를 보지 못한다면 그만큼 아쉬운 것도 없었다.

'그러면 머스킷과 창……. 창이 나으려나?'

태현이 창을 고른 이유는 하나. 카르바노그의 창 때문이었다. 이 아티팩트는 계속해서 쓸 것이고, 앞으로 퀘스트에 따라 더 좋아질 가능성이 있었다. 그렇다면 이 창을 쓸 때를 대비해서 창술 스킬을 올려놓는 것도 나쁘지 않았다.

태현은 창을 골랐다.

[아키서스가 창을 다루는 스킬에 행운을 내립니다.]

[창술 스킬이 고급 창술 스킬로 변합니다. 아키서스 창법을 배

웁니다. 두 가지 무기 스킬을 고급까지 익혔습니다. 칭호: 이중무기 사용자를 얻습니다.]

　[검술 스킬과 창술 스킬이 완전히 호환됩니다. 앞으로 검술 스킬과 창술 스킬의 성장이 같아집니다.]

　검술 스킬을 올려도 창술 스킬이 같이 오르고, 창술 스킬을 올려도 검술 스킬이 같이 오른다는 것. 소소하지만 엄청나게 좋은 효과였다. 태현처럼 무기를 다양하게 바꿔 쓰는 사람에게는 완벽한 효과!

　[아키서스 창법을 갖고 있습니다.]
　[아키서스 검법을 배웁니다.]

　'아키서스 검법?'
　태현은 살짝 놀랐다.
　검법. 여러 개의 검술 스킬들로 이뤄져 있고, 조건을 달성할 때마다 추가 스킬이 나오는 스킬들 모음. 이런 검법을 배우려면 스승 역할을 하는 NPC를 만나거나, 검술서를 얻어야 했다. 사실 태현은 이미 좋은 검법을 갖고 있었다.
　가타콰 검법. 초반에 얻었지만 상당히 좋은 검법이었다. 아직 태현이 가타콰 검법 스킬을 다 마스터하지 못할 정도였으니까. 그렇지만 아무래도 직업이 직업인만큼, 직업에 어울리는 검법과 창법이 더 좋을 것이다.

'레벨 100이 되고 나서야 준다니 너무 늦는 거 아닌가…….
잠깐, 내가 너무 늦게 레벨 업을 한 건 아니겠지.'

원래 〈아키서스의 화신〉 직업은 레벨 100 정도면 금세 찍을 거라고 생각해서 저렇게 설정을 해놓은 거 아닌가 하는 생각이 들었다. 어쨌든 지금이라도 준다니…….

태현은 기쁜 마음으로 확인했다.

〈아키서스 검법〉
행운의 신 아키서스의 힘을 빌려 상대를 공격하는 검법입니다. 상대의 약점을 공격할 때마다 추가적인 효과가 발동합니다.

'아. 〈아키서스의 마법〉 같은 거군.'

비슷한 스킬을 이미 갖고 있는 정수혁 덕분에 이해가 쉬웠다. 물론 〈아키서스 검법〉은 〈아키서스의 마법〉보다 사용자를 엿 먹일 확률이 적었다. 정말 온갖 마법이 다 발동되는 〈아키서스의 마법〉과 달리, 〈아키서스 검법〉은 추가적인 효과 정도였으니까. 그래서인지 상대의 약점을 노려야 효과가 발동된다고 나와 있었다.

-아키서스의 첫 번째 공격
행운 스탯을 소모해 강력한 연속 공격을 퍼붓습니다. 스킬 레벨이 높아질수록 연속 공격의 시간이 길어집니다.

-아키서스의 두 번째 공격

행운 스탯을 소모해 강력한 광역 공격을 퍼붓습니다. 상대를 사망시킬 경우 쿨타임 없이 다시 사용할 수 있습니다.

[현재 아키서스의 세 번째 공격 스킬은 사용할 수 없습니다. 검법 스킬의 레벨이 낮습니다.]

'가타콰 검법 스킬들 상위호환이잖아?'

〈아키서스의 첫 번째 공격〉은 연속 공격 스킬이라는 점에서 공격의 원 상위호환. 〈아키서스의 두 번째 공격〉은 광역기라는 점에서 〈질주하는 질풍의 원〉의 상위호환이었다.

물론 쓸 때마다 행운 스탯을 소모한다는 점이 좀 꺼려지긴 했지만, 태현에게 넘쳐나는 게 행운 스탯이었다. 안 그래도 레벨 업 할 때마다 랜덤으로 올라가는 스탯 중에서 행운이 가장 많이 올라가는 것 같은데……

'이렇게 되면 가타콰 검법 스킬들 중에서 쓸 만한 건 〈반격의 원〉 정도인가. 앞으로는 아키서스 검법만 파야겠군.'

아키서스 창법도 똑같이 적용될 테니 쓰지 않을 이유가 없었다.

"혼자서 중얼거리다니……. 뭐 하는 거냐?"

"아. 레벨 업 해서 스킬 좀 확인하고 있었습니다."

"오……. 그래? 맞다. 네 녀석은 레벨이 몇이냐?"

유 회장은 별생각 없이 물었다.

현질과 압도적인 지원으로 빠르게 성장한 유 회장. 게다가 이번에 아란티스 국왕 퀘스트까지 성공해서 또 한 번 폭발적인 레벨 업을 한 터였다.

현재 레벨이 무려 154! 이제 나름 랭커를 노릴 수 있는 고렙 플레이어였던 것이다.

물론 유 회장 본인은 랭킹 경쟁보다는 더 크고 강하고 아름다운 걸 낚길 원했지만, 그래도 태현 같은 최상위권 랭커들이 어떤지 궁금하기는 했다.

"요즘 최상위권 랭커들은 막 200 넘기고 있다던데, 너도?"

"어쨌든 어르신. 신전 설치 허락했으니 설치하시면 됩니다."

"뭐냐, 비밀이라 이거냐?"

유 회장은 투덜거렸지만 더 이상 묻지 않았다. 태현처럼 경쟁자가 많은 플레이어는 정보가 중요하다는 걸 알고 있기 때문이었다.

"그나저나 낚시꾼들이 아키서스 신전만 있다고 불평할까 봐 걱정되는구나."

"하하. 어르신. 원래 독점이란 게 이런 거 아니겠습니까? 꼬우면 다른 신전을 지으라고 하세요."

졸지에 신전 독점으로 날로 먹게 된 태현은 신이 나서 말했다. 유 회장의 전직 덕분에 날로 먹게 된 상황!

"아. 그러고 보니 너하고 같이 온 다른 교단 NPC들도 있었지?"

"아니. 어르신. 상도덕도 없게 저희 교단에 가입해서 놓고 이러시깁니까?"

"상도덕은 무슨. 왕국을 이끌어가야 하는데 그런 거에 휘둘리면 안 되지!"

[<행운의 신에게 축복받는 낚시꾼>은 아키서스에게 축복받은 낚시꾼입니다. 다른 신의 교단을 믿을 경우 커다란 페널티가 있습니다.]

유 회장은 어이가 없어서 멈칫했다.
"내가 다른 걸 믿는다는 게 아니라 그냥 설치만……."

[영지에 다른 교단의 신전을 설치할 경우 아키서스가 분노할 수 있습니다. <아키서스의 경미한 분노> 저주를 받습니다.]

일단 쿨하게 저주부터 때리고 보는 아키서스!
"아직 안 했다!!"
유 회장은 당황해서 항의했지만 이미 저주는 걸린 상태였다.

<아키서스의 경미한 분노>
6시간 동안 낚시에서 아무것도 낚을 수 없습니다.

싸아악-
유 회장은 정말 소름이 돋는 기분을 느껴야 했다.
심플하지만 유 회장에게는 효과가 정말 커다란 저주!
덕분에 유 회장은 다른 교단의 신전은 영지에 설치하지도 않게 되었다. 태현 일행이 떠나기 전 다른 교단 NPC들이 슬금 슬금 와서 말을 걸려고 했지만…….

"안녕하십니까. 폐하. 저는 야타 교단의…….."

"좋은 말씀 전하러 온 파이토스 교단…….."

"꺼져라!"

저주 때문에 성질이 날 대로 난 유 회장에게 욕만 먹고 쫓겨 났다. 플레이어들도 '저 ×× 교단 가입한 상태인데 거기 교단 신전도 만들어주시면 안 되나요?' 같은 제안을 했지만 역시 씨 알도 먹히지 않았다.

결국 플레이어들은 선택을 해야 했다. 교단 보너스를 받지 않 고 지낼 것인지, 아니면 아키서스 교단이라도 믿어야 할 것인지!

대부분은 다 후자를 선택했다. 그리고 의외의 효과가 나타 났다. 아키서스 교단은 낚시꾼과 궁합이 잘 맞았던 것이다.

"아니?! 여기서 희귀붉은눈물뱀이?!"

"이, 이거 봐! 특대 물고기라고!"

[이제까지 낚았던 것 중 가장 큰 물고기를 낚는 데 성공했습니 다. 칭호: 대물 낚시꾼을 얻었습니다.]

[레벨 업 하셨습니다!]

[희박한 확률을 뚫고 희귀한 물고기인 <희귀붉은눈물뱀>을 낚는 데 성공…….]

태현의 영지처럼, 아란티스 왕국도 한 번 붐이 일어나기 시작하자 멈출 수 없었다. 왕국에 온 낚시꾼들에게 아키서스 교단에 가입하는 건 이제 거의 기본처럼 여겨지고 있었다.

"모두 준비는 다 됐겠지."

"네! 형님!"

"길마님."

"네! 형님!"

김태산은 고개를 절레절레 저으며 주변을 둘러보았다. 잘 가꿔진 영지의 풍경이 눈에 들어왔다. 이걸 두고 떠난다고 생각하니 가슴이 찢어지는 기분이었다.

'어울리지 않게 무슨 생각을! 새로 지으면 되지!'

지금도 충분히 잘 굴러가는 영지를 버리고 이동한다는 발표는 충격적이었지만, 의외로 대부분의 길드원들이 김태산을 따라가기로 결정했다. 아저씨들 말고 새로 가입한 길드원들이 많았는데도 불구하고! 그만큼 김태산의 리더십과 현질 능력이 대단했기 때문이었다.

김태산은 얼굴을 손바닥으로 치며 감정을 추슬렀다. 지금 중요한 건 다른 것이었다. 그건 바로……. 영지를 파괴하는 것이었다.

이대로 건물을 다 두고 가면, 길드 동맹은 '감사합니다!' 하고 냉큼 챙길 게 분명했다. 이런 꿀과 같은 도시와 성들을 미운 놈들한테 그냥 주고 간다니. 절대 그럴 수 없었다.

"건물들은 모조리 부숴! 나오는 잔해들도 다 가방에 넣어서 들고 가자!"

"태현이가 누구 닮았나 했더니……."

"방금 어떤 놈이야?!"

아저씨 중 한 명이 중얼거리다가 흠칫했다.

뚝딱뚝딱-

철거 작업이 시작된 영지를 보며 김태산은 고민했다.

"으음……. 더 방해하고 싶은데……."

"형님. 좋은 생각이 있습니다."

"……?"

"저번에 판온을 휩쓴 역병 폭탄 사건 기억하십니까?"

"아. 그거……."

"그 역병 폭탄을 만든 놈이 태현이 영지에 있다는 소문이 있어요."

"기계공학 대장장이들? 게네는 좀……."

판온 영지마다 보이는, [기계공학 대장장이입니다. 뭐든 맡겨주세요] 같은 간판을 들고 있는 대장장이들. 보통 맡기면 폭발하거나 사고를 일으켰다. 사람들이 괜히 꺼리는 게 아닌 것!

그런 식으로 구박받은 기계공학 대장장이들은 결국 절망과 슬픔의 골짜기로 가게 되는 것이다.

"뭐 어떻습니까. 어차피 이제 여기는 버릴 곳인데, 사고 쳐도 여기서라면 상관없죠."

"그렇군!"

"부탁해서 여기 주변에 역병 폭탄을 쫙 뿌리고 가죠?"

"너……."

"앗. 너무 과했습니까?"

"너 천재냐?"

태현의 영지로 향하면서, 김태산은 좀 걱정했다. 판온에서 멀쩡하고 잘나가는 다른 길을 내버려 두고 기계공학을 고른 대장장이들은 약간 나사가 빠진 플레이어들이었다. 그런 기계공학 대장장이들을 이끄는 가브리엘이란 놈은 얼마나 미친놈일까!

'만나자마자 폭탄 던지는 건 아니겠지?'

김태산은 은근히 걱정하며 〈악마의 대장간〉으로 찾아갔다. 가브리엘은 순박하게 생긴 청년이었지만 김태산은 긴장했다. 원래 사고는 저런 놈이 더 무섭게 치는 법 아니겠는가!

"안, 안, 안, 안녕하십니까. 아버님. 저, 저, 저는 가브리엘이라고 합니다!"

얼굴을 붉히며 극도로 긴장한 채 공손하게 인사하는 가브리엘!

"한, 한국에서는 이렇게 허리 숙이는 거 맞죠?"

"아니……. 맞는데……. 나한테 그럴 것까지는. 그리고 왜 날 아버님이라고 부르냐?"

"그야 김태현 님의 아버지시니까요! 저, 저는 김태현 님의 팬입니다!"

김태산은 자신도 모르게 한 걸음 뒤로 물러섰다. 아들의 광팬을 만나는 건 생각보다 반응하기 힘든 경험이었던 것이다. 옆에 따라온 아저씨들이 수군거렸다.

"태현이 광팬이라는데?"

"태현이가 뭘 했길래 저런다냐?"

"태현이가 잘하는 건 패는 것밖에 없지 않나? 팼다고 저러는 거야? 저놈 변태인가?"

"형님. 기회입니다. 저쪽에서 우리를 좋게 생각해 주는 거 같은데 이때 부탁을 하죠!"

"어, 어? 그래."

김태산은 뒤로 물러서다가 아저씨들이 재촉하자 멈칫했다.

"음……. 그러니까……."

김태산은 자신들의 상황을 설명했다. 이런저런 상황이 있어서 영지를 파괴하고 있는데, 영지 땅도 워낙 잘 가꿔져 있어서 이것도 망치고 가고 싶다. 너희들이 역병 폭탄을…….

탁!

대뜸 김태산의 손을 잡는 가브리엘!

"이해했습니다. 아버님."

"아니, 내가 왜 네 아버님……."

"영지에 역병 폭탄들을 조합해서 터뜨린 다음, 거기에 역병 지대를 만들고 싶다는 거군요."

"아니, 그런 소리까지는 안 했……. 그냥 우리가 가꾼 논밭만 다른 놈들이 못 쓰게 해달라고……. 잠깐, 역병 폭탄'들'? 그거 하나 아니었…….”

“시간은 흐르고 저희는 발전합니다. 역병 폭탄을 터뜨린 게 언제인데 그거 하나만 계속 붙잡고 있었겠습니까.”

말은 진지하고 멋있는데 잘 들어보면 섬뜩한 소리!

가브리엘은 무섭게 눈을 빛내며 말했다.

“저희한테 한번 맡겨주십시오! 오스턴 왕국에 역병 지대를 만들어보겠습니다!”

“아니 역병 지대는 말하지도 않았는데…….”

“애들아! 가자! 실험장 생겼다!”

“와아아아아!”

기계공학 대장장이들은 신이 나서 주먹을 치켜들고 외쳤다. 김태산은 순간 후회가 됐다. 이놈들을 괜히 부른 거 아닐까? 그러거나 말거나 대장장이들은 신이 나서 잔뜩 짐을 챙기고 있었다.

“……이거 만든 거 터뜨려 보고 싶었는데 마땅한 공간이 없어서……. 잘 됐다. 눈치 보지 말고 터뜨려야…….”

“……터뜨려도 눈치 안 봐도 되니. 이번에 이것도 터뜨리고…….”

드문드문 들려오는 대화가 김태산을 무섭게 만들었다.

그리고 김태산의 〈최강지존무쌍〉 길드가 영지를 해체하고 있다는 소식은 곧 길드 동맹의 귀에도 들어갔다. 판온에서도 유래를 찾아보기 힘든, 직접 영지를 해체하는 장면!

“대체 무슨 생각인 거지?”

"우리한테 밀리고 있으니까 뺏기기 전에 먼저 부수고 튀려는 거 아닌가?"

"아니, 아무리 그래도 그렇지 진짜 자기 영지를 다 부수고 튄다고?"

길드 동맹의 간부들은 질린 얼굴로 고개를 저었다. 물론 이성적으로 생각하면 이렇게 하는 게 맞기는 했다. 언젠가 함락될 영지라면 괜히 버티다가 길드원도 죽고 시설도 뺏길 바에는 그냥 지금 다 해체하고 빠져나가는 게 더 나았다.

그렇지만 사람은 원래 그렇게 이성적인 판단을 내릴 수 없었다. 김태산과 그 길드가 영지에 쏟아부은 돈이 대충 현실 금액으로 몇십억이 넘어가는 수준인데……. 그걸 그냥 포기하고 튀다니!

쑤닝은 오랜만에 두려움을 느꼈다. 마치 태현을 상대할 때 느끼는 공포와 비슷했다.

'젠장, 아들놈이나 아버지나 다 미쳐 가지고…….'

"쑤닝 님? 어떻게 하시겠습니까?"

"어? 아. 음."

쑤닝은 정신을 차리고 헛기침을 했다. 이제 심복이나 마찬가지인 다른 간부들이 그의 결정만을 기다리고 있었다.

"어쨌든 간에 잘된 일이다. 놈들과 공성전을 벌여야 했다면 우리 피해도 만만치 않았겠지. 그럴 힘을 다른 곳으로 돌릴 수 있게 됐다. 길드 공식 동영상에 이번 일을 잘 홍보해라. 다른 놈들도 겁을 먹고 항복하게 만들어야지."

오스턴 왕국에서 가장 돋보이는 반 길드 동맹 세력인 김태산의 길드가 겁을 먹고 도망쳤다! 이 사실만으로도 다른 길드들은 망설이게 될 것이다.

계속 싸워야 하나? 아니, 김태산의 길드도 도망쳤는데 우리도 그냥 빨리 포기하고 항복하는 게 낫지 않을까?

그리고 그런 식으로 망설이게 되면 길드 동맹 입장에서는 일이 몇 배로 편해졌다. 목표는 일 년 안에 오스턴 왕국의 통일!

"쑤닝 님. 한 가지 더 좋은 소식이 있습니다."

"오. 뭐지?"

"성에 틀어박혀 있던 리치 체세도 놈이 자기 부하들을 이끌고 움직이려고 한답니다."

현재 길드 동맹의 눈엣가시 중 하나, 리치 체세도! 태현이 폭풍처럼 쳐들어와서 한바탕 영지를 휩쓸고 당당히 떠난 그 굴욕을 길드 동맹은 아직도 잊지 못했다.

떠난 것도 그냥 떠난 게 아니었다. 어디서 보기 힘든 강력한 보스 몬스터를 성에 드랍하고 간 것이다. 길드원 몇 명이 공격대를 모아 공략을 시도해 봤지만 깔끔하게 전멸!

체세도를 잡으려면 길드 동맹도 나름 각오를 해야 한다는 것만 드러난 셈이었다.

그렇지만 지금 오스턴 왕국에는 김태산 같은 길드들을 포함해서 오스턴 왕가까지 상대해야 할 적들이 너무 많았다. 그래서 내버려 두고 있었는데…….

"어디로 갔지?"

서쪽으로 가면 에랑스 왕국. 북쪽으로 가면 잘츠 왕국. 남쪽으로 가면 아탈리 왕국. 동쪽으로 가면 우르크······.

'개인적으로 남쪽으로 가줬으면 좋겠는데.'

가는 길에 김태현 영지에서 파괴와 약탈이나 해줬으면 좋겠다! 그러나 체세도는 쑤닝의 바람대로 움직이지 않았다.

"동쪽으로······."

"동쪽? 우르크 지역인가. 뭐, 떠나주는 게 낫겠지."

"그런데 놈이 가면서 보이는 걸 닥치는 대로 부수고 있습니다."

체세도는 그동안 안에서 버티면서 언데드 군대를 소환하고 강화시키고 있었다. 그 언데드 군대가 필드를 지나가면 상대할 수 있는 플레이어는 얼마 없었다.

"어떻게 할까요?"

"뭘 어떻게 해. 놈이 성이나 도시 안으로 들어오려는 것만 아니면 내버려 둬! 중요한 건 영지니까. 다른 피해는 감수할 수 있다."

"예!"

쑤닝은 명령을 내린 후 다시 외쳤다. 이제는 길드 동맹의 표어처럼 되어버린 말!

"오스턴 왕국의 통일을 위해!"

"오스턴 왕국의 통일을 위해!"

"큰, 큰일 났습니다!"

"뭐냐?! 체세도가 설마 영지라도 공격하기 시작했냐?"

체세도가 만약 영지를 공격했다면 쑤닝도 가만히 있을 생각은 없었다. 성 안에 있을 때나 무서웠지, 성 밖에서 포위된 체세도는 한계가 있었다.

만약 그런 거라면 반드시 포위해서 섬멸해 주마!

"아, 아닙니다. 그게 아니라……. 김태산과 그 오크 놈들이……."

길드원은 설명 대신 동영상을 켰다. 그러자 쑤닝과 간부진 들의 얼굴이 경악으로 물들었다.

CHAPTER 2

"콜록, 콜록, 콜록……."

[<붉은 역병 저주 폭탄>을 터뜨리는 데 성공했습니다. 이 주변의 땅은 이제 화염 속성을 띠게 되었습니다. 자연적으로 발화가 일어날 수 있습니다. 악명이 미친듯이 크게 오릅니다!]
[<녹색 역병 저주 폭탄>을 터뜨리는 데 성공했습니다. 이 주변의 공기는 이제 독성을 띠게 되었습니다. 주변을 지나갈 경우 중독될 수 있습니다. 악명이 미친듯이 크게 오릅니다!]
[레벨 업 하셨습니다.]
[레벨 업…….]

"크하하하! 크하하하하……. 콜록, 콜록!"
"야. 방독면 써!"

기계공학 대장장이들은 모두 방독면 하나씩 쓰고서 주변에 폭탄을 설치하고 있었다. 힘들고 고된 작업이었지만 모두의 얼굴에는 보람찬 미소가 가득했다. 물론 뒤에는 폐허만 가득했지만.

　"진짜 미친놈들인가……."

　"형님. 태현이가 저런 놈들이랑 놀아도 됩니까? 말려야 하는 거 아닙니까?"

　"사실 정확히 말하자면 태현이가 저런 놈들의 시초긴 하지……. 쟤네들 롤모델이 태현이라며……."

　"쉿. 그렇게 말하면 형님 기분이 어떻겠어."

　김태산과 아저씨들은 복잡한 표정으로 기름진 영지가 역병 지대로 바뀌는 걸 지켜보고 있었다.

　[너무 많은 역병 폭탄이 터졌습니다. 역병들이 뒤섞여 랜덤 효과가 발생합니다. 알 수 없는 역병이 이 주변을 휩씁니다.]

　"다 끝났습니다."

　"그, 그래."

　김태산은 고개를 끄덕였다. 가브리엘의 행복한 표정이 솔직히 좀 많이 무서웠다.

　"더 터뜨릴까요?"

　"아니. 우리는 곧바로 우르크 지역으로 출발해야 해서……."

　"필요한 일 있으면 불러주십쇼! 어디든지 가서 터뜨리겠습니다!"

"그…… 그래. 알겠네."

아란티스 왕국에 새로운 낚시꾼들이 우르르 몰려들고, 오스턴 왕국에는 역병 지대가 생기는 동안, 태현은 원정대를 이끌고 항해하고 있었다. 파이토스 교단을 괴롭히면서.

"아니. 후고 사제는 이런 일 하나 제대로 못 하나? 응?"

3초마다 한 번씩 파이토스 교단을 갈구는 태현!

[화술 스킬이 오릅니다. 파이토스 교단 성기사들과의 친밀도가 더 이상 하락할 수 없습니다.]

얼마 남지 않는 친밀도까지 모조리 깎아 먹어서 화술 스킬로 바꾸는 태현! 근처에 있던 태현 일행이 '좀 심하지 않냐?' 싶을 정도!

사제 한 명이 손을 들고 소심하게 반항했다.

"김태현…… 백작님의 지도가 맞는 건지는 아직 확인된 게 아니잖습니까……."

"지금 내 의견을 무시하는 건가? 응? 원정대를 이끄는 대장이자 아란티스 왕국에 평화를 이끌고 온……."

"……."

"아. 다 왔군."

태현은 진짜 지도를 들고 다시 한번 위치를 확인했다. 아란티스 왕국에서 한참 더 남쪽으로 항해를 하고 나서야 도착한 위치!

파이토스 교단을 포함해 다른 교단 NPC들과, 태현 일행이 전부 태현을 빤히 쳐다보았다. '이제 어떻게 하면 되죠?' 하는 눈빛!

태현은 살짝 당황했다.

'그러고 보니 어떻게 들어가는지는 안 쓰여 있잖아?'

수면을 보니 평화롭고 잔잔했다. 어떻게 들어가는지는 전혀 보이지 않았다. 다행히 태현은 이럴 때 쓸 수 있는 사기적인 스킬을 하나 갖고 있었다.

-신의 예지!

"……?"

좋은 곳은 배에서 모든 방향으로 뻗어져 나가 있었고.

나쁜 곳은 바로…… 배 위였다.

"애들아!"

"??"

"뛰어!"

태현은 1초도 망설이지 않고 명령했다. 최상윤, 이다비, 정수혁은 재빨리 태현의 말에 따라서 바다로 뛰어들었다.

"어? 어?"

케인은 뭔 소린지 이해하지 못했다가 허둥지둥 뒤따라 뛰려고 했다. 그러나 반응이 늦었다.

[<해적왕의 영원한 유배지>의 수호자, <저주받은 거대한 크라켄>이 나타났습니다! 바다의 신화적인 거대한 괴수를 보았습니다. 항해 스킬이 오릅니다. 명성이 오릅니다.]

[<저주받은 거대한 크라켄>을 저 자리에서 치우지 않는 한 <해적왕의 영원한 유배지>로 들어갈 수 없을 겁니다!]

와지끈!

크라켄의 몸통은 교단 함선 몇 척을 합친 것만큼이나 컸다. 거기서 뻗어져 나온 촉수들은 그대로 파이토스 교단이 타고 있는 함선을 관통했다. 기습적인 일격에 교단의 함선 가운데가 그대로 쪼개져 나갔다.

[<파이토스 교단의 탐험선>이 반파되었습니다. 지금 바로 수리하지 않으면 부서집니다!]

'늦었어. 내 배 아니라서 다행이다.'

태현은 재빨리 배 상태를 확인했다. 거대한 바다 괴수가 덤비는 상황에서 저 정도 타격이라니. 지금 수리할 수는 없었으니 침몰이 확실했다.

물론 파이토스 교단 입장에서는 욕이 나올 생각이었다.

"으아악!"

"으아아아아앗!"

비명과 함께 파이토스 교단 NPC들이 와르르 바다에 떨어졌다. 다행히 다른 교단의 함선은 급히 방향을 틀어서 거리를 벌리고 있었다.

"언령 스킬을 연습해 둬서 다행이야. 〈공중 부양〉, 〈공중 부양〉, 〈공중 부양〉, 〈공중 부양〉!"

태현은 재빨리 일행을 공중에 띄운 다음 남아 있는 함선으로 가라고 명령했다.

-파이토스의 물 위 걷기!

파이토스 교단 NPC들은 재빨리 수상 보행 주문을 걸고 전투 준비를 시작했다. 저런 괴수와 헤엄치면서 싸울 수는 없는 법.

"봤냐, 파이토스 교단! 내가 제대로 된 곳에 왔지!"

"지, 지금 그런 소리 할 때가 아닙니다, 백작님! 저놈을 어떻게 잡아야 할지…….'"

"파이토스 교단. 나를 믿나?"

"아니오!"

"그래. 나를 믿고……. 응?"

"당신은 도저히 믿을 수 없소! 우리끼리 알아서 싸우겠소!"

[파이토스 교단의 친밀도가 최대로 하락한 상태입니다. 당신의 지휘를 거부합니다.]

평소라면 다른 교단들을 선동해서 파이토스 교단을 짓밟 았을 테지만……. 지금은 크라켄이 눈을 부릅뜨고 있는 상황!

"후고 사제. 뒷감당할 자신은 있나?"

"어떻게 되든 간에 저놈만 잡으면 되는 거 아니오! 모두들 모 여라!"

후고 사제는 괜히 고위 사제가 아니었다. 재빨리 버프를 걸 더니 그를 중심으로 공격대 구성을 짜기 시작했다.

방패 든 성기사들이 앞으로, 사제들이 뒤로.

-신성한 망치의 일격!

콰앙!

-꿰에에에엑!

한 대 얻어맞은 크라켄이 분노한 비명을 지르며 요동쳤다.

태현은 그걸 보고 생각했다.

'안 그래도 미끼 역할 하라고 하려 했는데 알아서 잘 해주잖아?'

굳이 명령을 안 내려도 자기들끼리 알아서 잘하는 파이토 스 교단!

"김태현! 김태현!"

갑자기 위에서 들리는 목소리!

"내려줘!"

"……넌 왜 거기 있냐?"

케인이 크라켄의 촉수에 묶여서 허공에 매달려 있었다.

"상윤아. 좀 구해줘라."

"오케이."

탓!

최상윤은 재빨리 드러낸 크라켄의 몸통 위로 달려들었다.

-경쾌한 발걸음, 연속 이동, 출혈의 일격!

촤아아아악!

[크라켄의 촉수 끝을 잘라내는 데 성공했습니다! 검이 점액질로 물듭니다. 한동안 베기를 사용할 수 없습니다.]

"어??"

최상윤은 당황해서 외쳤다. 이런 식의 디버프라니. 검사 직업에게 이건 치명적이었다.

"태현아, 무기 버프……. 너 뭐 하냐?"

빠르게 달려가서 바다에 떨어지는 촉수 끝을 재빨리 챙기는 태현! 몬스터 정수를 만들려는 속셈이었다.

"이거 귀한 재료라서."

"야…… 지금 그거 챙길 때냐!"

"알고 있어! 무기 디버프는 저기 사제한테 가서 풀어 달라 그래."

"진짜로? 쟤네가 풀어주겠냐?"

파이토스 교단 사제들은 최상윤과 눈이 마주치자 홍 하고 고개를 돌려 버렸다.

'얼마나 태현이한테 당한 게 많았으면…….'

첨벙!

그러는 사이 촉수에서 풀려난 케인이 바닷속으로 떨어졌다.

"어푸, 어푸……. 어?"

헤엄쳐 올라오던 케인은 크라켄이 있는 곳 밑에 시커멓고 커다란 구멍이 넘실거리는 걸 발견했다.

"저기 입구 같은 게 있는데?"

"앗. 너 언제 풀려났냐?"

"……."

"농담이야. 어쨌든 입구가 저기 밑에 있다 이거지?"

태현은 잠깐 고민했다. 파이토스 교단을 미끼로 내버려 두고 그냥 입구로 돌입해 버려?

지금 파이토스 교단이 신나서 크라켄에게 덤비는 걸 보니, 크라켄도 한동안 파이토스 교단을 공격할 것 같았다.

-퀘에에에에에엑!

[크라켄이 <바다 여신의 분노>를 사용합니다!]

"모두 자리를 지켜라. 파이토스 님께서 지켜보고 계신다! <위대한 망치의 가호>!"

주변에 거대한 파도가 솟구치며 닥치는 대로 휩쓸기 시작했다. 파이토스 교단은 방어막을 치고 버텼고, 태현 일행은 재빨리 거리를 벌렸다.

"백작님! 명령을 내려주십시오!"

뒤에서 파이토스 교단을 제외한 다른 교단의 목소리가 들려왔다.

"일단 시간만 끌고 있어라! 함부로 덤비지 말고!"

괜히 다른 교단의 함선들까지 박살 날까 봐 태현은 조심스러웠다. 박살 나는 건 파이토스 교단 하나만으로도 충분!

여기 망망대해에서 배가 전부 박살 나면 어떻게 돌아가야 할지 까마득했다.

"백작님! 그렇지만 도와드리고 싶습니다!"

"그냥 원거리에서 공격이나 해, 이것들아!"

태현은 누가 말한 건지 고개를 돌려 확인했다. 역시 데메르 교단이었다. 쓸데없이 친절한 교단!

쾅, 쾅, 쾅!

파이토스 교단이 가장 어그로를 많이 끌었는지, 크라켄이 미친 듯이 촉수로 후려치고 있었다.

'아. 그냥 돌입해도 될 거 같은데……'

원래라면 바로 들어갔겠지만, 걱정하는 건 다른 것이었다. 태현이 빠졌다가 파이토스 교단뿐만이 아니라 다른 교단까지 전멸하는 상황! 그런 상황이 벌어지면 좀 곤란해졌다.

아탈리 국왕에게 돌아가서 보고를 해야 하는데 '저 빼고 다 죽었습니다!'라고 할 수는 없지 않은가. 아무리 태현이라도 공적치 포인트부터 시작해서 친밀도가 대폭 깎일 것이다.

"그래. 잡고 가자."

"뭐?? 진짜?!"

케인은 태현이 그냥 들어갈 줄 알았는지 잠수하려던 자세를 멈추고 움찔했다.

"따라와!"

"쟤 너무 무섭게 생겼는데······."

태현은 케인을 데리고 앞으로 달려 나갔다.

콰직!

덩치가 크다는 것은, 그만큼 때릴 곳도 많다는 것! 크라켄이 파이토스 교단에 한눈 팔린 사이 태현은 대만불강검을 뽑고 정확히 공격을 꽂아 넣었다.

[치명타가 터졌습니다!]

경쾌한 손맛과 함께 크라켄의 촉수가 미친 듯이 휘몰아쳤다. 태현은 신경을 집중한 상태로 피해냈다.

균형 잡기 힘든 물 위에서 펼쳐지는 연속 공격. 피하기 힘들었지만 태현에게는 가능한 일이었다.

'정면!'

-반격의 원!

쾅!

나머지는 다 피하고 마지막에 들어오는 공격은 반격의 원으로 돌려보내자, 크라켄의 거대한 몸통이 흔들렸다.

파앗-

[아키서스 검법의 효과로 크라켄의 약점이 드러납니다. 약점을 공격할 경우 추가적인 효과가 발동합니다.]

크라켄의 곳곳에 약점이 나타났다. 문제는…….

'이 자식 더럽게 크군.'

약점이 위치한 곳이 너무 멀다는 것! 하필이면 약점이 크라켄의 머리 쪽에 위치해 있어서, 공격하려면 거기로 가야 했다.

-용용이, 흑흑이 나와라!

태현의 명령에 두 드래곤이 튀어나왔다. 갑작스러운 드래곤의 등장에 크라켄이 경계의 울음소리를 내뱉었다.

-주인이여, 어떻게 하면 되겠는가?

-닥치는 대로 공격해!

-그, 그렇지만…….

-……?

-내 공격은…… 번개인데…….

-…….

용용이의 주 무기는 번개 마법. 물론 레벨이 레벨이니 몸통을 사용한 물리 공격도 강력했지만, 그건 어디까지나 레벨이 낮은 상대와 싸울 때였다. 크라켄은 딱 봐도 용용이와 흑흑이

보다 훨씬 레벨이 높아 보이는 강적!

마법을 안 쓰면서 싸울 수는 없었다.

-음……. 저쪽에서 싸워라!

-저쪽은 파이토스 교단 아닌가?

-설명할 시간 없어! 움직여!

-알, 알겠다.

용용이가 파닥파닥 날아가고, 흑흑이가 음흉하게 웃으며 말했다.

-후후. 주인님. 저는 불의 마법을 다루니 이런 상황에서 저 골드 드래곤보다 훨씬…….

-아냐. 넌 싸우라고 불러낸 거 아냐.

다른 교단 놈들이 시퍼렇게 눈을 뜨고 있는데 괜히 사디크의 스킬을 쓰고 싶지는 않았다.

-넌 나 태우고 날아가라고 부른 거다. 날아!

-네…….

흑흑이는 시무룩해진 얼굴로 태현이를 태우고 빠르게 날아올랐다. 무언가 근처를 날자, 크라켄의 눈동자가 요동치며 흔들렸다.

-쿼에엥!

[<발목을 묶는 심해의 저주>가 발동됩니다.]
[이 주변에서는 날아다닐 수 없습니다!]

날개를 펄럭이며 재빠르게 비행하던 흑흑이는 당황해서 움직임이 멈췄다. 그리고 그대로 추락!

첨벙-

"넌 비행도 제대로 못 하나!?"

-흑흑……. 제 잘못이…….

어쨌든 간에 크라켄의 약점이 머리라는 건 확실한 것 같았다. 지금 쓴 스킬을 보니 머리 근처로 가는 걸 막기 위한 스킬셋이 분명!

'음……. 그냥 타고 올라가야 하나? 가만히 안 있을 것 같은데…….'

"김태현! 김태현!"

익숙한 목소리가 위에서 들려왔다.

"내가 끌어줄게!"

"……넌 왜 또 거기 있냐?"

아까 촉수를 피하고 싸우는 사이, 케인은 또다시 잡혀서 허공 위에서 흔들리고 있었던 것이다.

"이걸 노린 거다! 〈노예의 쇠사슬〉!"

-켁! 왜 저까지?!

흑흑이를 타고 있었던 탓에, 쇠사슬이 흑흑이에게 맞아 그대로 끌려 들어갔다. 타고 있던 태현도 같이 케인 앞으로!

"잘했다, 케인!"

"나 좀 풀어줘……."

"흑흑아, 쟤 좀 풀어줘라!"

태현은 무시하고 크라켄의 머리 위로 점프했다. 물컹거리는 촉감이 기분 나빴다.

푹푹푹!

[약점을 공격했습니다. 추가 효과가 발동됩니다.]
[<영원히 흘리는 피> 저주가 발동됩니다.]
[약점을 공격했습니다. 추가 효과가 발동됩니다.]
[<부위 절단> 효과가 발동됩니다.]

"앗!"

갑자기 튀어나오는 재료들에 태현은 싸우다 말고 손을 바쁘게 놀렸다. 허공에서 강제로 놀이기구 타듯이 매달려 있던 케인은 어이가 없다는 듯이 쳐다보았다. 크라켄의 머리 위에서 균형 잡으면서 싸우는 놈이 잡템까지 챙기고 있었던 것이다.

-이거 너무……. 질긴…… 끙끙…….

흑흑이는 발톱으로 촉수를 내려찍다가 주변을 힐끗 둘러보았다. 아무도 안 보지?

화르르륵!

사디크의 화염이 촉수 끝을 그대로 지져 버리자, 바로 촉수가 끊어지며 케인을 떨어뜨렸다.

-퀘에에에에엑!

크라켄이 미친듯이 날뛰자 그 위에 타고 있던 태현은 죽을 맛이었다.

'젠장……'

발을 디디고 있는 바닥이 펄떡펄떡 대는 상황에서 균형을 잡고 위에서 날아오는 촉수 공격까지 피해야 하는 상황!

푹!

태현은 대만불강검으로 머리를 찍고 버티려고 했다.

[카르바노그가 위험을 경고합니다!]

"응? 뭔……"

첨벙!

크라켄이 몸을 뒤흔들더니, 그대로 바다에 뛰어들어 잠수해 버렸다. 파이토스 교단의 공격부터 시작해서 태현 일행까지 덤벼들자 일단 피하려고 잠수한 것이다.

덕분에 태현까지 바닷속으로 잠수!

-<수중 호흡>!

태현은 일단 물속에서 숨을 쉴 수 있도록 언령 마법을 켜고, 검을 뽑은 뒤 빠져나오려고 했다. 물속에서 크라켄과 싸우는 건 자살행위였으니까.

촤아악!

그러나 사방의 길이 순간 완전히 막혔다. 크라켄이 거대한 촉수를 뻗어 머리 주변을 완전히 감싸 버린 것이다.

'이 자식……. 나부터 잡으려는 속셈이었나?'

몇 대 때렸다고 파이토스 교단이 아니라 태현을 노리다니!

물론 머리 위에 올라가서 급소를 노리고 연타한 태현이 잘 못한 것이었지만 태현 입장에서는 억울할 뿐이었다.

'이대로 끌려가면 진짜 위험하다!'

크라켄과 함께 빠르게 바닷속으로 가고 있는 상황.

태현은 촉수를 공격해 길을 만들려고 했다.

[<해적왕의 영원한 유배지> 입구에 도착했습니다. 들어가시겠 습니까?]

'……!'

크라켄이 빠르게 잠수하다가 유배지 입구를 스쳐 지나가고 있었다. 덕분에 태현에게 뜬 입장 메시지창!

'일단 들어갔다가 나오면 된다!'

태현은 그렇게 생각하고 바로 입장했다.

[<해적왕의 영원한 유배지>에 들어갑니다. 처음으로 <해적왕의 영원한 유배지>의 길을 찾아 들어왔습니다. 명성이 크게 오릅니다!]

명성 : 21,620

악명 : 21,160

'앗. 명성이 드디어 악명을 넘겼군!'

계속 명성 스탯보다 악명 스탯이 높은 상태였는데, 최근 들어서 계속 세운 업적 덕분에 드디어 명성이 악명을 추월했다. 다른 플레이어의 몇 배는 가뿐히 넘는 명성과 악명 스탯!

명성 스탯을 주로 키우는 플레이어보다 명성이 높고, 악명 스탯을 노리는 플레이어보다 악명이 높은 건 태현밖에 없었다.

[<해적왕의 영원한 유배지>에 갇힌 사람들을 데리고 나갈 수 있습니다. <해적왕의 영원한 유배지>에 갇힌 영혼들은 아직 풀려날 수 없습니다. 그들을 풀어주기 위해서는 해적왕이 남겨놓고 간 바다의 괴수, <저주받은 거대한 크라켄>을 잡아야 합니다.]

'읔.'

태현은 얼굴을 찡그렸다. 여기 온 목적은 결국, 유배지에 갇힌 각 교단 NPC들의 영혼을 풀어주는 일이었다.

그냥 단순히 들어가기만 하면 될 줄 알았는데 결국 크라켄까지 잡아야 할 것 같았다.

"김태현……!"

"어? 여기 케인도 따라왔나?"

애절하고 간절한 목소리가 태현을 부르길래, 태현은 순간 케인도 따라온 줄 알았다. 그러나 케인이 아니었다.

"너……. 네가 날 구하러 올 줄이야……!"

앨콧이 눈물을 글썽거리며 태현을 쳐다보고 있었다. 태현은 당황했지만 내색하지 않고 침착하게 말했다.

"……그, 그래. 내가 널 구하러 왔지."

"으헝헝헝!"

앨콧은 달려들어서 태현을 와락 껴안았다. 뒤에서 크로포드가 믿을 수 없다는 눈으로 쳐다보고 있었다.

"말도 안 돼. 저놈을 구해주러 온 놈이 있을 줄이야……."

"그, 그러게."

친해진 크로포드와 로이. 둘은 경악한 표정으로 속삭였다.

"김태현이 그렇게 앨콧이랑 친한 사이였나?"

"아니……. 아닐 걸……. 너도 봤잖아."

"그건 확실히 친한 사이라기보다는……."

빚진 놈과 빚쟁이. 죄수와 간수. 하여튼 뭔가 좀 이상하고 비틀린 그런 관계! 그런데 길드 동맹의 길드원들은 아란티스 왕국에서 놀고 있는 사이 태현이 구하러 오다니.

"사실 정말 친했던 건가? 앨콧이 말한 게 사실이었나?"

'야. 너 김태현한테 뭐 빚진 거 있냐? 왜 보면 벌벌 떠냐?' 할 때마다 앨콧은 필사적으로 부정했다. '아, 아니야! 우리 친해! 우리 친하거든?! 판온 1 때부터 친했어!'라고.

"으흑흑흑! 길드 동맹 새끼들 아주 나쁜 새끼들이야! 구해주러 안 오고!"

태현은 일단 방금 있었던 일을 녹화했다. 나중에 쓸 수 있을지 모르니까. 그런 줄은 꿈에도 모르는 채 앨콧은 연신 고마워했다.

원래 앨콧이라면 '김태현이 날 구하러 오다니 대체 무슨 꿍 꿍이를 숨기고 있는 거지'라고 반응했겠지만, 이 유배지에 오 랫동안 갇혀 있는 동안 많이 힘들었던 모양이었다.

정상적인 판단을 내리지 못하는 상황!

"어쨌든 고맙다. 김태현."

"감사합니다. 태현 님! 오실 줄 알고 있었습니다!"

크로포드와 로이도 은근슬쩍 달려와 태현을 껴안으려고 들 었다. 그러자 태현은 앨콧을 떼어내고 둘에게 밀었다.

"자. 이제 계산을 해야지."

"……네?"

"'네?'는 무슨 '네?'야. 동네 버스도 타면 돈을 내고, 택시도 타면 돈을 내는데. 설마 여기까지 구하러 왔는데 그냥 입 닦고 같이 하하호호 갈 생각은 아니었지?"

"아…… 어……."

"으…… 어……."

앨콧과 크로포드는 기묘한 일체감을 느꼈다.

동시에 입에서 자동으로 튀어나오는 '아……. 어……. 으……. 어…….' 하는 소리!

"뭐야. 설마 공짜로 갈 생각이었어? 나 기분 상했어. 갈래."

"잠, 잠깐만! 아니! 누가 그런 말 했어!"

앨콧이 재빨리 태현의 팔을 붙잡았다.

"우리 친구잖아! 친구!"

"친구 사이일수록 이런 거래는 똑바로 해야 한다는 거 몰라? 응?"

"……그, 그렇긴 하지……. 뭘 해주면 돼?"

"뭐, 크게 해줄 건 없고."

태현의 말에 셋은 안도의 한숨을 내쉬었다. 그래도 김태현이 완전히 개×끼는 아니구나!

"아키서스 교단에 가입하고 내 영지에 귀환 포인트 정도만 설정하는 정도?"

"개×끼……."

"방금 누구?"

앨콧과 로이는 바로 손가락으로 크로포드를 가리켰다.

"이것들이?!"

크로포드는 배신감에 부들부들 떨었다. 유배지에 같이 떨어져서 쌓은 우정을 1초 만에 버리다니!

"크로포드. 알겠어. 넌 혼자 와라."

"아, 아니야. 김태현. 내가 욕한 건 이 앨콧 놈이었어!"

크로포드는 허둥지둥 손을 내저었다. 다른 건 몰라도 한 가지는 확실했다. 김태현은 버리고 간다면 진짜 버리고 갈 놈이라는 것!

'끙……. 아키서스 교단에 가입하면……. 그래. 뭐 크게 문제는 아니겠지.'

크로포드가 혼자 욕했지만 사실 셋 중 상황이 가장 나은 편이었다. 다른 교단 퀘스트도 거의 깨지 않았고 영지도 딱히 없이 많이 돌아다니는 랭커였다. 교단에 가입하고 태현의 영지에 귀환 포인트를 박아놔도 그렇게 크게 손해는 아니었던 것.

물론 에랑스 왕국처럼 마법사들도 많고 시설도 많은 곳이 가장 좋긴 하겠지만, 크로포드 정도 랭커면 탈것을 타고 빠르게 이동이 가능했다.

"좋아. 가입하면 되겠지?"

앨콧과 로이는 깜짝 놀라 크로포드를 쳐다보았다. 진짜 가입한다고?

"야. 가입하면 어떡해!"

"맞아! 좀 더 버텨야지!"

크로포드와 달리, 앨콧과 로이는 아쉬운 게 많았다. 둘 다 나름 다른 교단에서 퀘스트를 깨고 공적치 포인트를 쌓아놨던 것! 손을 잡고 김태현을 설득해야 하는데 크로포드가 날름 빠져나가 버린 것이다.

"……너희 두 새끼들 방금 날 고발하지 않았냐?"

"아…… 아니. 그건 어차피 알았을 거라고."

"맞아. 어쩔 수 없었어."

"그래. 나도 어쩔 수 없었다 이 새끼들아."

크로포드는 중지를 날리고 김태현 쪽으로 향했다. 태현은 흐뭇한 얼굴로 어깨를 두드렸다.

"아주 잘 생각했어. 가입하라고."

[아키서스 교단에 가입하겠습니까?]

[<절망과 슬픔의 골짜기>를 귀환 포인트로 잡겠습니까?]

[아키서스 교단에 가입했습니다.]

[신성이 오릅니다. 대륙에 퍼진 아키서스 신전에 갈 경우 사제들과 성기사들에게 도움을 받을 수 있습니다. 교단의 본 신전으로 가서 기도하면 특수한 효과가……]

[탈퇴할 경우 공적치 포인트가 전부 사라집니다. 아키서스 교단 NPC들과의 친밀도가 크게 내려갈 수 있습니다.]

여기까지는 무난한 창들이었다.

[탈퇴할 경우 아키서스의 저주를 맞을 수 있습니다.]

"응?"

[<절망과 슬픔의 골짜기>에서 다른 곳으로 귀환 포인트를 옮길 경우 아키서스의 저주를 맞을 수 있습니다.]

"응??"

크로포드는 당황해서 메시지창을 쳐다보았다.

원래 교단 페널티가 이렇게 극단적이었나? 보통 공적치 포인트랑 친밀도 좀 깎고 끝내지 않나?? 아키서스 교단이 이렇게 심한 곳이라고는 들어본 적 없는데??

"아니……. 야……."

"왜?"

"됐다……."

크로포드는 앨콧과 로이를 힐끗 보더니 말을 멈췄다.

이렇게 된 이상 저놈들도 끌어들이리라! 태현은 크로포드의 속마음을 읽고 흐뭇하게 고개를 끄덕였다.

'착한 녀석이군.'

세상은 '나 혼자 당할 수 없다!'라고 생각하는 사람들 덕분에 조금 더 사기 치기 쉬워지는 법이었다. 앨콧과 로이는 망설이며 안달냈다. 로이는 은근슬쩍 말을 붙였다.

"그러고 보니 태현 님. 제가 아버님 밑에서 열심히 일하고 있는데……."

"나 어제 아버지랑 싸웠는데?"

"아무것도 아닙니다……."

로이는 조용히 찌그러졌다. 그렇게 그들이 떠드는 사이, 뒤에서 한 무리의 플레이어들이 나타났다.

셋이 끌려갈 때 같이 끌려갔던 플레이어들!

"김태현! 구해주러 왔구나!"

"아냐. 나도 갇혔어."

"……진, 진짜?"

단체로 흔들리는 동공!

"농담이다."

단체로 안도의 한숨이 튀어나왔다.

"까르륵! 장난꾸러기 같으니!"

"아하하! 김태현 이 유머 감각 뛰어난 놈!"

"어서 빨리 나가자! 난 퀘스트가 쌓여 있어!"

앨콧과 로이가 한숨을 쉬며 옆을 가리켰다.

"여기 줄 서라. 교단 가입해야 되니까."

-태현 님 어디 갔어요!? 죽은 거 아니죠!?

-안 죽었어. 피하느라 유배지 안으로 들어갔어.

-다행이다…….

-그런데 갑자기 궁금해진 건데, 아키서스 교단 가입하면 원래 페널
티가 심했나?

-네? 저희 길드원들 가입할 때 페널티 같은 건 안 나왔는데요.

-응?

이다비의 말에 태현은 고개를 갸웃거렸다. 크로포드는 페
널티가 심하고, 유 회장도 페널티가 심하고, 파워 워리어 길드
원들은 페널티가 없고…….

'사람 차별하나?'

어쨌든 지금 중요한 건 아니었다. 태현은 정신을 차리고 물
었다.

-그래서 위의 상황은 어때?

설마 크라켄이 다시 나타나서 교단 함선들을 무너뜨렸다면 최악의 상황이었다.

-크라켄이 도망가고 아직 안 나타났어요.

'다행이군.'

-파이토스 교단은 태현 님 죽었다고 좋아하고…….
-게네는 올라가서 보자고 그래.
-어떻게 할까요? 대기하고 있을까요?
-응. 곧 애들 데리고 올라갈 테니까 합류해서 생각하자.

크라켄을 잡든 안 잡든 일단 이 일행을 데리고 올라가야 했다. 계속 여기 있을 수는 없었으니까.
"자. 그래서 다들 결정했나?"
"그냥 골드 내면 안 될까요?"
"아니. 내가 돈 받으려고 너희를 구하러 온 거라는 거야? 순수한 선의로 온 날 너무 무시하는 거 아니야?"
벌컥 화를 내는 태현! 말한 사람은 당황해서 손을 흔들었다.
"아…… 아니. 그런 게 아니라…….”
"알지! 우리야 네 선량한 마음을 아는데!"
"안 가입하면 두고 간다."

세상에서 가장 무서운 협박! 결국 갇힌 플레이어들 전원이 울며 겨자 먹기로 아키서스 교단에 가입할 수밖에 없었다.

[신성이 오릅니다. 아키서스 교단의 전력이 늘어납니다.]

흐뭇-
태현은 흐뭇한 얼굴로 플레이어들을 챙겨 넣었다.
"모두들 열심히 해서 공적치 포인트 쌓고 그러라고. 영지에 가면 〈고블린 만능 제작기〉라는 게 있는데, 그거 재밌으니까 해보고."
대놓고 도박을 권유하는 영주! 그렇지만 아쉬운 게 많은 플레이어들은 떨떠름한 얼굴로 들을 뿐이었다.
"좋아. 이제 출구로 안내해 주지."

[〈산둘 도적단〉이 습격해 옵니다.]

"모두 전투 준비!"
김태산은 우렁차게 외쳤다. 그러자 길드원들은 재빨리 움직였다.

[〈오크 지휘 함성〉을 사용했습니다. 모두의 이동 속도가 일시

적으로 크게 증가합니다!]

　[<오크 전투 북>을 사용했습니다. 공격력이 일시적으로……]

　영지에 있던 재산들과 NPC들을 모조리 챙겨서 길드원들과 함께 우르크 지역으로 가는 건 만만치 않은 일이었다.

　길드원들은 괜찮았다. 문제는 데리고 가야 하는 NPC들!

　이들을 데리고 가야 영지의 발전이 빨랐다. 워낙 데리고 가야 할 숫자가 많으니, 필드에서 나타나는 잡몹 도적단들도 긴장하고 상대해야 했다.

　[전투가 시작됐습니다. 현재 데리고 있는 NPC들의 숫자는……]

　[NPC들을 지키십시오!]

　"크악! 크아악! 아오! 짜증 나!"

　날아오는 화살을 몸으로 받아내는 김태산!

　원래라면 한주먹거리도 안 될 적들 상대로 이렇게 수비적으로 싸우니 가슴에서 열불이 치솟았다.

　"형님, 가서 치우고 오겠습니다!"

　"빨리 치워! 저 궁수들부터! NPC들 죽겠다!"

　오크 아저씨들이 우렁찬 함성을 지르며 달려들었다. 컨트롤은 평범하지만 끼고 있는 장비들은 다들 삐까번쩍한 양반들! 전체적인 겉모습은 괴상했지만 전투력 하나는 확실했다.

　"으아악! 도망가자!"

"모두 도망쳐!"

[<산둘 도적단>이 와해되어 도망칩니다!]
[명성이 오릅니다. NPC들 사이의 사기가 오릅니다.]

"으. 짜증 나는 놈들."

김태산은 투덜거리며 화살을 치웠다. 빨리 우르크 지역에 들어가 자리를 잡아야 하는데 자꾸 늦어지고 있었다.

"요리 드시고 움직이세요!"

"여기서 요리하고 있습니다! 드시고 가세요!"

이런 상황에서는 전투 직업보다 제작 직업이 의외로 더 도움이 됐다. 특히 주현영과 함께 온 요리사들은 실력이 뛰어나고 성실해서 모두가 고마워하고 있었다. 이동할 때마다 틈틈이 솥을 꺼내고 요리를 해서 버프를 걸어주는 그들! 게다가 재료도 자기들이 다 갖고 와서 요리를 만들어주고 있었다.

"이거 정말 고맙군. 역시 길마가 훌륭하니 길드원들도 훌륭한……."

"네? 저 사람들은 제 길드원 아닌데요?"

"응?"

김태산은 고개를 갸웃거렸다. 저 요리사들과 주현영이 같이 와서 주현영의 길드원인 줄 알았는데, 아니었다고?

"그러면……. 저 사람들은 누구……."

김태산의 물음에 요리사들은 천진난만하게 대답했다.

"예? 저희들은 저기에서 왔는데요."

"저기가 어딘데?"

"절망과 슬픔의 골짜기요."

"……어, 어? 거기서 왜?"

"그 대장장이들한테 들으니까 여기서 할 일 많다고……. 레벨 올리고 스킬도 올릴 겸 왔는데요."

"태현이가 보낸 게 아니고?"

"네. 보낸 건 아닌데 재료는 김태현 님이 주신 거 맞습니다."

"그 자식이 그렇게 마음을 써줄 리가 없는데…….?"

물론 태현은 모르는 일이었다. 영지의 요리사들이 아키서스 교단 쪽에 '저기 이주하는 놈들한테 가서 아키서스 전도하고 오고 싶습니다'라고 말했더니, '그런 기특한 짓을! 퀘스트를 주마!' 하고 퀘스트를 내려줬던 것이다.

[NPC들 사이에서 아키서스 신앙이 퍼져 나갑니다.]

"뭔가 찜찜한데……."

김태산은 메시지창을 보고 찜찜한 표정을 지었다. 아키서스 교단을 믿는다고 뭐 크게 페널티가 있는 건 아니었지만, 그래도 좀 불안했다. 태현이 이런 친절을 베풀어줄 리 없지 않은가!

그렇지만 이미 요리사들은 일행에서 빼놓을 수 없는 중요한 이들이 되어 있었다. 요리사들이 빠진다면 이동 속도가 절반으로 줄 정도로.

그렇게 김태산이 고민하는 사이, 요리사 한 명이 김태산을 알아보고 다가왔다. 손에는 따끈따끈한 김이 풍기는 수프 그릇이 들려 있었다.

"앗. 태현 님 아버지 맞으십니까? 팬입니다! 이거 드셔주세요!"

"하하. 뭘 팬까지……."

쑥스러워하며 요리를 받으려는 김태산! 요리사는 당황해서 다시 설명했다.

"아니, 태현 님 팬이라고요."

김태산이 정색하자 요리사는 겁을 먹고 한 걸음 물러섰다. 김태산은 아차 싶었다. 어린애 상대로 이게 무슨!

"고, 고맙게 먹지. 주게."

"앗. 그거 맛이 써서 한 번에 마시면 안 되는……."

"칽튥쮋?!"

한 모금 마신 김태산은 자기도 모르게 수프를 밖으로 뿜어 버렸다. 이건 정말……. 개 같은 맛!

주변에 있던 아저씨들이 깜짝 놀라 외쳤다.

"암살이다!"

"저놈이 형님을 독살하려고 했어!"

"저 자식 잡아!"

"아, 아닌데……. 아닌데……!"

요리사는 기겁해서 손을 내저었고, 김태산도 쿨럭거리며 손을 흔들었다.

"독……. 독은 아니야."

"그렇습니까?"

"아니, 형님 좀 천천히 마시지 왜 급하게 마셔서 사레를 들리십니까?"

"이게 급하게 마셔서 사레를 들린 거 같냐!"

김태산은 울컥해서 수프 그릇을 흔들었다. 아까는 그냥 마시느라 못 봤는데, 수프의 색이 녹색이었다. 아무리 봐도 독의 색깔!

"아니 내가 요리를 해도 이런 요리는 안 나오겠다. 대체 이런 요리를 왜 만들어서 준 거야? 너. 태현이가 시켰지!"

합리적 의심! 우락부락한 오크들이 노려보자 요리사는 쪼그라들 정도로 겁을 먹었다.

"아, 아니······. 그거 진짜······. 좋은 요리에요······."

"이게??"

"맛만 그렇고 효과는 좋은 건데······. 좀만 더 드셔보시면······."

김태산은 못 믿겠다는 눈빛으로 다시 그릇을 들었다. 그리고 삼켰다.

"크으으으으으으······."

더럽게 쓴 한약을 몇십 배로 응축시켜 놓은 것 같은 맛! 김태산의 손이 파르르 떨렸다.

[<정체불명의 다섯 가지 재료로 만든 괴식 강장 요리>를 전부 다 먹었습니다! 괴식 요리를 전부 다 먹은 것으로 추가 보너스를 얻습니다.]

[힘, 체력이 영구적으로 5 오릅니다.]

[일시적으로 물리 방어력이……]

[일시적으로 마법 방어력이……]

단순 계산했을 때 레벨 업을 두 번 한 효과가 나온 것이다. 그것도 요리 하나로! 게다가 일시적으로 추가되는 버프들은 덤이었다. 정말 귀한 요리가 분명했다. 김태산은 감동과 동시에 놀랐다. 대체 이게 무슨 요리지!

"정말……. 좋은 요리군. 고맙다!"

"하하……. 만족하시니 다행이네요!"

김태산의 얼굴이 풀리자 요리사는 안도의 한숨을 내쉬었다. 정말 무서웠던 것이다.

"형님, 그 요리가 그렇게 맛있습니까?"

"아니. 맛은 진짜 더럽게 없는데."

"……?"

"효과는 더럽게 좋다."

그 말에 오크 아저씨들의 눈빛이 반짝였다. 몸에 좋은 거라면 온갖 징그러운 것이라도 다 먹을 수 있는 그들! 게임에서도 그건 달라지지 않았다.

확-!

그들의 고개가 돌아가 요리사에게 집중되었다.

"그 요리 더 있니?"

"이 아저씨가 비싸게 주고 살게. 내놔봐."

"어허. 어디 새치기를. 넌 젊은 놈이 인마. 아직 괜찮잖아. 나한테 양보해라."

'무, 무서워…….'

요리사는 슬금슬금 뒤로 물러서며 말했다.

"저……. 그 요리는 워낙 귀한 거라 하나밖에 못 만들었어요."

"크윽!"

"이런……!"

"형님 주지 말고 내가 먼저 먹을걸!"

탄식하는 아저씨들!

그 모습에 요리사는 뿌듯해지는 것을 느꼈다. 그랬다. 여기 온 요리사들 중 이 한 명만이 스타우에게 직접 〈괴식 요리〉를 전수 받은 요리사였던 것이다.

태현은 결국 스타우를 보내지는 못했지만, 스타우의 제자를 딸려 보내는 데에는 자신도 모르게 성공한 것!

"그렇지만 다른 건 만들 수 있습니다. 만들어지는 대로 대접해 드릴게요!"

"뭐? 정말로?"

"이거 잘 부탁한다. 크하하!"

"혹시 뭐 갖고 싶은 거라도 있니?"

덩치 작은 요리사를 둘러싸고 신나서 떠드는 오크 아저씨들! 누가 보면 골드라도 뜯는 것 같은 모습이었다.

"그런데 아까 그 요리는 무슨 재료를 썼길래 못 만드는 거지? 우리가 구할 수 있는 재료면 구해다 줄게."

"일단 <매우 희귀한 세 빛깔 바퀴벌레>하고……."

"……야. 형님 못 들었지?"

"영원히 못 듣게 해야겠다."

얼마 지나지 않아 그들은 순식간에 친해졌다. 오크 아저씨
들은 이해가 가지 않았다.

"이렇게 뛰어난 요리사를 왜 푸대접한단 말이야!"

"맞아. 재료가 좀 징그럽고 맛이 개같이 없으면 어때! 몸에
만 좋으면 그만이지!"

"원래 몸에 좋은 건 입에 쓴 법이여!"

괴식 요리를 배우고 처음 받는 환대! 요리사는 감동으로 울
컥해졌다.

"크흑……!"

절망과 슬픔의 골짜기에서는 볼 수 없었던 반응!

"아……. 이걸 먹어야 해?"

"야. 참고 먹어! 먹어야 사냥을 갈 수 있어!"

"코를 막고 먹어봐!"

"먹기 전에 이 마비 열매로 혀를 마비시키면 좀 낫더라."

괴식 요리 자체는 잘나갔지만, 사람들의 반응은 차가웠던
것이다. 이렇게 오크 아저씨들처럼 뜨겁게 호응해 주고 칭찬해
주던 사람들이 있었던가!

"흑흑……. 저희 영지 놈들은 다 맛알못 새끼들이에요……."

“거럼! 그놈들이 아직 어려서 맛을 모르는 거야!”

“태현이 영지에는 그러면 너 같은 요리사들이 더 많은 건가?”

“저 말고도 몇 명 더 있어요. 저희를 가르쳐 준 요리사 NPC도 있고요.”

오크 아저씨들의 눈빛이 반짝였다. 이 요리사를 가르쳐 준 NPC가 있다니. 그렇다면 그 NPC는 얼마나 정력에 좋…… 아니, 얼마나 스탯에 좋은 요리를 한다는 건가?

“우르크 가서 짐 다 풀어놓으면 당장 모시러 가자!”

“앗. 그런데 태현이 영지에 있다면서요.”

“태현이 허락을 받아야 할 거 같은데…….”

“태현이가 허락 안 해주지 않을까? 그런 인재를.”

“음. 나 태현이 돌잔치 때 선물 갖고 갔는데 그걸로…….”

“퍽이나 먹히겠다!”

“뭐 태현이가 좋아할 만한 거 들고 가서 설득해 보자구.”

오크 아저씨들은 서로 둘러싸고 앉아서 수군거렸다.

첨벙!

태현과 피해자 일행, 아니, 플레이어 일행은 무사히 출구로 나와 수면 위에 얼굴을 내밀었다.

“그런데 여기 오면서 뭐 아무것도 없었냐?”

“음. 있었지.”

"뭐가 있었지?"

플레이어들은 태현이 다 잡고 온 줄 아는 모양이었다. 전혀 걱정하거나 긴장하는 모습이 아니었다.

"음...... 사실......."

".......?"

"잡고 들어온 게 아니라 피해서 들어온 거라, 다시 잡아야 해."

".......응?"

"뭘, 뭐를?"

뭔가 일이 이상하게 흘러간다는 걸 깨달은 플레이어들의 목소리가 갈라졌다.

쿠르르르르-

순간 그들의 밑이 어둡게 변했다. 무언가 거대한 게 올라오고 있다!

촤아아아악!

-퀘에에엥!

크라켄이 다시 나타난 것이다.

[<저주받은 거대한 크라켄>을 목격했습니다. 공포 저항에 실패했습니다. 몸이 굳습니다!]

플레이어 중 몇 명은 크라켄을 보고 공포 저항에 실패해 몸이 굳어버렸다. 그렇지만 나머지는 재빨리 흩어졌다.

"으아악! 이게 뭐야!"

"김태현! 미리 말해줬어야지!"

"미안. 급해서 잊어버렸네."

물론 거짓말이었다. 말해줬으면 이놈을 잡는 대가로 버티려는 놈들이 나올 수 있었을 테니까!

'그나저나 내가 나올 때까지 기다린 건가?'

태현은 입맛을 다셨다. 왠지 모르게 이 크라켄이 그에게 원한을 가진 것 같았다.

[카르바노그가 당신이 한 짓을 생각해 보라고 조언합니다.]

'……아니. 파이토스 교단이 더 얄밉지 않나?'

"앗! 김태현 백작님이다!"

"살아 계셨어!"

"이런 젠장!"

"응?"

"방금 사제님. 뭐라고……"

"아, 아무것도 아닐세."

저 멀리서 교단 함선들에 나눠 타고 있는 NPC들의 소리가 들렸다. 파이토스 교단은 함선을 잃어버려서인지, 야타 교단의 함선 위에 타고 있었다. 위치 확인 끝!

태현은 씩 웃으며 바다 위를 달리기 시작했다.

목표는 파이토스 교단이 타고 있는 야타 교단의 함선!

"김태현 백작, 왜 여기로 뛰어오는……"

좌아아악!

크라켄은 주변에 흩어진 플레이어들에게는 눈길도 주지 않고 태현을 쫓아 달려오기 시작했다. 반드시 죽인다는 살벌한 의지가 느껴지는 추격!

"야타 교단! 함선 부서지기 싫으면 방어막 치는 게 좋을 거다!"

이건 지휘가 아닌 거의 협박이었다. 그렇지만 제대로 먹혔다.

"모, 모두 결계를 쳐라! 사제들은 모두 결계를 쳐서 함선을 보호해라!"

파이토스 교단과 야타 교단은 황급히 전력을 다해 결계를 치기 시작했으니까. 교단 고위 사제들이 전부 다 방어에 집중하자, 크라켄이 후려쳐도 버텨내는 결계가 만들어졌다.

쾅, 쾅!

[교단 사제들의 집중 결계가 펼쳐졌습니다. 현재 결계의 남은 내구도는 78%입니다.]

"더 열심히 하라고!"

함선 위로 올라가면서 태현은 그들을 재촉했다. 파이토스 교단 사제들은 태현을 죽일 듯이 노려보았다.

[<가혹한 채찍질> 스킬을 사용했습니다. 자리에 있는 이들의 능력이 상승합니다.]

"헉헉······."

태현이 함선에 올라가자, 그걸 보고 다른 플레이어들도 거기로 모이기 시작했다. 어쩌다 보니 공격대의 중심이 된 야타 교단의 함선!

야타 고위 사제 중 한 명이 안절부절못하며 말했다.

"바다에 내려가서 싸우는 게 낫지 않겠습니까?"

"뭐, 바다는 이 함선 부서지면 내려가도 되니까."

"······."

"자. 이제 저걸 어떻게 잡을지 생각해 볼까······."

"후. 김태현."

갑자기 폼을 잡기 시작한 앨콧. 태현은 '얘가 뭘 잘못 먹었나?' 하는 눈빛으로 쳐다보았다.

"넌 오늘 운이 좋은 거야. 내가 오랫동안 저기 갇혀 있어서 날뛰고 싶었거든."

앨콧의 말에 뒤에서 플레이어들이 수군거렸다.

"쟤 방송 컸냐?"

"아니. 쟤는 원래 저런 놈이었어."

"봐라. 내 실력을!"

앨콧은 재빨리 바다 위를 달려 크라켄에게 덤벼들었다. 이번 기회에 바닥에 떨어진 위신도 좀 올리고, 태현한테 생색도 좀 낼 생각이었다. 안 그래도 크로포드와 로이가 그를 수상하게 보는 눈빛이 아팠던 것이다.

〈공중 연속 밟기〉, 〈약점 만들기〉, 〈마비성 맹독 단검〉,

〈전력을 다한 질주〉!"

공중을 걷는 스킬과, 상대의 약점을 강제로 만드는 스킬, 그리고 무기에 독성을 부여하는 스킬과 고속 이동 스킬까지.

암살자다운 스킬 연속 콤보를 보여주며 앨콧은 허공을 달려 크라켄의 눈을 향해 전력질주했다.

[〈발목을 묶는 심해의 저주〉가 발동됩니다. 이 주변에서는 날아다닐 수 없습니다!]

첨벙!

달려들던 앨콧은 그대로 바다에 떨어졌다. 상황을 모르는 플레이어들은 황당하다는 듯이 중얼거렸다.

"저 자식 지금 스킬 실패해서 떨어진 거야?"

"미친. 초보자들도 안 하는 실수를⋯⋯."

"아, 아니야! 여기 저주가 걸려 있다고⋯⋯!"

"변명이 너무 추하다 앨콧!"

"우우! 우우우!"

플레이어들은 상황도 잊고 앨콧을 야유했다. 앨콧은 얼굴이 붉어져서 외쳤다.

"김태현! 여기 저주 있잖아! 말 좀 해줘!"

"그래. 여기 주변에는 날아다니지 못하는 저주가 있어."

"봐라! 김태현도 저렇게 말하잖아!"

앨콧은 의기양양하게 외쳤지만 플레이어들의 눈빛은 더욱

차가워졌을 뿐이었다.

"앨콧……. 그렇게 할수록 너만 딱할 뿐이야……."

"적당히 인정해라."

"이 자식들이 진짜……. 으걱."

-쾌에에에엑!

크라켄이 옆에서 떠드는 앨콧이 짜증 났는지 그대로 촉수로 후려쳐 날려 버렸다.

앨콧은 허공 높이 쭉 날아가더니…… 뚝! 떨어졌다.

"앗. 진짠가?"

"그냥 떨어지는데?"

"저 자식 우기려고 일부러 스킬 안 쓰고 떨어지는 건 아니겠지."

불신의 눈빛을 보내는 플레이어들! 그 사이 거리를 벌렸던 흑흑이가 재빨리 날아 왔…… 아니, 바다를 헤엄쳐서 기어 올라왔다.

-주인님. 주인님.

"……?"

-제가 저놈의 약점을 알아 왔습니다!

"뭔데?"

-놈은 불에 많이 약합니다!

"오. 진짜? 잠깐……. 너 그거 어떻게 아는 거냐?"

흑흑이는 태현과 눈을 마주치지 못하고 고개를 돌렸다.

"이 자식이……. 내가 쓰지 말랬지? 응? 너 때문에 내가 손해 보면 네가 책임질 거냐? 응?"

-흑흑……. 죄송합니다…….

태현은 흑흑이를 구박하는 것을 멈추고 몸을 돌렸다. 일단 불에 약하다니 화염 속성으로 공격해 볼 생각이었다.

"크로포드!"

"왜!"

"놈의 약점은 화염 속성이다. 화염 마법을 써!"

크로포드는 화염 마법을 전문으로 하는 랭커였다. 이런 상황에서는 안성맞춤…….

"……저놈의 약점이 화염이라고? 물속에서 헤엄치는 크라켄이?"

크로포드는 '이 자식 뭔 소리를 하는 거야' 하는 눈빛으로 태현을 쳐다보았다.

"공격하라니까? 내 말 안 들리냐?"

"아니…… 말이 되는 소리를 해야 들어주지! 네가 마법사 아니라서 그러나본데 나 정도 되면 MP 관리 엄청 빡세게 한다고. 효과 없는 다른 스킬 쓰면 스킬 콤보가 꼬여!"

크로포드의 말도 틀린 건 아니었다. 지금 가만히 서 있는 것처럼 보여도, 속으로는 엄청나게 복잡한 계산을 동시에 하고 있었다. 전체 MP 양을 체크하고, 다음 스킬 때 소모되는 MP 양을 확인하고, 쿨타임이 다 차는 스킬들 중 뭐를 써야 좋을지……. 마법사 같은 직업은 이런 계산이 특히 어려운 편이었다. 근접전 직업보다 훨씬 더 머리를 필요로 하는 직업!

옆에서 정수혁이 감탄했다.

"와. 대단하십니다. 전 그냥 닥치는 대로 난사하는데."

"하하. 겸손도."

크로포드도 정수혁의 플레이 영상을 한 번 본 적 있었다. 대회 예선에서 무시무시한 컨트롤을 가진 마법사가 나타났다고 해서 보러 간 것이다.

그때 보여준 정수혁의 센스는 정말 대단했다. 특히 상대방의 마법을 먼저 예측하고 카운터치는 반사 신경이 일품!

그런 마법사가 아무 생각도 없이 마법을 난사할 리가 없지 않은가?

"??"

"??"

"둘이 서로 눈 마주 보면서 뭐 하냐? 어쨌든 크로포드. 화염 써라."

"방금 말했잖아!"

"하하. 괜찮아."

"왜?!"

"내가 널 구해준 거지 네가 날 구해준 게 아니니까. 싫으면 배에서 내려라."

이런 치사한 새끼!

크로포드는 속으로 욕을 했다. 그러나 상황은 거기서 멈추지 않았다.

[교황의 명령을 거역했습니다. 아키서스의 저주가 내립니다.]

'아니 뭐 자기보다 높은 위치의 플레이어 말 거역했다고 페널티 주는 교단이 어딨어!?'

태현이 교황이라는 건 알고 있었지만, 그래도 플레이어 아닌가. 플레이어 말 안 들었다고 교단 페널티가 내려오다니!

[현재 걸려 있는 버프 중 하나가 사라집니다. <현자의 마력 흡수> 버프가 사라집니다. 계속해서 거역할 경우 추가로 저주가 내려올 수 있습니다.]

<현자의 마력 흡수>는 그냥 사용할 수 있는 스킬이 아니었다. 매번 사용할 때마다 비싼 <상급 루비 가루>와 <남쪽 요정의 날개가루>를 써야 하는 스킬이었던 것이다.

대신 그만한 값을 했다. 먼저 풀기 전에는 풀리지 않고, 소모되는 MP도 엄청나게 적은 편이었다. 각종 MP 회복 아이템을 덕지덕지 끼고 있는 크로포드에게는 우스울 정도.

그런데 하필이면 그런 버프를 날려 버리다니!

"아니 진짜 뭐 이런 교단이 있어?!"

크로포드는 말과 함께 움직였다. 더 이상 저주를 받을 수는 없었다.

"난 책임 못 진다!"

화르륵!

말과 함께 크로포드의 앞에 거대한 화염의 덩어리가 생겨났다.

-연속 화염 난사!

그 화염의 덩어리는 사라지지 않고 계속 유지되었다. 거기서 튀어나오는 각종 공격 화염 마법들!

'이야. 부럽군.'

태현은 속으로 입맛을 다셨다. 마법사 플레이어의 저런 위력 넘치는 스킬들은 부러울 수밖에 없었다. 직접 가서 안 때리고 이렇게 폭격하듯이 퍼붓는 스킬들이라니. 완전 날로 먹…….

"김, 김태현!"

"?"

"안…… 먹히잖아!"

화염 공격을 연신 두들겨 맞은 크라켄은 어리둥절한 눈으로 크로포드를 쳐다보았다. 왠지 모르게 비웃는 것 같은 느낌이었다.

'크으윽!'

크로포드는 굴욕감을 느꼈다. 몬스터한테 이런 굴욕감을 느끼는 건 처음이었다.

"뭐야, 크로포드 지금 화염 마법 쓴 거야? 자기가 아무리 화염 마법 전문이라도 그렇지……."

"저 몬스터한테 화염 마법 쓰는 놈이 어디 있어?"

"아까 앨콧도 그렇고 둘이 약간 좀 모자란 것 같다."

웅성거리는 다른 플레이어들.

크로포드의 얼굴이 입고 있는 옷 색깔만큼이나 붉어졌다.

"야!!"

"아. 거 되게 땍땍대네. 알겠어. 해결해 주면 될 거 아냐."

태현은 심드렁하게 대답하고 도망치려는 흑흑이의 발목을 붙잡았다.

-하…… 하하. 주인님. 그게 제가…….

-너 이 자식. 화염이 약점이라며?

-그게…… 제가 썼을 때는 잘 먹혔는데…….

태현은 뭐가 문제인지 깨달았다. 크로포드와 흑흑이의 차이점이라면 화염의 속성밖에 없다!

-젠장. 말을 제대로 해줬어야지. 사디크의 화염이라서 통하는 거였군.

-앗! 그런 것 같습니다!

-고맙다. 빨리 말해줘서. 가서 저놈이 불 끄기 전에 사디크의 화염으로 바꿔 버려. 할 수 있지?

랭커인 크로포드가 전력을 다해 쏘아낸 화염 마법 콤보는 약하지 않았다. 크라켄의 몸에 붙은 화염은 아직 꺼지지 않은 상태.

-할 수는 있는데…… 그런데 날아갈 수가 없잖습니까. 가까이 붙어야…….

-하하. 뭘 그런 걸 가지고 그래. 내가 해결해 줄게.

태현의 말에 흑흑이는 갑자기 불안해지는 걸 느꼈다.

-크아아아아아아!

사디크의 마수이자 블랙 드래곤의 포효가 전장을 가득 채웠다.

[크라켄의 움직임이 잠시 멈춥니다. 상태 이상이 해제됩니다. 일시적으로 공포 상태에 면역됩니다.]

"김태현 데리고 있는 펫이지?"

"와, 좋은 펫 데리고 있네."

어떤 펫이냐에 따라 쓸 수 있는 스킬들이 달라졌다. 그런 면에서 태현의 펫들은 겉으로 봐도 매우 희귀하고 강력해 보이는 펫들이었다.

-주인님! 주인님! 이건 아닙니다!

태현은 흑흑이를 옆구리에 끼고 앞으로 달려 나가고 있었다. 날지 못하는 흑흑이를 크라켄에게 갖다 붙이려면 이 방법이 제일!

흑흑이는 애처롭게 비명을 질러댔다. 덕분에 플레이어들은 공짜 버프를 얻었다.

"자, 가라!"

-퀘에에엑!

태현이 가까이 다가오자, 크라켄은 태현을 알아보고 분노한 기색을 눈빛에 띄웠다. 즉시 함선을 때리던 공격을 멈추고 태현을 노리는 크라켄!

그러나 태현이 한발 앞섰다. 흑흑이가 재빨리 크라켄에게 붙어 스킬을 사용한 것이다.

-화염이여, 바뀌어라! 사디크의 화염으로!

화르륵!

크라켄의 몸에 붙어 있던 화염의 색이 검게 변하더니, 크라켄이 고통에 가득 찬 비명을 질렀다.

-케에에에에엑!

[크라켄에게 치명적인 공격을 넣었습니다!]
[놈이 발광합니다. 주의하십시오!]

"모두 공격 대비!"

플레이어들은 보스 몬스터가 뿌려대는 공격에는 이골이 나 있었다. 태현의 외침에 그들은 곧바로 대비했다.

'어떤 공격이든 간에 미리 준비하고 있으면 대응할 수 있다!'

그렇게 생각하며 자신만만하게 크라켄을 노려보았다. 자, 어떻게 할 거지?

-퀙! 퀘에엑! 퀘에에에엑!

"어?"

발광하는 크라켄은 더 이상 태현만을 노리지 않았다. 눈앞에 보이는 것들 중 커다란 것들을 연속적으로 후려갈기기 시작했다.

콰드드득!

거기서 멈추지 않았다. 크라켄은 빠르게 다가와 촉수로 함선을 통째로 묶어버렸다.

"미…… 미친."

"뭐 해! 공격해! 놈이 약해졌잖아!"

"알, 알겠어!"

파이토스 교단, 야타 교단 NPC들과 플레이어들은 기겁해서 크라켄에게 공격을 퍼붓기 시작했다.

퍼퍼퍽! 퍼퍼퍼퍼퍽!

[크라켄이 괴력으로 배를 부수려고 하고 있습니다!]

[막으십시오!]

"결계가 10%도 남지 않았습니다! 곧 깨집니다!"

"이 자식 뭐 잘못 먹었나 왜 이래!"

발광하는 크라켄은 공격을 막아내거나 피하지도 않았다. 플레이어들의 공격을 깡체력으로 받아내며 배를 부수려는 집념! 수비를 포기한 보스 몬스터의 공격에 플레이어들은 기겁했다. 지금 당장이라도 결계가 깨질 것 같았다.

"와. 효과 좋군."

그러는 사이, 배에서 멀어져 있던 태현은 휘파람을 불며 크라켄의 뒤로 접근했다. 아까부터 계속 크라켄이 태현만 노려봐서 뭘 할 수가 없었는데……. 이제 기회가 온 것이다.

"가자!"

탓, 탓, 타앗!

곡예라도 하는 것처럼 태현은 크라켄의 촉수를 타고 달려가 스킬을 사용해 도약했다. 발광하는 크라켄의 몸은 미친 듯이 요동쳤지만 태현은 신경을 집중해 곡예를 성공했다.

[믿을 수 없는 난이도의 곡예를 성공했습니다. 민첩이 오릅니다.]
[치명타가 터졌습니다!]

크라켄의 머리 위에 오른 태현은 신나게 딜을 넣기 시작했다. 경쾌한 소리와 함께 검이 미친 듯이 휘둘러졌다.

[아키서스 검법으로 상대의 약점을 공격하는 데 성공합니다. 추가로 저주가 발동됩니다.]

아키서스 검법의 힘은 대단했다. 계속 바뀌는 약점을 노리는 게 성가시긴 했지만 성공시킬 때마다 치명타를 포함해 강력한 저주가 들어갔다.

-아키서스의 첫 번째 공격!

[행운 스탯을 소모해 강력한 연속 공격을 퍼붓습니다. 스킬 레벨이 높아질수록 연속 공격의 시간이 길어집니다.]

방해받지 않고 딜을 넣는 태현의 공격력은 무시무시했다.

함선이 부서질까 봐 이리 뛰고 저리 뛰던 플레이어들도 넋을 잃고 쳐다볼 정도로.

'정말 대단하긴 대단하다!'

'대회 우승을 아무나 하는 게 아니긴 하구나.'

'그런데 저 자식 우리는 안 도와주나?'

"김태현! 이 촉수 좀 어떻게 해줘!"

-주인님. 도와달라는데요? 가서 잘라낼까요?

흑흑이는 자신만만하게 말했다. 지금 크라켄은 고통 때문에 함선을 박살 내는 것만 집중하고 있었다. 지금이라면 가서 사디크의 화염으로 크라켄의 촉수를 끊는 걸 도와줄 수 있었다.

"아니. 그냥 대미지나 넣자. 저거 어차피 촉수 잘라봤자 대미지도 별로 안 들어가잖아. 거기에 불 지를 거면 몸에 질러야지."

그런 대화를 하고 있는지도 모르는 채, 플레이어들은 비명을 질렀다.

"김태현! 도와줘!"

"으아아! 배가 부서진다!"

첨벙, 첨벙!

몇 명은 재빨리 배를 버리고 탈출했다. 여기 계속 있어 봤자 위험하다는 걸 깨달은 것이다.

"진짜 안 도와줘도 돼?!"

"이걸 잡는 게 도와주는 거지."

태현은 눈 하나 깜박이지 않고 검을 휘둘렀다.

어차피 저기 있는 놈들은 죽어도 별 상관없는 놈들! 파이토스 교단, 야타 교단, 거기에 오늘 처음 본 플레이어들…….

와드드득!

비명과 같은 소리가 배에서 터져 나오고, 크라켄이 기어코 함선을 찢어발겼다.

[크라켄이 파이토스 교단의 함선을 찢어발기는 데 성공했습니다! 자리에 있던 모두가 공포 상태에 빠집니다.]

"크아악! 파이토스 님!"
"용기를 주소서!"

[파이토스 교단 성기사 세 명이 죽었습니다! 악명이 오릅니다.]
[파이토스 교단 사제 두 명이 죽었습니다. 악명이 오릅니다.]

배가 박살 나자 끝까지 버티고 있던 사람들도 무사하지 못했다. 크라켄은 닥치는 대로 촉수를 휘둘렀다. 플레이어들의 공격을 몸으로 그냥 받아낸 데다가, 태현에게 집중적으로 공격을 당한 크라켄의 상태는 그렇게 좋지 못했다.

[크라켄의 HP가 10% 밑으로 떨어집니다.]
[<괴수의 마지막 발악>이 시작됩니다!]

그럼에도 불구하고 대형 괴수 몬스터답게 크라켄은 끈질긴 생명력을 보여주었다. 멀쩡했을 때보다 오히려 더 무서운 발광 공격!

"으아아앗!"

비명이 튀어나오고, 크라켄이 배의 잔해에서 촉수로 한 명을 붙잡았다. 파이토스 교단의 후고 사제였다.

"이…… 이놈! 놓아라!"

후고 사제는 방어막을 몸에 치고 버티고 있었지만, 크라켄의 힘을 상대로 오래 버틸 수는 없었다. 바로 짜부라질 것 같은 기세!

순간 후고 사제와 태현의 눈이 마주쳤다.

휙!

노골적으로 시선을 피하는 태현! 딜 넣기도 바쁜데 후고 사제 구해줄 시간은 없다는 모습이었다.

그 모습에 후고 사제는 울컥했다.

"저런 저주받을…… 네놈의 아키서스는 오래 가지 못할 거다! 아키서스를 믿는 놈들은 모조리 욕망에 눈이 멀어서 파멸할 것이고……."

묘하게 현실적인 저주! 이상하게 그럴 것 같아서 태현의 기분이 나빠졌다.

"거 알아서 죽을 거 같아서 내버려 뒀는데 매를 버네."

-망치 던지기!

태현은 파이토스 교단 훈련장에서 얻은 스킬을 사용해 후고 사제에게 집어 던졌다. 안 그래도 미운 놈, 보낼 때 확실하게 보내려는 생각이었다.

퍽!

[<망치 던지기> 스킬로 크라켄의 촉수를 정확하게 잘라내는 데 성공합니다! 파이토스 교단의 후고 사제의 목숨을 구했습니다. 명성이 오릅니다. 파이토스 교단과의 관계가 아주 조금 회복됩니다.]

태현은 떨떠름한 표정으로 떨어지는 후고 사제를 쳐다보았다. 지금 모두 정신도 없겠다, 은근슬쩍 보내 버린 다음 나중에 들키면 '아니~ 촉수 노려서 구해주려고 한 건데 빗나간 거야~'라고 변명하려고 했는데…… 설마 그 변명대로 구해주게 될 줄이야!

첨벙!

후고 사제는 바다에 떨어졌지만 무사해 보였다. 태현은 아쉬웠지만 곧바로 고개를 돌렸다. 지금 중요한 건 크라켄이었으니까!

비틀거리는 크라켄을 향해, 태현은 최후의 공격을 퍼부었다.

-치명타 폭발! 칼날 폭발!

카카카카카캉!

이제까지 쌓아놓았던 스택이 터지면서 크라켄이 거대한 비명을 질렀다. 거기서 끝나지 않고, 태현의 대만불강검이 산산

조각이 나며 대미지를 집어넣었다.

[<해적왕의 영원한 유배지>의 수호자, <저주받은 거대한 크라켄>을 쓰러뜨리는 데 성공합니다. <해적왕의 영원한 유배지>에 갇혀 있던 영혼들이 저주에서 풀려납니다.]
[명성, 신성이 크게 오릅니다.]
[아키서스 교단의 이름이 대륙에 널리 퍼집니다. 앞으로는 직접 신전을 짓지 않아도 대륙에 아키서스 교단의 신전이 생길 수 있습니다.]

태현은 반색했다. 온갖 퀘스트를 깨며 교단의 이름을 널리 알리고 알린 결과, 드디어 일정 수치를 넘긴 것이다. 다른 유명한 교단들처럼 이제 아키서스 교단도 알아서 신전이 생겨날 수 있는 것!

[아탈리 왕국 내 평판이 오릅니다. 아탈리 왕국 내 공적치 포인트를 얻었습니다.]
[아탈리 국왕의 친밀도가 오릅니다.]
[아이템을 얻었습니다.]
[레벨 업 하셨습니다.]

한 번에 레벨 3업! 레벨 100을 찍고 불안해하고 있었는데 이 정도 성장이면 괜찮은 편이었다.

"어. 레벨 1 올랐네."

"저런 보스 몬스터 잡고 1 오르다니. 아쉬워라……."

"한 게 없으니 어쩔 수 없지."

무엇보다 기쁜 건, 이번에는 다른 플레이어들이 별로 레벨 업을 하지 못했다는 것! 크라켄을 상대로 대부분의 딜을 넣은 건 태현과 교단 NPC들이었기 때문이었다.

'그보다 전술 스킬이 드디어 9인가…….'

고급 전술 스킬 레벨 9. 이제 곧 최고급 전술 스킬을 앞두고 있는 스킬 레벨이었다. 화술 스킬만큼은 아니었지만 전술 스 킬도 익히고 있는 사람이 많은 스킬은 아니었다. 애초에 전술 스킬은 많은 사람을 데리고 싸워야 효과를 보기 좋은 스킬. 키우기도 애매하고 쓰기도 애매한 그런 스킬이었다.

대형 길드의 길마나, 많은 부하들을 부리고 다녀야 하는 직 업들 정도나 키우는 스킬!

그런 면에서 태현처럼 부하 없고 길드원 없는 사람이 전술 스킬을 이렇게 키운 건 특이한 경우였다. 매번 남의 병력을 빌 려서 싸웠던 것!

'검술이나 이렇게 오르면 좋을 텐데.'

아무래도 검술 특화 직업에 비하면 태현의 검술 스킬 성장 은 더딜 수밖에 없었다. 랭커들 중 몇몇은 벌써 최고급 검술을 직전에 두고 있다는 소문이 있었다. 최고급 검술 스킬을 찍은 랭커가 있어도 놀랍지 않은 상황.

'에이. 아이템이나 확인하자.'

크라켄의 잘려 나간 촉수:

크라켄의 끝에서 잘려 나간 거대한 촉수입니다. 이걸 먹는 사람은 없을 겁니다.

크라켄의 거대한 눈:

크라켄의 몸통에 자리 잡고 있던 거대한 눈입니다. 아직도 살아 있는 것처럼 끔찍합니다.

촉수, 눈, 몸통 덩어리 등등 각종 부위 아이템들이 나왔다.

원래라면 '요리해서 싫은 놈이나 줘야지' 했겠지만, 이제는 아니었다. 몬스터 정수의 귀중한 재료!

태현은 소중하게 아이템들을 챙겨 넣었다. 옆에서 케인이 기겁한 눈으로 쳐다보았다.

'왜 저러는 거야?'

해적왕의 낡고 녹슨 검:

내구력 10/10, 물리 공격력 5

<저주받은 거대한 크라켄>을 쓰러뜨린 사람만이 착용 가능.

스킬 '저주받은 유령 함대 소환' 사용 가능. 낡고 녹슬었지만 한때 바다를 휩쓸었던 해적왕의 힘이 남아 있는 검이다. 해적왕의 부하를 소환할 수 있겠지만, 소환할 경우 검이 부서질 수도 있다.

태현은 반색했다. 검 자체의 성능은 별로였지만, 안에 달려 있는 스킬이 상당히 강력해 보였던 것이다.

유령 함대 소환이라니! 퀘스트 깰 때도 좋았고, 싫어하는 놈 영지 가서 깽판 칠 때도 좋아 보이는 스킬!

'〈망령의 정수〉나 〈잊혀진 망자의 왕관〉하고 잘 어울릴 것 같은데……'

〈망령의 정수〉는 고대 신의 망령에게서 나온 아이템으로, 사용하면 〈고대 신의 망령〉으로 변신해서 사령술을 쓸 수 있는 아이템이었다. 〈잊혀진 망자의 왕관〉은 이세연과 스미스를 제치고 뺏은 아이템으로, 이것도 비슷해 보였다.

착용하면 저주가 걸린다는 점이 무서워서 착용해 보지는 못했지만!

역시 사용한다면 〈망령의 정수〉가 더 무난해 보이긴 했다. 일회용인 게 아쉬웠지만……. 유령 함대를 이끄는 데에는 엄청난 시너지 효과가 나올 게 분명!

촤아악-

"백작님! 올라오십시오! 거기서 뭐 하시는 겁니까!"

태현이 바다 위에서 아이템을 확인하고 있는 동안, 데메르 교단이 급하게 배를 몰고 왔다. 파이토스 교단의 함선은 박살 났지만 다행히 다른 교단은 무사히 끝낼 수 있었다.

주변 바다에 빠져 있던 플레이어들과 파이토스 교단 NPC들이 허겁지겁 배 위로 올라갔다.

"헉, 헉헉."

"바다 밑이 은근히 차갑잖아?!"

"나 회복 좀 시켜주세요, 사제님! HP가 지금 4%예요!"

"아. 네."

친절한 데메르 교단 사제들은 솔선수범해서 플레이어들을 회복시켜 주었다. 그러는 와중 후고 사제는 영혼이 빠져나간 얼굴로 앉아 있었다.

"사제님. 괜찮으십니까?"

"아까 잡히셨는데 많이 다치지는 않으셨습니까?"

"어…… 어…… 괜찮네."

파이토스 성기사들이 우르르 몰려와서 걱정해 줬지만, 후고 사제는 멍하니 고개를 끄덕일 뿐이었다.

이제 와서 죽일 수는 없으니, 태현은 아쉬울 뿐이었다.

'생색이나 내야지.'

태현이 다가오자 파이토스 교단 NPC들이 기겁하며 앞을 막아섰다.

"김태현 백작님, 다가오시면 안 됩니다!"

"후고 사제님께서는 지금 많이 다치신 상태입니다!"

"차라리 저희한테 뭐라고 하십쇼!"

주변에 있던 플레이어들은 벙찐 얼굴로 그들을 지켜보았다. 대체 뭘 했길래 저런 반응이 나오는 거지?

그러나 후고 사제는 손을 흔들며 말했다.

"비켜서라."

"사제님!"

"안 됩니다! 김태현 백작이 사제님을 죽일지도 몰라요!"

'헉. 어떻게 알았지?'

태현은 살짝 찔렸다. 그러나 후고 사제는 성난 목소리로 말했다.

"무슨 무례한 말을 하는 거냐. 아까 내 목숨을 구해준 걸 보지 못했느냐!"

"말도 안 되는……."

"김태현 백작이 그랬다고요?"

"야. 나 뒤에 있다."

"힉!"

파이토스 교단 성기사들은 질색하며 물러섰다. 후고 사제는 고개를 숙이며 말했다.

"미안하게 됐소. 김태현 백작."

"님."

"……김태현 백작님."

"그래. 호칭은 중요하지."

"……이번에 목숨을 구해준 것, 감사합니다. 제가 그런 모욕을 했는데……."

"암. 감사해야지. 사람이란 무릇 은혜를 잊지 않아야. 안 그러면 그게 짐승 아니겠어?"

"……그런데 그 망치는 어떻게 쓴 건지 물어봐도 되겠습니까?"

태현은 아차 싶었다. 생각해 보니 파이토스 교단 앞에서 파이토스 스킬을 쓰는 건 좀……. 어차피 죽을 놈이라고 괜찮다고 생각했던 것이다.

'뭐 상관없지.'

태현의 화술 스킬은 이제 범죄를 저지르고 현장에서 체포 당하더라도 빠져나갈 수 있을 수준이었다.

"봤으면 알 텐데? 위대한 파이토스 님께서 날 인정하시고 힘을 내려주신 거지."

"말, 말도 안 되는! 어찌 파이토스 님이 다른 신을 믿는 사람한테……."

"직접 두 눈으로 보고서도 못 믿는다니. 저런."

[최고급 화술 스킬을 갖고 있습니다.]
[후고 사제가 완전히 속아 넘어갑니다.]

털썩-

후고 사제는 좌절한 자세로 엎어졌다. 태현은 흐뭇하게 고개를 끄덕였다.

'앞으로 스킬 좀 더 써도 뭐라고는 안 하겠군.'

사디크 화염 쓴 것도 숨기고, 파이토스 스킬 쓴 것도 잘 이유를 붙이고, 완벽했다.

"……내가 사람을 잘못 본 것 같군. 김태현 백작."

"님."

방심하면 바로 원래대로 돌아오는 후고 사제의 말투!

"……백작님. 말씀드릴 게 있습니다만……."

CHAPTER 3

후고 사제는 매우 진지하고 엄중한 얼굴로 사실을 말했다. 안토니오에게 아들이 있고, 그 아들이 다미아노 2세를 노리고 있다고!

"안토니오가 누구더라?"

"그, 태현 님이 잡은 사디크 고위 NPC 있잖아요."

"아. 그런 놈이 있었지. 아탈리 국왕의 삼촌이었나 뭐였나…… 사디크 교단이 망해서 잊고 있었네."

-주인님…….

흑흑이가 서글픈 목소리로 말했지만 태현은 무시했다.

-성기사단장 빼고 전부 다 박살 난 교단인데 그쯤이면 망한 거 맞지!

"걔가 왕을 노리고 있다고? 사디크 교단은 박살 나서 도와줄 놈들이 없을 텐데."

"아마 다른 교단의 힘을 빌렸을 것 같습니다."

"아마 사이비 교단이겠지. 부자가 둘 다 사이비 교단이나 믿고 잘하는 짓……."

말하던 태현은 문득 떠오르는 게 있었다. 카르바노그가 '카르바노그가 사악한 신의 음모를 경고합니다.'라고 메시지를 보냈던 적이 있었던 것이다.

그때 그게 그거였나?

[카르바노그가 우쭐해합니다.]

'맞았군! 그래서 그게 누구지?'

이건 딱히 대답이 없었다.

'별로 도움이 안 되는군.'

[카르바노그가 화를 냅니다.]

태현은 무시하고 후고 사제에게 고개를 돌렸다.

"그런데 그걸 왜 국왕한테 말 안 하고 나한테?"

"그건…… 교단의 다른 분들이……."

"국왕한테 원한 맺힌 게 많아서 말 안 한 건 아니겠지 설마? 그러면 완전 반역자 놈들이잖아!"

"……김태현 백작님. 제가 이걸 말씀드리는 건 비밀입니다. 분명 그렇게 말했습니다."

"그래. 그래. 비밀이지~"

태현의 태도에 후고 사제는 불안한 표정을 지었다. 정말로 비밀을 지켜주는 게 맞겠지?

태현한테 진 빚도 있고, 안토니오의 아들도 솔직히 영 못 미더운 인물이라서 이 사실을 미리 경고해주려고 했는데…….. 갑자기 드는 불안감!

"뭐 더 아는 거 없나? 위치라든가 데리고 있는 병력이라든가."

"안토니오의 아들, 도미닉은 만만한 사람이 아닙니다. 백작님. 저희도 위치는 모르고요."

"그런데, 있는 건 어떻게 알았지?"

"……그게 사람을 보내서 교단들에게 접촉하고 있습니다. 자기의 편을 들어준다면 왕위에 오를 경우 막대한 보상을 해주겠다고……"

"난 그런 말 들은 적 없는데?"

후고 사제는 어이가 없다는 듯이 태현을 쳐다보았다.

지금 농담하는 거겠지?

"왜 그런 눈으로 쳐다봐? 난 왜 그런 제안 못 받았는지 궁금해하면 안 되나?"

"아니…… 백작님께서 안토니오를 죽이셨잖습니까……"

아버지를 죽였는데 절대 태현의 아키서스 교단과 손을 잡을 리는 없는 것!

"그거 때문에 제안을 안 하다니. 속 좁은 놈이군."

말하는 걸 들어보니 좋은 제안만 했다면 진지하게 반역도 고민했을 것 같은 분위기였다.

불안해진 후고 사제는 몇 번이고 다짐을 받으려고 들었다.

"저, 백작님. 비밀을 지켜주시고…… 파이토스 교단에게는 피해 안 가게 해주셔야 합니다."

"물론이지. 후고 사제. 왜 날 못 믿나? 아까 자네를 포함해서 파이토스 교단 원정대가 다 내 명령을 거절하긴 했지만 난 그쪽과의 약속을 지킬 생각이야."

"제가 잘못했습니다……."

"아니. 내가 꼭 사과받으려고 이러는 건 아닌데. 사과받으니 기분은 좋네."

기분 좋게 대화를 끝낸 태현은 뒤로 돌아서서 플레이어들을 쳐다보았다.

"자, 이제 돌아가자!"

"와아아아아!"

뛸 듯이 기뻐하는 플레이어들!

여기 있는 플레이어들 대부분이 유배지에 갇혀 오랫동안 시간을 날린 플레이어들이었다. 그런 상황에서 돌아갈 수 있게 되니, 보통 기쁜 게 아니었다.

태현 영지에서 레이드하다가 여기 왔고 강제로 교단에 가입하고서 나갈 수 있었던 건 기억에서 지워질 정도의 기쁨!

-주인이여. 주인이여.

-?

-아키서스의 성물을 찾으러 온 거 아니었나?

그러고 보니 여기 온 이유 중 하나가, 데메르 교단이 '여기 아키서스 성물이 있다'는 믿을 만한 정보가 있습니다'라고 해서였다.

태현은 크라켄을 잡고 나온 아이템들을 확인했다. 이것저것 잡다한 아이템들은 많이 있었지만 딱히 성물 같아 보이는 건 없었다.

결론은 하나!

"데메르 교단 이놈들이 사람을 속이다니!"

"?!"

"수법은 칭찬해 주지. 한 번도 거짓말하지 않다가 결정적인 순간에 거짓말을 하다니. 아주 뛰어난 수법이야."

"무, 무슨 소리십니까?"

"성물 있다면서. 없잖아!"

"어…… 유배지를 다 확인하신 건 맞습니까?"

"……찾으러 갔다 오도록 하지."

데메르 사제들이 왠지 모르게 뒤에서 빤히 쳐다보는 것 같았지만 태현은 무시했다.

태현은 다시 플레이어들을 불렀다.

"애들아."

"……?"

"조금만 더 있다가 돌아간다!"

플레이어들은 시무룩해졌다.

태현은 데메르 교단 사제들과 앨콧, 크로포드를 데리고 다시 유배지로 들어갔다. 저주가 풀린 유배지는 모든 NPC들이 사라져 있었다.

"근데 우리는 왜?"

"여기 계속 갇혀 있으니까 뭐가 있는지는 잘 알 거 아냐."

"여기는 정말 아무것도 없어."

"맞아. 계속 있으면 사람 미치게 만드는 곳이라고."

"아냐. 데메르 교단이 설마 나한테 거짓말을 했겠어? 있다고 했다니까."

움찔!

태현의 말에 데메르 사제들은 필사적으로 주변을 뒤지기 시작했다. 어떤 사제는 맨손으로 땅바닥을 파기 시작할 정도!

[가혹한 채찍질 스킬이 오릅니다.]
[가혹한 채찍질 스킬이 영혼 착취 스킬로 변합니다.]

가혹한 채찍질은 HP와 MP를 깎아 일시적으로 능력치를 향상시키는 버프 스킬이었다. 최고급 화술 스킬을 찍은 태현이 계속해서 스킬 레벨을 올린 결과 상위 스킬로 올라간 것이다.

<영혼 착취>
영혼까지 쥐어짜 내서 모든 능력치들을 급격히 상승시킵니다.

지속 시간이 끝나면 사기가 급격히 하락합니다. 추가 부작용이
있을 수 있습니다.

　말 그대로 쥐어짜 내는 스킬!
　'그나저나 여기서 찾으려면 힘들긴 하겠는데.'

　[카르바노그가 동의합니다.]

　'뭐 다 방법이 있지.'

　-신의 예지!

　[카르바노그가 감탄합니다.]

　'카르바노그도 이런 스킬이 있으면 좋을 텐데.'

　[카르바노그가 화를 냅니다.]

　신의 예지는 주변에 위험한 게 없다는 것과, 그리고 태현이
찾는 게……. 앨콧에게 있다는 걸 알려주었다.
　반짝반짝 빛나는 앨콧!
　"왜, 왜 그렇게 처다봐?"
　태현이 빤히 처다보자 앨콧이 긴장된 목소리로 물었다.

태현이 저렇게 쳐다보는 건 보통 좋은 징조가 아니었다.

"너 뭐 여기서 주웠냐?"

"어?"

유배지에서 남는 건 시간밖에 없었다. 주변을 돌아다니면서 탈출로를 찾거나, 스킬 연습을 하거나, 처음 보는 잡템들을 줍거나…….

"이것저것 줍긴 했는데."

"내놔봐."

"내가 주운 건데 왜? 앗, 잠깐…… 너 여기서 원하는 게 있군."

앨콧은 깨달았다는 듯이 주먹으로 손바닥을 쳤다. 태현이 저러는 데에는 이유가 있는 것이다.

앨콧은 교활하게 웃으며 말했다.

"좋아. 원하는 걸 줄 테니까 내가 원하는 걸 들어줘."

"그래. 죽어라."

"내가 원하는 건 아키서스 교단에서 나가는…… 어? 잠깐. 방금 '그래' 다음에 뭐라고 말했지?"

이미 태현은 무기를 뽑아 들고 있었다. 앨콧은 기겁해서 뒷걸음질 쳤다.

"야, 야! 왜 그래! 살벌하게!"

"싸우자고 한 거 아니었어?"

"거래하자고 한 거지!"

"난 또, 죽여달라고 하는 게 쑥스러워서 돌려 말한 줄 알았지."

"하하. 오해가 풀……."

"그래. 죽어라."

죽이고 뺏으면 되지 뭐 하러 대화와 설득을 하나! 태현이 100% 진심이라는 걸 깨달은 앨콧은 재빨리 대응했다.

털썩!

"그냥 줄게!"

"진작 그럴 것이지."

'저런 한심한 새끼……'

옆에 있던 크로포드는 한심한 눈으로 앨콧을 쳐다보았다. 그의 안에서 앨콧의 평가가 바닥을 뚫다 못해 지하로 내려가고 있었다.

[아이템을 얻었습니다.]

앨콧이 내놓은 건 잡템밖에 없었다. 태현은 하나하나 확인하며 넘겼다.

[사디크의 성물을 확인했습니다.]

[<사디크의 낡은 촛대>를 얻었습니다.]

[신성, 악명이 오릅니다.]

[<사디크의 낡은 촛대>에 담긴 권능 스킬을 얻었습니다. 스킬 <사디크의 화염 룬>을 얻었습니다.]

<사디크의 화염 룬>

사디크의 힘이 담긴 화염 룬 글자를 새깁니다. 글자가 사라지기 전까지 룬 글자에서는 계속해서 사디크의 화염이 분출됩니다.

'어……?'

태현은 당황했다. 아키서스의 권능 스킬을 얻을 줄 알았는데 왜 사디크의 권능 스킬이 나온단 말인가.

"백작님! 찾으셨습니까?!"

"다른 신의 권능인데?"

"?"

"어……."

"그게…… 다른 신이었나?"

데메르 사제들은 서로 쳐다보더니 웅성거렸다. 태현은 인상을 쓰며 물었다.

"뭔 소리야? 아키서스를 말한 게 아니었어?"

"그게……."

데메르 교단 고위 사제 중 한 명이 쓸 수 있는 권능 스킬 중에서는 〈데메르 여신의 신탁〉 스킬이 있었다.

신탁을 받아 앞날을 예언하는 강력한 스킬! 그 신탁에는 분명히 이 유배지에 태현이 찾는 권능도 있다고 나왔는데…….

사실 사디크의 권능도 일단 태현이 챙기고 있는 권능이었으니 틀린 말은 아니었다.

"아니었습니까?"

데메르 사제들은 태현의 눈치를 보며 물었다.

"어느 신의 권능이길래……."

"저희가 일부러 거짓말한 거 아닙니다, 백작님."

"분노하신 건…… 아니죠?"

태현은 대답하지 않고 말을 돌렸다. 사디크의 권능을 얻었다고 말을 할 수는 없었던 것이다. 사실 데메르 교단이라면 적당히 핑계를 대면 믿어줄 것 같긴 했지만…….

'괜히 말하고 다녀서 좋을 게 없지.'

"됐다. 이렇게 된 이상 어쩔 수 없지."

"역시 백작님! 관대하십니다!"

"역시 영웅이셔!"

"시끄러."

태현 일행은 함대를 이끌고 빠르게 중앙 대륙으로 향했다. 챙길 것도 다 챙겼으니 여기서 오래 머무를 이유가 없는 것이다. 교단 함선인 만큼 항해 속도는 빨랐다. 플레이어들은 벅찬 얼굴로 바다를 구경했다.

"대륙으로 돌아가면 앞으로 한동안 바다에는 얼씬도 하지 않을 거야."

"퀘스트에 해적의 '해' 자만 들어가도 거른다!"

촤아악-

"응?"

빠르게 나아가는 일행 앞에 나타난 함선들! 함선 종류도 다양하고, 이것저것 깃발도 다 다른 걸 보니 플레이어들의 함선 같았다.

"저건 뭐냐?"

"우리 쪽으로 오는데?"

느레의 동생, 느페는 함선 위에서 남은 플레이어들을 이끌며 말했다.

"잘 들어! 아란티스 왕국 안에서는 우리가 불리해서 어쩔 수 없었지만 아직 싸움은 끝나지 않았다. 아란티스 왕국에 플레이어들이 많이 모이고 있지만 대부분이 다 PVP와는 거리가 먼 놈들! 계속 왕국 안에만 있을 수는 없을 테니 언젠가는 밖으로 나와 돌아다닐 거다. 그때 공격하면 돼! 이렇게 치고 빠지면 저놈들로는 어쩔 수 없을 거다!"

"와아아아!"

산적으로 날렸던 게 어디 가지는 않았는지, 도망친 느페는 박살 난 플레이어들을 다시 모아서 전략을 꾸몄다.

확실히 이 주변 바다를 돌아다니며 치고 빠지면, 레벨이 낮은 아란티스 왕국의 새 플레이어들에게는 치명적일 게 분명! 왕국의 평판도 깎아 먹고 복수도 할 수 있는 좋은 방법이었다.

"앗. 저기 새로 배가 오는데요?"

"아란티스 왕국에 들어오려는 놈들이 분명해! 가서 잡자! 그리고 알려주자. 여기 오는 놈들에게는 죽음밖에 없다는 것을!"

"근데 저기는 대륙이랑 반대 방향이지 않나?"

"흠. 형보다 똑똑한 줄 알았는데."

느페를 포함한 남은 플레이어들은 모두 붙잡혀 머리를 갑판에 박고 있었다. 싸움은 매우 빠르고 간단하게 끝났던 것이다.

"공격! 공격! 헉!"
"너희 미쳤니?"
"항복! 항복!"

그들은 모두 속으로 느페를 욕하고 있었다.
'저 새끼 산적 랭커 맞아?'
'눈깔을 달고 있으면 누구인지는 보고 덤벼야 할 거 아냐.'

태현을 포함한 랭커, 고렙 플레이어들도 강력한 전력인 데다가 각 교단 NPC들까지 끼어 있었다. 재수 없으면 교단 현상금까지 걸려서 암살자 찾아올 수도 있었던 상황!

"죄송합니다! 제가 잠깐 미쳤나 봅니다!"

느페는 필사적으로 외쳤다. 생존을 위해서는 자존심이고 뭐고 없는 남자, 그게 바로 느페였다.

지금 그의 형 느레는 괜히 태현에게 덤볐다가 장비를 모두 잃어버리고 수습하기 위해 피눈물을 흘리고 있었다.

절대 그런 꼴은 될 수 없다! 아무리 김태현이 개자식이더라도!

"야. 너 지금 말하고 있어."

"네?"

"네가 방금 생각한 거 입 밖으로 내뱉었다고."

"……제, 제가 그랬나요? 하하."

옆에 있던 케인이 한심하다는 듯이 혀를 쯧쯧 찼다.

"요즘 PVP 플레이어들은 아주 질이 떨어졌어. 나 때는 안 그랬는데."

"……?"

"왜, 왜 그런 눈으로 쳐다보는데?"

"아냐. 아무것도."

태현은 다시 돌아서서 말했다.

"뭐, 항복했으니까 선처를 해주지."

"정말이십니까?!"

"그래. 나는 관대하거든. 가입만 해라."

"어디에요? 헉! 설마 파워 워리어 길드에?! 그건……!"

길드 동맹을 탈퇴하고 파워 워리어 길드에 가입하라니. 그건 절대 하고 싶지 않았다. 이다비가 옆에서 시무룩해졌다.

"아니야. 그리고 파워 워리어 길드도 애들 많이 가려 받거든? 너 같은 놈은 안 받아준다고."

"휴, 다행……."

그러나 느페는 아직 몰랐다. 아키서스 교단보다는 차라리 파워 워리어 길드가 나았다는 것을!

그걸 보던 앨콧은 속으로 생각했다.

'그런데 길드 동맹 안에서 아키서스 교단 가입한 게 알려지면 좋은 꼴은 못 볼 텐데……'

앨콧은 과감하게 결정을 내렸다. 입 닥치고 있어야지!

아탈리 왕국 항구에 도착한 플레이어들은 눈물을 흘리며 땅을 밟았다. 그중 몇몇 용감한 플레이어들은 재빨리 탈것을 타고 도망치며 외쳤다.

"김태현! 함께해서 더러웠고 다시는 만나지 말자! 이 치사하고 더러운 자식아! 너 때문에 갔는데 그걸 그렇게 뜯어 먹냐!"

"맞아, 이 치사한 놈아! 인생 그렇게 살지 마라! 너 방송 나오면 리플에 악플 달 거다!"

"이세연이랑 사귄다고 아주 둘이 똑같이 노는구나!"

판온 1에서부터 많이 봤던 모습! 태현은 조금도 상처받지 않았다. 물론 그렇다고 그냥 넘어가지도 않았지만!

특히 이세연을 언급한 건 용서할 수 없었다. 태현의 기준에서 태현 본인은 이세연에 비해 매우 선량한 사람이었던 것이다.

"저놈들이 백작을 모욕했다! 잡아라!"

"아니! 저 건방진 놈들이!"

[귀족의 이름으로 경비병에게 명령을 내릴 수 있습니다.]

타다다닥-

"으아아악 미친!"

설마 태현이 치사하게 경비병을 동원할 줄은 몰랐던 플레이어들은 비명을 지르며 도망쳤다.

[도시 내에서 평판이 하락합니다. 한동안 경비병을 만날 경우 체포될 수 있습니다.]

"우…… 우리는 조용히 가자."

"그, 그래."

이제 '안 태워다 준다!' 같은 협박도 안 통할 테니 김태현한 테 몇 마디 하려던 플레이어들은 방금 일어난 일을 보고 조용히 입을 다물었다. 실력도 실력인 놈이 권력까지 갖고 있으니 공포 그 자체!

그렇다고 불만은 사라지지 않았다. 조용히 태현에게서 거리를 벌린 플레이어들은 머리를 맞대고 고민했다.

"야. 너희 계속 아키서스 교단 있을 거냐?"

"음…… 잘 모르겠는데……."

"김태현이 나중에 찾아오면 어떡하지?"

"어차피 이제 김태현도 안 보이고, 설마 교단 나간다고 김태현이 우리를 추적해서 찾아오겠어? 김태현이 얼마나 바쁜 놈인데."

"맞는 말이다."

크로포드는 대화에 은근슬쩍 끼어들었다. 아까 플레이어들이 삼삼오오 흩어져서 떠날 때 이 일행을 따라왔었다.

이유는 하나! 써먹기 위해서였다.

'아키서스 교단을 나가고 싶은데…… 페널티가 신경 쓰인단 말이지…….'

다른 교단과는 확실하게 다르다는 게 알려진 지금, 섣불리 움직일 수는 없었다. 말 한 번 안 들었다가 비싼 마법을 날려 버릴 정도라면, 교단을 나갈 경우는 과연 어떻게 될 것인가? 역시 이런 건 자기가 하는 것보다 남한테 시키는 게 제일! 사실 앨콧을 꼬셔볼 생각이었는데, 그건 포기했다.

"싫, 싫어."

"너 김태현한테 쫄았냐?"

"아, 아니거든?"

"그러면 나가자니까."

"아! 싫다고! 저리 가라고!"

이쯤이면 되겠지 도발했는데도 한사코 거절하는 앨콧!

크로포드도 어쩔 수 없었다. 다른 놈들을 꼬드겨서 실험해볼 수밖에.

"김태현이 얼마나 바쁜데 이걸로 쫓아오겠냐? 그런 걱정은 안 해도 된다."

"그······ 그렇지?"

"나도 그렇게 생각했어."

모두 고개를 끄덕였다. 크로포드의 이름도 있지만, 그들 모두 듣고 싶었던 말이기도 했던 것이다.

"그래. 그러니까 한 번 탈퇴해 보라고."

"그래. 그래."

속셈을 눈치챈 플레이어들은 가장 둔한 한 명을 집중적으로 노리기 시작했다. 어떻게 되나 실험해 볼 생각!

"좋······ 좋아. 간다!"

[아키서스 교단을 탈퇴하시겠습니까? 탈퇴할 경우 되돌릴 수 없습니다.]

[아키서스가 매우 분노합니다. 무작위로 저주가 내립니다! 주의하십시오!]

"뭐야? 뭐야? 어떻게 됐어??"

"야! 말 좀 해봐!"

옆에 있던 플레이어들이 더 조마조마해져서 캐물었다. 탈퇴하지 않은 그들은 어떤 메시지창이 떴는지 알 수 없었던 것이다.

"저주가 내린다고····· 주의하라는데?"

"그게 다야?"

"저주 정도면 괜찮은데? 다른 교단 고위 사제한테 부탁만 하면······."

웅성웅성-

다들 '이 정도면 견딜 만하지 않나?' 하는 표정이었다.

그러나 크로포드는 얼굴이 심각했다. 전혀 만만한 저주 같지 않았던 것이다. 명령을 거절했을 때도 저주였는데 탈퇴했을 때도 똑같은 저주가 나올 리 없었다.

분명 훨씬 더 사악한 무언가가 분명!

마법사 랭커로 쌓은 시간은 폼이 아니었던 것이다.

"그래서 뭔 저준데? 뭐 달라졌냐?"

"글쎄……."

[아키서스의 저주로 마계의 문이 열립니다. 강제로 끌려갑니다.]

마계의 문이 열리더니, 플레이어를 끌어들이고는 사라졌다.

퍗!

"……!!"

방금 일어난 일을 깨달은 남은 사람들의 얼굴이 새파랗게 질렸다.

"으…… 으아아아아!"

"살려줘!"

"죽고 싶지 않아! 죽고 싶지 않다고!"

"진정해! 미친놈들아! 아직 안 죽었어!"

크로포드는 플레이어들을 진정시키기 위해 소리쳤지만 이미 패닉에 빠진 플레이어들은 아무도 말릴 수 없었다.

그들은 사방으로 흩어지기 시작했다.

'김태현이 우릴 감시하고 있었어!' 같은 헛소리를 하면서!

"아무리 김태현이라도 감시하고 있다가 다른 곳으로 보낼 능력이 있겠나! 돌아와! 이것들아!"

크로포드의 목소리는 헛되게 맴돌 뿐이었다.

경비병을 보낸 태현은 후련한 표정으로 돌아섰다. 그걸 본 케인이 수군거렸다.

"이세연이랑 똑같다고 하면 좋은 거 아냐? 왜 화를 내는 거지?"

"사실 이세연이 성격이 좋은 편은…… 아니지."

최상윤은 판온 1때부터 랭커였던 플레이어였기에 이세연의 성격을 어느 정도는 잘 알고 있었다. 방송 같은 데에서는 친절하고 예의 바르고 게임 잘하고 머리까지 좋고…… 하여튼 완벽한 이미지였지만, 최상윤이 보기에는 이세연도 김태현 같은 부류의 사람이었다. 뒤끝 하나는 제대로인 데다가 승부욕은 또 더럽게 센 인간들!

홱-

앞에서 걸어가던 태현이 갑자기 고개를 돌려 뒤를 쳐다보았다. 최상윤이 움찔했다.

설, 설마 이 자식 내 속마음을 읽은 건 아니겠지?!

"방금 이세연 소리가 나온 거 같은데……."

“아, 아니야.”

“그래?”

태현은 다시 돌아서서 걸어갔다. 케인은 믿기 힘들다는 듯이 말했다.

“이세연 성격이 안 좋다니!”

“안 좋다기보다는 좋은 편이 아니라고. 네가 적으로 만나보면 알게 될걸. 아까 도망친 놈들도 분명 이세연과 부딪힌 적이 있는 놈들이겠지.”

최상윤은 확신에 차서 말했다. 한 번 적으로 만나면 잊지 못하게 된다는 점에서도 둘은 비슷했다.

“그건 어쩔 수 없잖아! 적으로 만난 건데!”

“이 자식 눈에 콩깍지가 제대로 꼈네. 이세연한테 한 대 맞아봐야 정신을 차리지.”

“그렇지만…… 이세연이 김태현 같다는 건 너무하잖아!”

“음. 그건 확실히…….”

최상윤도 납득할 수밖에 없는 진심 어린 말!

“게다가 이세연이 김태현 같은 사람이라면 저번 방송 촬영할 때 도와주러 왔겠어?”

“네?”

옆에서 걷던 이다비가 고개를 갸웃거렸다.

“뭔 방송이요? 화보요?”

“아니. 화보 말고…… 숙소에서 〈혼자 사는 인간들〉 찍었다고 했잖아.”

"……이세연 씨 왔다는 소리는 안 했었는데요."

"어? 그랬나? 뭐 별로 중요한 거 아니잖아."

"……그게 안 중요하면 대체 뭐가 중요한……."

"뭐라고?"

"아무것도 아니에요."

이다비는 고개를 돌리더니 앞으로 쪼르르 달려가 태현과 같이 걸어갔다. 케인은 영문을 모르고 고개를 갸웃거렸다.

"어…… 어? 내가 뭐 잘못한 건가?"

"음. 넌 정말……."

"?"

"눈치가 없구나."

"왜 시비야!?"

"……그러니까 그 PD는 방송 윤리라고는 없는 사람이라고 할 수 있지. 시청률에 눈이 먼 망자 같은 사람이야."

"……아, 네."

이세연이 방송에 나온 것에 대해 슬쩍 떠보려고만 했는데, 이세연을 포함해서 PD까지 욕하는 걸 듣게 될 줄은 몰랐다.

쌓였던 불만을 탈탈 토해내는 태현! 솔직히 말해서 이런 모습만 보면 태현과 이세연이 매번 기사에 열애설이 터지는 게 이해가 가지 않을 정도였다.

그렇지만 이다비는 안심하지 않았다. 원래 싸우다가 정드는 게 사람 아닌가!

완벽한 예시가 이다비의 뒤에서 걸어오고 있었다.

"왜, 왜 그렇게 쳐다봐? 내가 뭐 잘못한 거 아니지? 이다비. 파워 워리어 길드원들 시켜서 악플 다는 건 그만둬 줘! 그거 정말 멘탈 깨진다고!"

케인은 이다비가 아무 말 없이 쳐다보고 고개를 돌리자 안 절부절못했다. 어지간한 PVP보다 더 무서운 게 파워 워리어! 같이 일해온 케인이었기에 그 무서움을 아주 잘 알고 있었다.

"좋아. 난 들어가서 보고 좀 하고 올 테니까 싸우지 말고 있어."

"……."

"너희 분위기가 뭔가 이상한데?"

"아, 아무것도 아니야."

"잘 다녀오세요!"

"소식은 들었다. 김태현 백작. 그대야말로 왕국의 충신이로다!"

[성공적으로 원정대를 이끌고 퀘스트를 완료했습니다. 다미아노 2세가 당신을 극찬합니다. 원정대 중 파이토스 교단 NPC 일부가 사망했습니다. 보상이 조금 감소합니다.]

[아탈리 왕국 공적치 포인트를 얻었습니다.]

"원정 도중 어려움은 없었는가?"

"파이토스 교단 측 인물들이 제 지휘를 무시하고 마음대로 행동하기는 했지만 괜찮습니다."

공은 공, 사는 사. 태현은 이런 부분에서는 철저한 사람이었다.

후고 사제는 속으로 후회했다. 목숨 한 번 구해줬다고 저 인간한테 친절하게 굴다니!

"파이토스 교단! 아직도 정신을 못 차렸는가!"

"아, 아니. 그게 아니라…… 이게 이야기하면 길어지는데……."

"듣고 싶지 않다! 후고 사제. 그대와 그대의 사람들은 여기 있을 자격이 없다. 밖으로 나가라!"

회의장 밖으로 쫓아내는 건 굴욕 중의 굴욕이었다. 후고 사제와 파이토스 교단 NPC들은 울상이 되어 밖으로 물러났다.

"폐하. 드릴 말씀이 있습니다."

"말해보도록. 백작."

태현은 후고 사제에게서 얻은 정보를 그대로 다미아노 2세에게 전했다. 물론 후고 사제에게서 들었다는 말은 하지 않았다.

"그대는 이걸 어떻게 알았지?"

"감히 폐하를 위협하려는 적이 있는데 가만히 있을 수 있겠습니까. 직접 발로 뛰어서 얻었습니다!"

"역시 김태현 백작이로다!"

다미아노 2세는 고개를 끄덕이더니 말했다.

"그렇지만 걱정할 거 없다. 반역자 안토니오의 아들 도미닉이 제법 똑똑한 놈이긴 해도 놈은 아무것도 없는 놈. 하물며 짐이 있는 이곳을 노릴 수야 없겠지."

"아니, 폐하. 저번에도 그러다가 사디크 교단 같은 곳에서 보낸 암살자한테……."

"뭐라고 했나?"

"아무것도 아닙니다."

"걱정 말고 물러가게, 백작. 짐을 건드릴 사람은 이 왕국에 아무도 없으니!"

'아, 괜히 불안해지네.'

태현은 떨떠름한 눈으로 다미아노 2세를 쳐다보았다. 보통 저렇게 말하는 놈은 가장 먼저 죽던데!

그렇다고 할 일 많은 태현이 다미아노 2세한테 바짝 붙어서 24시간 동안 지켜줄 수도 없는 일이고……. 자기 목숨을 알아서 챙기기를 바랄 수밖에 없었다.

태현의 든든한 뒷받침인 다미아노 2세가 죽으면 태현도 상황이 많이 귀찮아질 것이다.

'일단 지금 할 수 있는 것부터 미리 끝내놔야지…….'

태현은 이번 퀘스트에서 얻은 장비들을 전부 경매장에 올려버리고, 남은 공적치 포인트를 쓰기 위해 왕궁 창고로 향했다.

"어서 오십시오, 백작님."

깍듯이 고개를 숙이는 관리인! 현재 태현이 아탈리 왕국 내에서 어떤 위치인지를 알려주는 반응이었다.

'보자, 어떤 게 좋을까…….'

현재 가장 태현에게 쓸 만한 아이템은 뭘까?

태현은 이번에 새로 얻은 스킬들까지 포함해서 고민했다.

사디크의 화염 룬은 사실 아직 어떻게 써야 할지 감이 안 잡히는 스킬이었다. 폭탄에 쓰려고 해도 애매한 게, 글자가 사라지기 전까지 계속 화염을 분출하는 스킬이니만큼 폭발하면 스킬이 끊길 가능성이 높았다.

폭발하기 전에 쓰면 효율이 안 좋았고…….

'싫어하는 놈 영지 가서 불 지를 때 쓰라는 건가?'

어디에다 글자 새겼는지만 안 들키면 한동안 불장난은 거하게 할 수 있을 것 같았다.

'그렇지만 들키지 않는 건 힘들 것 같은데…….'

상대가 바보가 아닌 이상 불이 나고 있는 곳의 중심을 찾지 못할 리는 없는 것! 헤매기야 하겠지만, 그걸로는 부족했다.

'역시 방어구가 무난하겠지.'

검은 〈대만불강검〉, 창은 〈카르바노그의 창〉이 있는 지금, 무난한 건 방어구였다.

언제 뭘 골라도 손해 보지는 않는 선택!

현재 태현의 갑옷은 〈오스턴 왕가의 비전 갑옷〉인 매우 좋은 장비였지만 앞으로 있을 일을 생각하면 더 좋은 갑옷을 구해도 나쁠 건 없었다.

이제 곧 던전 공략 대회가 열릴 테니까.

'……음. 새삼 걱정되기 시작하는군.'

남들 합 맞추는 동안 태현 일행은 퀘스트 깨고 있었으니…….

태현은 이번 보상만 끝내고 던전을 공략하면서 연습하기로 마음먹었다. ……남의 던전을!

"이게 좋을까? 아니, 역시 이게 좋은가? 공속 생각하면 이게 더 좋은 거 같기도 하고? 하지만 이건 방어 무시 대미지 옵션도 있고……."

"……혼자 못 고르냐?"

최상윤은 어이없다는 듯이 케인을 쳐다보았다. 그들도 공적치 포인트 보상을 받은 걸 바꾸기 위해 창고에 들어와 있었다.

"아, 사람이 고민할 수도 있지!"

"고민이 좀 심한 거 같은데…… 아. 맞다. 고민되면 PVP보다 몬스터 사냥하는 용도로 맞춰라."

"왜?"

케인은 이해가 안 간다는 듯이 물었다. 물론 몬스터 사냥 용도로 맞추는 것도 좋았지만, 태현과 같이 다니는 만큼 케인은 다른 플레이어와 싸울 일이 더 많았던 것이다.

"곧 던전 대회 있잖아. 안 나가냐?"

"……헉!"

'이 자식 잊고 있었군…….'

"어떡하지? 어떡하지??"

"진정해. 지금 당황한다고 달라지는 건 없잖아. 사실 던전 공략하는 건 기본기만 탄탄하면 연습은 금방 할 수 있어. 사실 연습보다는 평소 실력이나 운이 더 필요하기도

하고."

던전을 공략하는 데 필요한 능력은 다양했다. 레벨, 장비, 판단력, 협동심, 파티원 등. 이런 것들만 미리 갖추고 있으면 수십 번 던전 공략을 연습한 팀과 그리 밀리지 않을 수 있었다. 원래라면 하나의 팀으로 던전을 수십 번 공략하며 철저하게 합을 맞춰온 팀이 유리하겠지만…….

대회에서의 던전은 어떻게 나올지 모르는 랜덤이기 때문이었다. 그러나 케인은 전혀 진정하지 않았다.

"난 평소 실력이 없는데!"

"……그, 그래."

지나치게 솔직한 케인의 반응에 최상윤도 당황!

사실 케인이 이렇게 당황해하는 데에는 이유가 있었다.

태현이야 원래 자신감 빼면 시체였고, 정수혁은 '선배님이 하라는 대로 하면 되겠지!'란 생각이었고, 최상윤은 태현 파티에 합류하기 전에는 혼자 돌아다니며 온갖 던전을 깬 경험이 있었지만……. 케인은 원래 PVP를 주로 뛰던 플레이어였기 때문이었다. 물론 던전을 아예 안 깬 건 아니었지만 그래도 경험이 압도적으로 부족한 편이었다.

"일단 장비나 고르라고. 알겠지?"

'그렇지만 대회를 생각하면 일반적인 갑옷보다는 좀 다른

걸 구하는 게 나을지도 모르겠군.'

태현은 그렇게 생각하며 발걸음을 옮겼다. 일단 지금 갑옷도 잘 쓰고 있는 데다가, 태현에게는 방어력이 필요한 경우가 적었던 것이다. 압도적인 행운 스탯과 회피율을 뚫고 들어올 만한 몬스터는 소수였고, 그런 몬스터를 대비하기 위해 방어력을 높이는 건 비효율적이었다. 다른 플레이어보다 레벨이 낮은 태현의 약점은 바로 최대 HP였으니까!

차라리 공격하기 전에 먼저 잡거나 회피할 다른 수단을 만드는 게 좋았다.

'던전 대회에서는 온갖 아이템 사용이 가능하니…… 기상천외한 짓들이 나오겠지.'

참가할 정도면 기본적인 실력은 모두 확보된 팀일 터. 거기서 어떻게 더 시간을 단축시키는지도 승부의 요소겠지만, 누가 더 숨겨진 수를 많이 갖고 나오느냐도 승부의 요소!

'32개의 팀이 토너먼트식으로 진행되니까, 결승까지 간다고 쳤을 때 던전 공략을 5번은 해야 하지. 특수 아이템이 있어도 팍팍 쓰지는 못할 거야.'

포션이나 각종 소모성 아이템 사용이 가능하지만, 던전 대회는 한 번 하고 끝나는 대회가 아니었다. 이기고 올라가면 다음 팀과 다시 시간 기록을 겨루는 것이다.

전략적인 아이템 사용이 필요!

'오리하르콘 화살이 딱인데.'

즉사 스킬이 드문 판온에서, 태현은 〈오스턴 왕가의 오리하르콘 석궁〉이라는 사기적인 무기를 갖고 있었다. 정확히 말하자면 행운 스탯이 높은 태현에게만 사기적인 무기!

아쉽게도 창고에는 오리하르콘 관련 아이템은 보이지 않았다.

'아쉬운 대로 챙겨볼까…….'

"이제 곧 대회군요."

"그래. 다들 열심히 뛰고 있네."

최명성 팀장은 커피를 홀짝이며 화면을 쳐다보았다.

판온의 곳곳에서 대회를 준비하는 팀들이 눈에 들어왔다.

윤주환은 상사를 보며 물었다.

"사내에 소문이 돌던데, 회사에서 이번 대회에 기대를 많이 하고 있다고……."

"기대할 만하지. 그럴 만한 대회잖아. 한국에서 열렸던 게 컸어."

공식으로 진행된 게 아닌, 한국의 한 방송사가 맡아서 진행한 투기장 대회. 그럼에도 불구하고 어마어마한 관심을 끌어모은 대회였다.

한국의 작은 방송사가 진행을 맡았는데도 이 정도라면, 공식 진행으로 하면 대체 어느 정도의 반응이 나올 것인가?

"팀장님은 뭐 들으신 거 없어요?"

"뭘? 대회 구성? 구성이야 너도 알고, 던전이야 나도 모르지."

판온 직원들 사이에서는 가끔 '세상에서 가장 편한 일자리'라는 농담이 돌아다녔다. 대부분의 판온 내부 일은 판온 AI가 알아서 하니 직원들이 할 일이 없는 것!

물론 농담이었다. 그것 말고도 할 일은 많았다. 이번 대회 던전도 AI가 알아서 맡아서 짜게 되어 있었다.

"아뇨. 그거 말고요. 이번 던전 대회에 참가하는 팀들 중에 누가 이길 거 같은지……."

"너도 참 쓸데없는 걸 궁금해한다. 그거 듣는다고 의미가 있냐? 다 한가락 하는 팀들이니 누가 이길지 알 수 없지."

"김태현 팀도요?"

"팀 KL? 김태현이 대단하긴 한데…… 음. 글쎄다. 워낙 변수가 많아서."

최명성은 뺨을 긁적이며 말했다.

"팀원들도 탑급 랭커들과는 거리가 멀고…… 다른 대형 게임단들은 프로 감독, 코치 불러서 훈련하고 있잖아. PVP 형식의 대회라면 김태현이 어떻게든 끌고 가겠지만 던전 공략이라면 김태현도 힘들지 모르지."

"확실히 들어보니 팀 KL은 우승 후보와는 거리가 머네요."

"아니. 거리가 멀다는 건 아니고 그냥 힘들지도 모르겠다고."

"아. 네."

우승 후보와 거리가 멀다고 하니 정색하는 상사를 보며 윤주환은 떨떠름하게 고개를 끄덕였다.

"김태현은 지금쯤 바쁘겠군. 다른 선수들과 달리 게임단 관리도 직접 고민해야 할 테니까."

-프로스다스 쪽으로부터 정식 스폰서십 제안이 왔다. 그리고 몇 군데 더 온 곳이 있는데, 여기는 일단 보류하자. 지금 신생이라고 대충 찔러보는 느낌이야. 되면 좋고 안 되면 말고 같은 느낌?

"네. 저도 그렇게 급한 건 아니니까 일단 프로스다스 쪽 제안만 받도록 하겠습니다."

-그래서 준비는 잘 되어가고 있냐? 내가 찾아보니 이번 해에 대회가 이것저것 많던데.

정 변호사에게 전화를 받은 태현은 바로 대답하지 못했다.

"물, 물론이죠."

-그러냐? 하긴 게임은 네 전문이니 네가 알아서 잘하겠지.

정 변호사가 보기에, 팀 KL 쪽으로 스폰서십 제안은 더 올 수밖에 없었다. 다른 게임단에 비해 규모도 작고 새로 생긴 만큼, 적은 비용으로 광고 효과를 누리려는 기업들이 탐을 낼 것이다. 이런 제안들은 잘 걸러내야 했다.

-어? 유성에서도 게임단을 만든다네. 저 친구 너랑 사귄다는 그 친구니?

"……네??"

태현은 뭔 개소린가 싶었다. 순간 확 와닿는 게 있었다.

설마…… 태현은 전화를 끊고 TV 화면을 켰다.

-이번 유성 프로게임단 부활 소식을 두고 많은 팬들이 환호성을…….

-유성 프로게임단이 정말 준비를 착실하게 했구나, 하는 생각이 듭니다. 부활 소식과 함께 발표한 내용을 보면 '요즘 판온이 인기니까 다시 만들어보자' 같은 안일한 기획이 아니에요. 판온에 대한 관심이 있어야만 가능한 기획입니다. 예전 유성 프로게임단 팬들은 기대하셔도 좋을 것 같습니다. 이렇게만 간다면 저번처럼 허무한 성적을 내지는 않을 겁니다.

-이세연 선수를 주장으로 모셔온 것도 그렇습니다. 지금 판온에서는 탑급 선수 중 하나거든요. 사실 전 김태현 선수와 이세연 선수가 같은 팀에서 뛰는 걸 보고 싶었습니다.

-정말 그랬다면 적이 없었겠어요.

-하하. 물론 해외의 다른 선수들도 뛰어난 선수들이 많지만 정말 대단하기는 했을 것 같…….

'이거였군.'

이세연이 왜 의미심장하게 '후후 나중에 널 놀라게 해주지' 같은 눈빛으로 쳐다봤는지 알 것 같았다. 게시판을 보니 벌써 이번 발표 소식으로 도배가 되어 있었다. 심지어 해외 게시판에서도!

그만큼 이세연의 이름이 대단했던 것 같았다.

-유성 게임단이 뭐 하던 게임단이야?

-그, 예전에 성적 너무 안 좋아서 해체됐던 곳 있어.

-유성 까지 마라! 성적은 안 좋았지만 팬 서비스는 좋았다고!

-근데 김태현은 섭외 안 했나? 둘이 같이 뛸 줄 알았는데.

-소문에 김태현이 자기가 직접 팀 이끌고 싶어서 제안을 거절했다던데.

-그게 말이 돼? 왜 사서 고생을.

-맞아. 그냥 헛소문이겠지.

'진짠데……'

그렇게 이상한가? 태현은 괜히 떨떠름해졌다.

"들었냐!? 이세연이, 이세연이!"

"들었어."

"들었습니까?!"

"들었다고."

"들었……."

"아, 들었다고!!"

차례대로 호들갑을 떠는 팀원들을 보며 태현은 귀찮다는 듯이 말했다.

"그게 뭐가 중요해!"

"아니…… 엄청 무섭잖아."

"그리고 넌 이세연한테 진 적도 있고."

케인은 기겁해서 최상윤을 쳐다보았다.

'한 대 맞으려고 작정했나?'

물론 태현은 최상윤을 치지 않았다. 케인은 속으로 생각했다.

'어라? 저 정도는 괜찮나? 나도 저 정도는 해도 되나 보다.'

"그때는 그때고 지금은 지금이지. 걱정 마. 이세연 빼고는 별 볼 일 없을 테니까."

최상윤은 속으로 생각했다.

'이세연이 별 볼 일 없다는 소리는 안 하는군.'

"그런데 목록에 류태수 선수가 있네요."

"류태수 선수라면……."

태현의 얼굴이 찡그려졌다. 원래 사람의 이름을 잘 기억하는 편이 아니었지만, 류태수는 기억하고 있었다. 투기장 대회에서 만난 팀 에이트의 주장!

물론 그것보다 더 중요한 건 그가 판온 1때부터 태현의 광팬이었다는 점이었다. 태현이 누군지도 모르고 '내가 진짜 김태현의 팬이다!'라고 했다가 세상에서 가장 어색한 시간을 보내야 했던 둘!

'지금 생각해도 끔찍하네.'

서로 눈을 마주치지 못하고 '김태현 선수셨군요, 그, 팬이었, 죄송, 으. 어…….', '아, 네. 괜찮…….' 같은 말만 반복해야 했던 그 순간! 아무리 태현이라도 그의 팬에게 모질게 대할 수는 없었던 것이다.

"일단 실력은 괜찮았던 걸로 기억하는데."

"태현 님 못 넣었다고 대체로 넣은 거 아닐까요? 스타일 비숫하니까."

"그건 그거대로 기분이 좀……."

태현은 복잡한 기분이 되었다. 아니 대체할 게 없어도 뭘 그
런 걸 대체해? 하지만 이세연의 기분에 비하면 그건 복잡한 수
준도 아니었다.

"저기, 주장님. 김태현 선수는 어떻습니까?"

"여기서 김태현 선수라면 어떻게 했을 것 같다고 보십니까?"

"저번에 김태현 선수하고 같이 방송에 나가셨던데……."

"이거 잡지 사진 찍을 때……."

'죽일까?'

이세연은 솟구치는 살의를 삼켰다. 팀의 주장이라는 건 정
말 쉬운 게 아니구나! 사실 류태수는 좋은 선수였다. 성실하
고, 기본적인 능력 있고, 지시를 잘 따라주고…… 게임단 팀원으
로서 중요한 건, 게임 실력도 실력이지만 개인으로서의 인성과
팀워크였다. 아무리 실력이 좋아도 팀워크가 안 맞으면 위험!

투기장 대회 때 도동수(그리고 김태현)를 보며 그걸 뼈저리게
느낀 이세연이었다. 그런 면에서 류태수는 나름 한 팀의 주장
이었는데도 쓸데없는 고집을 부리거나 하지 않고 이세연의 명
령을 잘 듣고 있었지만……. 그녀를 너무 귀찮게 만들었다.

시간만 되면 쪼르르 와서 '김태현 선수는 어땠나요?'라고 묻

는 것!

이쯤 되자 김태현이 매수한 첩자가 아닌가 싶을 정도였다.

'얘는 왜 여기 없어도 나를 화나게 만드는 거지?'

만약 태현이 꾸민 거라면 솔직히 감탄할 수 있을 것 같다!

"웅? 이세연이 문자 보냈네?"

"이번 발표 관련 문자에요?"

"아니. 그냥 '네가 시켰지?'라는데?"

"뭘?"

"음. 짐작 가는 게 너무 많아서…… 일단 아니라고 해야지."

뭔지 모를 때는 일단 부정하고 본다!

"좋아. 잡담은 여기까지 하고 모두 캡슐로 가자. 다음 퀘스트까지 시간이 좀 있으니 이번에는 정말 던전 돌면서 합 맞춰 보자고."

"예!"

"좋지!"

각자 흩어져서 캡슐로 향하는 도중, 케인은 갑자기 생각이 났다. 이세연이 찾아왔을 때 이야기를 나누다가 나온 게 분명…….

'그러고 보니 저번에 다른 놈들 던전 빌린다고 하지 않았나?'

오싹!

지금 생각하니 농담이 아닌 것 같았다.

"얼마나 걸렸지?"

"19분 23초."

"좋아. 18분대로 끊어보자고."

"예!"

코치의 말에 따라, 플레이어들은 다시 한번 던전 1구역을 돌기 시작했다. 체계적이고 합리적인 훈련 방식!

지금 하는 훈련은 같은 던전 구역을 돌면서 팀워크를 최대로 올리는 방식의 훈련이었다.

전직 프로게이머 출신 코치가 짠 메뉴얼에 따라 〈베이징 파이터즈〉 플레이어들은 빠르게 던전을 공략했다.

"1군 선수라고 안심하지 마라. 언제든지 2군 선수들이 나갈 수 있으니까."

대형 게임단은 대회에 나갈 1군 선수들만 갖고 있지 않았다. 만약의 사태가 터졌을 때 대신 나갈 예비 선수들이나, 경쟁시켜서 성장시킬 목적으로 데리고 있는 2군 선수들도 있는 것이다. 이런 식으로의 경쟁은 집중력을 올려주고 성적을 높일 수 있었다.

"동수! 앞!"

"알고 있어, 처리했다! 들어가!"

"옆에서 나온다! 몬스터가 바닥에 저주 깐다! 장판 조심해!"

콰콰쾅! 쾅!

여러 스킬들이 몇 초도 안 되는 순간에 빠르게 조합되어 시전되었다. 사방에서 튀어나왔던 몬스터들은 그 스킬 콤보들에 순식간에 녹아내렸다.

던전 공략에서 시간을 가장 많이 잡아먹는 건 각 구역의 보스 몬스터들. 역으로 생각하면, 나머지 구간에서 최대한 시간을 줄여야 총 시간을 줄일 수 있었다.

이런 통로 구간에서 나오는 몬스터들을 잡는 시간은 한계까지 줄여야 했다.

"동수, 실력 좋은데?"

"헤헤……"

"덕분에 스킬 아끼고 들어갈 수 있었어. 역시 동수야."

도동수에게 아낌없이 칭찬을 해주는 동료 플레이어! 〈베이징 파이터즈〉라고 해서 중국인만 있는 건 아니었다. 요즘은 오히려 그렇게 자기 나라 사람들로만 구성된 팀이 더 드물었다. 그렇지만 한국인은 도동수 혼자였다.

"당연한 거 가지고 뭘 그렇게 떠들어. 그럴 시간에 칼이라도 한 번 더 휘두르라고."

물론 모두가 도동수를 좋아하는 건 아니었다. 팀원들이 여럿인 만큼 각자 성격이 달랐다. 도동수에게 칭찬을 하는 동료가 있다면, 까칠하게 구는 동료들도 있었다.

"왜 그래. 창. 칭찬할 수도 있지."

"칭찬은 무슨. 난 애초에 외국인들이 팀 들어오는 게 별로였어. 우리들로도 충분하다고."

"지금 나 들으라고 하는 거냐?"

"진정해. 둘 다. 창, 여기 동수만 있는 것도 아니고 존도 있는데 그러면 기분 나쁘지 않겠어?"

창은 '흥' 하며 고개를 돌렸다. 도동수는 울컥했다.

'아, 나 정말 성격 많이 죽었다!'

투기장 대회에서 사고를 친 이후 도동수는 매우 조심스러워졌다. 간신히 중국 쪽 게임단에 입단을 했지만, 아무래도 친 사고가 있다 보니 조심할 수밖에 없는 상황.

게임단에 입단할 때도 게임단 측은 단단히 경고했다.

저번 대회처럼 사고치는 일은 없게 하라고!

"애초에 김태현 그놈이 뭐 그리 대단하다고."

"에이. 대단하지."

"대단한 건……."

"대단하지 않나?"

곧바로 튀어나오는 반응들. 그 반응이 창을 더 기분 나쁘게 한 것 같았다.

"이렇게 띄워주니까 그 자식이 하늘 높은지 모르고 나대잖아! 저번에 투기장 대회 때도 그랬어. 비겁한 짓으로 이겨놓고 올라갔지."

대회에는 참가 안 했지만 경기는 다 챙겨 본 창이었다. 비겁한 방법에 당한 장쓰안을 생각하면 아직도 분이 풀리지 않았다. 원래 실력대로였다면 장쓰안이 이겼을 것!

"그리고 그때 저놈도 있었잖아!"

"아니, 그건 그 자식이 하자고 한 건데⋯⋯."

"흥. 그걸 어떻게 믿어? 여기 김태현 없다고 그놈 책임으로 돌리는 거 아냐?"

"진짜라고 이 자식아!"

참던 도동수도 결국 폭발해서 따지고 들었다.

"네가 그 자식을 안 만나 봐서 그렇지. 만나보면 알게 될 거다!"

"만나보면 뭘 알게 되는데? 흥. 만나면 당장 박살 내주지."

'아, 이 자식 던전 대회라고 배짱 부리네⋯⋯.'

도동수는 속으로 창을 욕했다. 던전 대회는 서로 PVP할 일이 없으니까 저렇게 배짱을 부려도 들킬 일이 없었다.

판온 내에서는 만날 수 있겠지만 태현 욕하는 놈이 한둘이 아닌데 자기 욕한다고 여기 찾아오겠는가? 그리고 창이 욕한다는 걸 태현이 알 방법도 없는데⋯⋯.

"내 생각에 김태현은 거품이 너무 많이 끼어 있어. 그리고 그런 거품이 끼게 만든 건 너희 같은 놈들 때문이야. 괜히 겁먹어서 제대로 싸우지도 못하고 추하게 지는 놈들."

"김태현하고 싸우고서나 그런 소리 해봐라. 자식아."

태현에게 쌓인 원한이 하늘을 찌르는 도동수였지만, 실력은 인정하고 있었다. 아니, 인정할 수밖에 없었다. 태현을 마주하는 건 다른 플레이어를 마주하는 것과 질적으로 달랐다.

눈이 마주치는 순간, 전신에서 압박감이 느껴지고 피부가 긴장으로 따끔따끔해지는 느낌. 그런 느낌은 아무나 줄 수가 없었다. 정말 숨 막히는 압박감이었다.

"말했을 텐데. 난 너 같은 패배자랑 달라서 김태현과 만나면……."

"좀 미안하지 않냐?"

"뭐가? 게네가 나한테? 내 이름 빌려서 어그로 끌었으면 나도 게네 던전 쓸 수 있지."

〈베이징 파이터즈〉가 언론에 발표하면서 태현을 저격한 것! 아직 그걸 잘 기억하고 있었다.

지금 태현은 오랜만에 잘츠 왕국으로 돌아와 있었다.

태현이 시작한 타이럼 시가 위치한 잘츠 왕국! 여기로 온 건 타이럼 시에 들리려고…… 는 물론 아니었다.

〈베이징 파이터즈〉의 훈련 던전이 잘츠 왕국에 있었기 때문이었다.

-〈베이징 파이터즈〉의 던전을 찾으려면 어떻게 해야 할까?

-검색하니까 바로 나오는데요?

-얘네는 겁이 없나?

태현의 상식으로는 이해할 수 없는 짓!

물론 〈베이징 파이터즈〉가 대놓고 '우리 여기서 훈련합니다!'라고 하는 건 아니었지만, 쫓아다니는 팬들로 인해 위치는 거의 공개나 다름없었다. 산악 지대가 많은 잘츠 왕국, 그중 〈여섯 봉우리 산맥의 잊혀진 지하 요새〉 던전이 〈베이징 파이터즈〉가 갖고 있는 던전이었다.

사실, 태현이 생각하는 것과 달리 〈베이징 파이터즈〉도 나름 밖에서의 공격이나 습격에 대비하고는 있었다. 판온에서는 어떤 일도 일어날 수 있었으니까.

그렇지만 〈베이징 파이터즈〉가 던전 위치를 필사적으로 숨기지 않는 건 자신감 때문이었다. 1군 선수, 2군 선수 대부분 랭커나 고렙 플레이어였다. 거기 플레이어들이 가입한 길드들은 또 따로 있었고. 그런 플레이어들이 훈련장으로 쓰고 있는 던전을 공격하는 놈들이 있다?

그런 미친놈들이 있을 리 없었다. 가끔 관심을 받고 싶어서 자살 비슷하게 덤벼오는 플레이어들은 던전 입구도 못 들어오고 로그아웃당했던 것이다.

덕분에 태현의 일은 몇 배로 편해졌다.

"여기군."

웅성웅성-

그렇지만 던전 입구가 있는 산 앞에는 플레이어들이 이미 모여 있었다.

케인은 당황해서 중얼거렸다.

"어? 왜 플레이어들이 있는 거지?"

"팬들 같은데요?"

"아. 들킨 줄 알았네."

"쉿."

이다비의 말대로, 던전 입구 앞에 모여 있는 건 별로 레벨이 높지 않은 플레이어들이었다. 대부분 〈베이징 파이터즈〉 선수들을 구경하기 위해 찾아온 팬들!

물론 던전 안으로 들어가지는 못했지만, 그들은 여기서 구경하는 것만으로도 즐거워했다.

"훈훈하네."

"나도 그렇게 생각했어."

케인과 최상윤은 그렇게 떠들었다. 그렇지만 이다비는 다르게 생각했다. 장사의 냄새가 난다!

"이다비."

"네?"

"파워 워리어 길드원들 시키면 여기서 뭐 좀 팔 수 있지 않을까?"

"저도 그렇게 생각했어요!"

태현은 그렇게 말하며 앞으로 걸었다. 줄을 서 있던 팬들은 뒤에서 태현이 밀치고 다가오자 화를 냈다.

"저기요! 줄 서세요!"

"여기 기다리고 있는 거 안 보여?"

그럼에도 불구하고 태현이 계속 다가오자, 앞에 서 있던 게임단 직원들이 나섰다.

"여기 오시면 안 됩니다."

"베이징 파이터즈 선수들 연습 중이에요."

"알아. 비켜."

"안 된다니까요."

"자꾸 이러시면 공격하겠습니다."

게임단 직원들은 이미 몇 번 팬들을 쫓아낸 경험이 있는지, 주변이 붉은색이었다. PVP를 많이 해서 죽을 경우 페널티를 더 받는 상태!

"공격은 하고서 말하는 거야."

푹쩍푹쩍!

"크아악?!"

몰래 들어가려는 팬은 있어도, 이렇게 구단 직원을 다짜고짜 공격하는 팬은 처음이었다. 어찌나 당황했는지 일격에 직원이 로그아웃 당했다는 것도 눈치채지 못했다.

"공…… 공격이다!"

"던전 입구에 소란 발생. 던전 입구에 소란 발생. 와서 좀 도와주세요!"

태현은 검을 휘둘러서 직원 한 명을 골로 보내 버린 다음 외쳤다.

"우리도 구경할 권리가 있다! 팬들에게 던전을 열어줘라!"

"와아아아아!"

뒤에서 '무슨 일이야?' 하고 기다리던 팬들은 태현의 말에 환호했다. 그들의 눈에 태현은 그들을 위해 들고 일어선 팬이었다.

"여러분! 갑시다! 여러분들도 구경할 수 있어요!"

슬금슬금-

태현의 말이 끝나자, 뒤에서 줄 서고 있던 팬들 중 한두 명씩 눈치를 보며 앞으로 나서기 시작했다. 그것을 시작으로 모두 앞으로 달리기 시작했다.

"이, 이런…… 막아! 결계 치고 마법 써! 전부 다 쓰러뜨려!"

"팬들인데요?"

"아무리 팬이라도 연습 중에 던전 들어오면 안 되지!"

코치는 급하게 직원들을 모아 입구에 진을 치려고 했다.

그러나 태현은 이미 그들 앞까지 도착해 있었다.

"이러고도 무사할 거 같습니까! 지금 당장 멈추십시오!"

"팬들의 분노를 받아라!"

"이게 정말!"

코치는 분노해서 도끼를 꺼내 휘둘렀다. 전직 프로게이머였지만, 판온의 코치를 맡은 이상 판온에서도 고렙 플레이어인 그였다. 어중간한 팬 몇 명 정도는 순식간에 쓸어버릴 수 있다!

캉!

[<피에 젖은 드워프 강철 도끼>가 파괴되었습니다!]

태현이 망치로 상대의 무기를 부수는 걸 본 이다비가 애절하게 외쳤다.

"태현 님! 그걸 부수면!"

"아차. 미안."

태현은 재빨리 무기를 바꿔 끼고 코치를 후려갈겼다. 코치는 막으려고 했지만 태현 상대로는 너무 늦은 반응이었다.

퍼퍽!

검에 몇 대 맞은 순간 앞이 어두워지며 메시지 창이 떴다.

[일시적으로 HP가 50% 이상 깎였습니다.]
[커다란 충격에 잠시 움직일 수 없습니다!]

'무슨 대미지가?!'

탱커 계열 직업인 코치의 HP를 순식간에 깎아버리는 무시무시한 딜량! 이건 흔히 볼 수 있는 수준이 아니었다. 이건······ 최소 랭커!

'대체······ 태현? 어디서 들어본 이름이······.'

코치는 그렇게 생각하며 로그아웃당했다. 리더 격인 코치가 로그아웃당하자 그 뒤는 쉬웠다. 태현은 맹수처럼 날뛰며 직원들을 모조리 쓸어버렸다.

"핫하 죽어라!"

최상윤이 질린 듯이 말했다.

"저거 판온 1때 모습 나온다."

"판온 1때는 뭐 달랐어?"

"음, 직업도 다르고 이것저것 다 다르긴 했는데······ 판온 2때보다 훨씬 더 거칠었지."

"······진, 진짜?"

케인은 질린 목소리로 물었다. 지금보다 더 거칠게 굴었다면 대체 뭐 얼마나 개×끼였다는 거지?

전부 쓸어버린 태현은 기세 좋게 외쳤다.

"여러분! 들어갑시다! 우리도 던전에 들어갈 수 있어요!"

"와아아아아!"

"그런데 저 사람은 누구지?"

"몰라. 알 게 뭐야! 일단 들어가고 보자!"

"잠. 잠깐. 그래도 팬인데 들어가면 선수들한테 방해되지 않을까요?"

그래도 이성적인 팬이 한 명은 있었다. 그러나 태현은 눈 하나 깜박이지 않고 말했다.

"그건 게임단 쪽이 댄 핑계예요! 선수들은 그런 거 전혀 싫어하지 않습니다. 오히려 좋아합니다!"

"그…… 그래?"

"진짜?"

"그럼요! 팬들이 직접 들어와서 응원해 주는데! 여러분들이 들어와서 응원해 주면 감사할 겁니다. 그렇지 않으면 선수가 아니죠! 어쩌면 같이 던전을 돌지도!"

"오오!"

"오오오오!"

"자! 들어갑시다! 여러분!"

"와아아아아!"

즉석에서 만난, 이름도 모르는 플레이어들을 어느새 완벽하게 이끌고 들어가는 태현! 다른 사람들이 이 자리에 있었다면 믿지 못했을 것이다.

[던전에 입장하셨……]
[던전에 입장……]

수십 명이 넘는 플레이어들이 던전에 입장! 그때쯤 되자 〈베이징 파이터즈〉 선수들에게도 연락이 갔다.

-지금 입구에서 난리 났습니다!
-?
-구경하고 있던 팬분들이 공격하고 들어왔어요!
-뭐라고??

선수들은 황당하다는 듯이 서로를 쳐다보았다. 아무리 열정적인 팬들이라도 그렇지 PVP를 하고 던전에 들어올 줄이야!
"어떡하지?"
"뭘 어떡해. 내보내야지."
"그래도 팬인데……."
"그렇다고 계속 기다릴 거야? 던전 연습해야 할 거 아냐."
"그렇다고 공격하는 건 좀 그렇지 않나요?"
"맞아. 그냥 대화로 푸는 게 나을 거 같은데."
"너희들은 대화로 풀던가. 난 공격으로 푼다. 누구한테 진 놈답게 참 패배적이네."

"이 자식이 진짜…… 지금 한번 붙어볼까?"

도동수는 이를 갈며 무기를 꺼냈다. 창의 도발이 슬슬 참아줄 수준을 넘고 있었다. 상대가 태현 정도여야 무섭지, 태현을 상대해 온 입장에서 창은 그냥 같잖은 놈일 뿐이었다.

"흥. 입만 살아서. 너 같은 놈은 상대해 주기도 아깝다."

"붙어보자, 자식아!"

"시끄러워. 패배자. 너하고 수준이 맞는 놈하고 놀아. 김태현 같은."

[타락한 드워프 도끼 전사를 쓰러뜨렸습니다.]

[아이템을 얻었습니다.]

태현은 앞에서 질풍처럼 길을 만들었다. 일행은 모르고 있었지만, 아까 이 구역을 공략한 〈베이징 파이터즈〉 선수들보다 몇 분은 더 빠른 기록이었다. 코치나 직원들이 알게 되면 기겁했을 사실!

〈여섯 봉우리 산맥의 잊혀진 지하 요새〉 던전은 지하 7층까지 있는 던전이었고, 현재는 지하 4층까지 공략된 상태였다. 선수들의 위치는 지하 2층. 태현과 광팬들은 지하 1층!

빠르게 뚫고 한 층만 더 내려가면 선수들을 만날 수 있었다.

"선수들 지하 2층에 있는 거 맞습니까?"

"네! 맞아요!"

태현은 다시 한번 팬들에게 선수들의 위치를 확인했다. 그들은 〈베이징 파이터즈〉 홍보 계정에서 실시간 영상을 보고 있었던 것이다. 덕분에 어디 있는지 바로 확인이 가능!

'한 번에 다 잡아버리면 던전 빌 테니까 입구만 막으면 우리가 내내 쓸 수 있겠군.'

태현은 빠르게 계획을 세웠다. 남이 점령한 던전을 뺏는 데에는 태현만 한 전문가가 없었다. 이제까지 뺏은 던전만 해도 세 자릿수를 간단히 넘기는 수준!

-여기 던전은 왜 입구를 막았어?

-우리 길드 던전이다.

-니네 길드 던전이라고? 뭐 이름이라도 써놨냐?

-꺼져라. 안 꺼지면…… 컥!

-뭐 임마. 안 꺼지면 이렇게 된다고?

판온 1에서는 태현 앞에서 '우리 길드가 먼저 왔으니 우리 던전이다' 같은 소리를 하고 살아남은 플레이어가 없었다.

"가자!"

"와! 이 던전이 이렇게 생겼구나!"

"여기 1층 도끼 방이야!"

팬들이 삼삼오오 흩어지기 시작했지만 태현은 신경 쓰지 않았다. 어차피 선수들만 잡으면 점령할 수 있을 테니까!

태현의 활약으로 1층을 손쉽게 돌파한 일행은 곧바로 2층에 들어갔다.

2층에 들어서자마자 보이는 건 통로 반대쪽에 있는 선수들! 소식을 듣고 달려온 모양이었다.

'잘됐네.'

"와!! 팬이에요!"

"창! 사인 좀 해줘!"

선수들을 발견한 팬들은 우르르 달려 나갔다. 그걸 본 창은 짜증 난다는 듯이 말했다.

"여기 들어오면 안 된다고 했을 텐데."

"사인해 주면 나갈게!"

"맞아! 사인만 해줘!"

"그냥 죽어."

말과 함께 창은 무기를 휘두르기 시작했다. 레벨도 낮은 데다가 전혀 싸울 생각이 없었던 팬들은 한 방에 로그아웃 당하기 시작했다.

"야! 적당히 하라고!"

"맞아요. 그냥 잘 말해서 내보내자니까!"

"이런 쓰레기들에게는 그럴 시간이 아깝다. 비켜."

펔펔펔-

창은 추수라도 하는 것처럼 무기를 휘둘러 길을 만들었다.

'그런데 이것들은 어떻게 들어온 거지?'

생각해 보니 이 플레이어들 수준으로는 입구도 못 뚫었을 것 같았다.

"저거 도동수 아니냐?"

"어? 진짜네?"

"헉. 나 좀 얼굴 가려줘. 마주치면 민망할 거 같아."

케인은 최상윤 뒤에 숨었다. 도동수와 눈이 마주치면 서로 민망할 것 같았다. 투기장 대회에서 도동수 잡는데 한몫한 게 그였던 것!

탁-

"그만하라고, 이 자식아!"

"뇌. 어디에 손을 올려?"

창은 거칠게 도동수의 손을 뿌리쳤다. 앞에 남은 태현 일행은 안중에도 없는 태도! 다른 팬들처럼 언제든지 해치울 수 있다는 자신감이었다.

"내가 아까 말했지? 네 수준에 맞는 김태현이랑 놀라고."

꿈틀-

태현의 눈썹이 살짝 위로 올라갔다 내려왔다. 이게 누구랑 누구를 갖다 붙이는 거야?

최상윤이 낮게 중얼거렸다.

"아주 죽여달라고 하는군."

어차피 그렇게 말 안 해도 알아서 다 쓸어버릴 텐데 굳이 매를 버는 상대방!

"공격할까?"

"아냐. 흥미진진한데 좀 더 들어보자. 저건 근데 누구냐?"

"나도 모르는 놈인데."

태현과 최상윤은 고개를 돌려 이다비를 쳐다보았다.

"저라고 뭐든 다 아는 건 아닌데요."

"아. 그런가."

"그렇지만 저 사람은 창 선수예요."

'아는 거 맞잖아⋯⋯.'

걸어 다니는 판온 백과사전 수준!

태현 일행이 떠드는 사이, 〈베이징 파이터즈〉 선수들도 점점 갈등이 심해지고 있었다.

"야. 덤벼."

"너 같은 놈하고 어울리기 싫다는 건 귓등으로 들었냐?"

"너한테 선공 주는 거다. 기회 줄 때 해라. 안 그러면 내가 친다."

"하, 이게 진짜⋯⋯."

도동수가 무기를 겨누며 말하자, 창은 짜증 난다는 듯이 무기를 빼 들었다. 언제라도 싸움이 시작될 거 같은 일촉즉발의 상황!

꿀꺽-

다른 선수들도 한 걸음 뒤로 물러섰다.

그 순간 코치에게서 연락이 왔다.

-김태현이다! 그놈 김태현이다!!

-??

-뭐가?

-뭔 소리예요?

-지금 습격하고 있는 거 김태현이라고!

선수들은 무의식적으로 고개를 돌려 태현을 쳐다보았다.

"김…… 태현?"

"아. 소식 전해졌나."

태현은 가면을 풀고 원래대로 얼굴을 돌렸다. 그러자 다른 일행도 얼굴을 가리고 있던 망토를 벗어 던졌다.

"케인까지!"

"진짜 김태현이잖아?!"

"설마 김태현 욕했다고 여기 온 건가?"

'나 욕하고 있었군.'

태현은 잊지 않고 기억해 두었다. 어째 도동수가 있다 했더니, 평소에 그를 욕하면서 놀았던 게 분명했다.

도동수와 싸우려던 창은 반색했다.

"홍, 잘됐네. 만나면 한번 본때를 보여주려고 했었는……."

"케인."

"오케이."

이제는 말만 해도 서로 무슨 생각을 하는지 알 수 있었다. 케인은 곧바로 스킬을 사용했다.

-노예의 쇠사슬!

촤르륵!

케인의 쇠사슬을 맞은 창은 그대로 앞으로 끌려갔다.

'이건 대회에서의 그 스킬!'

창은 기겁하며 무기를 들어 케인을 공격하려고 했다. 일단 끌려가더라도 케인을 공격하면 위기 탈출이 가능했으니까.

그러나 그건 시작일 뿐이었다. 태현은 <카르바노그의 무딘 창>을 꺼내 재빨리 창을 찔렀다. 피하지도 못하고 끌려오는 창은 손쉬운 먹잇감일 뿐이었다.

[<카르바노그의 진심 저주>를 사용했습니다. 상대가 1분 간 토끼로 변합니다. 토끼로 변한 상대의 스탯과 스킬들은 그대로 유지됩니다. 원래 토끼가 아니었던 상대에게는 <토끼 지배>를 사용할 수 없습니다.]

[상대의 장비가 모두 해제됩니다.]

덜그럭-

장비들이 우르르 떨어지는 소리가 들렸다. 방금까지 창이 있었던 자리에 귀여운 토끼 한 마리가 있었다. 이다비는 스킬을 사용해 바닥에 떨어진 장비들을 순식간에 챙겼다.

-뀨뀨뀨!!

"뭔 소린지는 모르겠지만 우리 욕하는 거 같군!"

케인은 그렇게 말하며 무기를 휘둘러서 토끼를 후려쳤다.

갈르두와 창은 달랐다. 플레이어들과는 차원이 다른 고렙 몬스터인 갈르두와 달리, 창은 어디까지나 플레이어 수준이었다. 게다가 토끼로 바뀐 것에 바로 적응하지도 못한 상황.

-깨갱!

창은 비명을 지르며 벽에 날아갔다.

타다닥-

벽에 맞고 날아간 창은 시간을 벌기 위해서 거리를 벌리기 시작했다. 태현은 굳이 창을 쫓지 않고 다른 선수들을 쳐다보았다.

"우리 친구들, 나 없는 사이 내 욕하고 지냈던 거야? 너무하지 않냐? 언론에는 내 이름 팔더니."

"어…… 그게……."

"사실 욕은 도동수가 많이 했……."

도동수는 속으로 창과 태현을 욕했다. 창이 저렇게 반응하지도 못하고 당한 게 고소하기는 했다.

'멍청한 놈, 김태현 상대로 방심하다니!'

자신이었다면 만난 순간부터 태현과 케인의 움직임에 주목했을 것이다. 태현을 상대할 때는 한 번이라도 방심하는 순간 그대로 로그아웃 당할 수 있었던 것이다. 그렇지만 창이 당한 것 때문에 한층 싸움이 불리하게 됐다.

"김태현. 우리가 욕한 게 아니고…… 원래 기사는 그런 거잖아. 관심받으려면……."

다른 선수 한 명이 입을 열었다. 원래라면 이런 상황에서 바로 덤벼들었을 그들이었다. 그러나 그러지 않고 이렇게 말을 붙이는 이유는 하나였다. 상대가 태현이었기 때문에!

그들 스스로도 몰랐지만, 무의식적으로 겁을 먹고 이러는 것이었다.

"그래. 나도 관심 좀 받으려고 여기 왔지."

"아무리 그래도 그렇지 상도덕도 없냐? 연습하는데 와서 무슨 짓이야?"

"뭔 상도덕이야. 판온이랑 현실이랑 같냐? 그렇게 따지면 너희는 PVP 왜 하는데?"

[<카르바노그의 진심 저주>가 끝납니다. 상대가 돌아옵니다.]

"이런 비겁한 새끼! 치사한 새끼! 비열하게 이런 기습을!"

맨몸으로 돌아온 창은 얼굴이 시뻘게져서 고래고래 소리를 질러댔다. 물론 태현은 '어디서 개가 짖나' 하는 표정으로 무시할 뿐!

"나 만났는데 방심한 놈이 바보지. 그보다 너. 이름이…… 뭐였더라. 어쨌든 그건 중요하지 않고, 내가 왜 너를 죽일 수 있었는데 안 죽이고 이렇게 장비만 뺏었느냐……."

태현은 그렇게 말하며 검을 뽑았다.

"나하고 저놈하고 같은 수준이라고 말한 것도 그렇고, 날 만나면 본때 보여준다는 것도 그렇고. 너무 자신감 있어 보여서 장비만 뺏었다."

"무…… 무슨 소리를 하는 거냐! 내 실력을 보려면 정정당당하게 장비를 줘야지. 지금 장비를 다 뺏어놓고 이러는 거냐! 겁먹은 건 아니겠지?!"

"겁은 무슨. 그리고 오해하고 있는 거 같은데, 너하고 정정당당하게 붙어서 실력을 보려고 장비를 뺏은 게 아니야. 인마."

"……?"

"다른 놈 다 처리하고 너 갖고 놀려고 장비를 뺏은 거지. 네 실력은 안 궁금해. 도동수랑 노는데 도동수 정도겠지."

울컥!

말 한마디로 도동수와 창을 동시에 도발하는 데 성공한 태현이었다.

"그러니까 네 실력 보여주는 건 나중에 네가 알아서 하고, 지금은 그냥 죽어라."

"절대 안 넘어간다! 내 길드원들 데리고 널 쫓아주마!"

태현은 창을 다시 한번 무시하고 고개를 돌렸다. 그 무시에 창의 얼굴이 붉어졌다.

"저놈은 됐고, 나머지는 이제 슬슬 시작할까?"

태현의 말에 다른 선수들은 가슴이 덜컥 내려앉는 걸 느꼈다. 곧 PVP가 있을 텐데도 전혀 긴장하지 않은 것 같은 저 모습! 그게 그들을 오히려 더 긴장하게 만들었다.

"김태현."

"아. 도동수. 정보는 고마웠어."

팀원들의 눈빛에 도동수는 기겁해서 외쳤다.

"아, 아니야! 속지 마! 저 자식이 구라치는 거야!"

"맞아. 농담한 거야. 내가 뭐 하러 도동수까지 매수하겠어. 그럴 만한 가치가 없는데."

"……김태현. 그런 도발을 해봤자 난 흔들리지 않는다. 저번 싸움 이후로 나도 상당히 늘었거든."

"오. 진짜?"

태현은 의아해했다. 저 자신감은 대체 어디서 나오는 거지? 그사이 뭐 폭발적으로 레벨 업이라도 했나? 물리적으로 불가능할 텐데?

"……이렇게!"

탓!

도동수의 몸이 사라지더니, 2층에서 1층으로 가는 입구에서 다시 나타났다. 그리고 재빨리 1층으로 올라가서 도망쳐 버렸다. 이길 수 없다고 판단하고 도망쳐 버린 것이다.

'던전을 노리고 온 걸 테니 쫓아오지는 않을 거다!'

"……늘긴 늘었군."

태현은 살짝 감탄했다.

남은 팀원들은 아직 상황을 받아들이지 못한 얼굴이었다.

"말…… 말도 안 돼……."

케인이 딱하다는 듯이 말했다.

"지금은 도동수 저놈이 한 짓이 안 믿어지겠지만, 나중 가면 알게 될 거다. 저게 가장 똑똑한 짓이라는 걸."

"무슨 헛소리를 하는 거, 억!"

"공격 시작!"

태현의 말에 일행은 공격을 개시했다. 남은 팀원들은 허겁지겁 반격하려고 움직였지만 이미 늦은 상태였다. 게다가 상대는 태현, 케인, 최상윤 등 랭커 중에서도 PVP라면 이골이 난 사람들! 5분도 지나지 않아 싸움은 결판이 났다. 원래라면 더 치열했어야 했지만, 기가 꺾인 〈베이징 파이터즈〉 선수들이 제대로 싸우지 못해서 더 빠르게 끝났다.

　"이제 얘도 잡을까?"

　최상윤은 구석에 몰려서 노려보고 있는 창을 칼로 겨누며 물었다. 태현은 턱을 긁적이며 대답했다.

　"아냐. 좀 써먹어 보자."

　[창을 포로로 잡는 데 성공합니다.]

　"놔라!"

　"그러면 그냥 죽일까?"

　"……."

　"얘 은근히 솔직한데?"

　태현은 감탄하며 창을 앞으로 떠밀었다. 보통 여기서 '죽여라!'라고 했을 것 같은데…….

　-도동수, 이 치사한 새끼야!

　-도동수. 실망이다. 아무리 그래도 그렇지…….

　-김태현 네가 불렀냐??

팀원들에게 귓속말이 날아왔지만 도동수는 무시했다.

그들은 서로 프로. 우정이고 뭐고 그런 끈끈한 감정으로 엮인 사이가 아니었다. 죽으면 자기만 손해인 것!

도동수는 그렇게 생각하며 전력을 다해 1층 던전 입구로 향해 달렸다. 만반의 준비를 한 김태현과 싸울 생각은 조금도 없었다.

'아니. 잠깐만. 그래도 여기는 내가 훨씬 더 익숙한데 숨어서 좀 괴롭혀 주다 갈까……'

도적 계열 직업인 도동수였기에, 이런 던전에서 숨어서 치고 빠지는 건 문제가 아니었다. 게다가 여기는 익숙한 던전!

물론 태현과 싸울 생각은 아니었다. 태현 일행한테 공격 몇 번 넣은 다음 물러서고 '팽팽하게 싸웠다!'고 할 생각이었다. 그것만으로도 충분히 남는 장사 아닐까?

틱-

[즉발 폭탄 함정을 건드렸습니다. 곧 폭발합니다.]

도동수는 깜짝 놀랐다. 도적 직업인 그가 함정을 눈치채지 못하다니. 대체 어떻게?!

콰아아앙!

"크윽!"

[치명타를 받았습니다.]

[스턴, 실명, 출혈 상태에……]

[장비 내구도가 크게 하락합니다.]

'……튀자!'

폭탄 함정 덕분에 정신을 차릴 수 있었다. 도동수는 재빨리 제정신을 차리고 다시 도망쳤다. 그가 도적 계열 직업이라면, 김태현은 판온 1 때부터 대장장이로 유명한 놈이었다. 게다가 남들은 PVP에서 잘 쓰지도 못하는 함정을 아무렇지도 않게 성공시키는 것으로 더 유명했다.

머리, 배짱, 운 등 하나라도 없으면 할 수 없는 것들!

CHAPTER 4

"치사하고 비겁한 놈들. 장비를 돌려주고 당당하게 붙자!"

"장쓰안도 그런 소리는 안 하던데. 넌 어디서 왔는데 이렇게 순진한 소리를 하는 거냐?"

케인은 정말 궁금하다는 듯이 물었다. 얘는 진심으로 저런 소리를 하는 건가? 그러거나 말거나 태현은 2층 싸움을 끝내고 1층으로 올라가 이곳저곳에 폭탄을 설치하고 있었다.

"흠. 여기가 좋아 보이는군."

"여기도 좋아 보이고."

"여기에도 하나 둘까? 뭐 폭탄은 많고 하나 더 써서 안 좋을 건 없으니까."

"음? 여기에 아까 하나 두고 갔었는데 언제 터졌지?"

그러면서 동시에 창에게서 뺏은 장비를 확인했다.

다섯 보석이 박힌 카람브릴 갑옷:

내구력 550/550, 물리 방어력 285. 마법 방어력 150.

스킬 '붉은 보석', '파란 보석', '녹색 보석', '흰 보석', '검은 보석' 사용 가능. 레벨 제한 175.

다섯 보석을 추가한 카람브릴 갑옷의 완성형이다. 이 다섯 보석이 박혀 있는 갑옷을 입은 전사는 싸움 도중에 지지 않는다는 전설이 있다.

"별로잖아?"

자기 장비를 보고 저러자 창은 화를 내며 외쳤다.

"무슨 소리를 하는 거냐!"

"그냥 녹여서 재료 추출해야겠다. 여기 보석들은 좀 좋아 보이는데."

"김태현! 늦지 않았다! 당장 멈춰라! 명예를 안다면!"

"케인. 쟤 좀 입 다물게 해줄래?"

"케인! 너도 속으로는 명예롭게 싸우고 싶을 텐데?! 김태현 저놈의 명령에 따르고 싶지 않은 거 안다!"

'헉. 이 자식 예리한데?'

케인은 감탄했다. 어떻게 그의 속마음을?

물론 명예롭게 싸우고 싶은 마음은 전혀 없었고, 그냥 태현의 명령을 가끔 듣고 싶지 않다는 것 정도!

"시끄러. 인마."

"읍읍읍!"

조용해진 창을 무시하고 태현은 다른 장비들을 확인했다. 그렇지만 대부분 태현의 장비들의 하위호환이었다. 새삼 느끼는 거지만, 태현의 장비 세트는 최상위권 랭커에게 전혀 밀리지 않았다. 기존에 쓰던 무기들도 대단한 무기였는데, 그걸 뛰어넘은 대만불강검만 해도……

　게다가 〈오스턴 왕가의 비전 갑옷〉 같은 건 원래라면 현재 플레이어들이 입을 기회가 없는 장비였다.

　'녹이고 해체해야겠군. 재료는 잘 나오겠는데.'

　보석부터 시작해서 금, 은, 최상급 강철, 순은, 아다만티움까지 조금 나올 것 같은 구성! 재료로는 최상이었다.

　'아. 그러고 보니 이제 갈르두 장비도 입을 수 있겠군.'

　저주가 풀리고 이것저것 일이 많아서 정작 장비를 확인하는 건 잊고 있었다.

　영원한 불사의 목걸이:

　내구력 999/999, 물리 방어력 300. HP 회복 속도 500% 상승. 레벨 제한 300.

　아무런 스킬도 없지만, 착용하는 것만으로도 사용자에게 어마어마한 불사의 힘을 가져다주는 목걸이입니다. 거인의 심장으로 만든 목걸이라 거인족을 만날 경우 특별한 반응이 나올 수 있습니다.

　'와, 뭐 이런 무식한 장비가 있냐?'

　드물게 보는, 깡스탯만으로 압도하는 장비!

무슨 목걸이 하나가 랭커 갑옷 방어력을 갖고 있었다. 장신구 아이템이 마법 방어력이 아닌 물리 방어력만 갖고 있는 게 특이하기는 했지만…….

'이러니까 더럽게 안 죽었지.'

갈르두의 끈질긴 생명력은 악몽 중의 악몽이었다. 대미지도 적게 들어가는 데다가 그게 계속 회복을 하니…….

'그렇지만 나한테는 효과가 별로겠는데.'

물리 방어력은 태현한테는 거의 의미가 없었고, HP 회복 속도도 최대 HP량 자체가 적은 태현에게는 커다란 의미가 없었다. 애초에 태현의 전투 스타일은 안 맞는 걸 전제로 하는 스타일! 이 장비는 차라리 케인에게 맞는 장비였다.

그렇지만…….

"케인. 혹시나 해서 묻는 건데 너 레벨 제한 있는 장비 착용할 방법 없지?"

"응? 나 있는데."

"뭐? 넌 뭘로 입는데?"

태현이야 대장장이 기술 스킬로 쌓은 강제 착용 스킬이 있다지만 케인은 그런 것도 없었다. 태현은 살짝 놀랐다.

"……노, 노예는 장비를 가리지 않는다…….."

"뭐?"

"노예는…… 장비를…… 가리지 않는다…….."

〈노예는 장비를 가리지 않는다〉. 레벨 업 하면서 얻은 아키서스의 노예 패시브 스킬 중 하나였다. 이름은 그래도 효과는 강력했다. 레벨이나 스탯, 종족 제한을 감수하고 장비를 착용할 수 있게 만드는 것이다. 그래서 케인은 현재 악마들이 입는 커다란 갑옷을 입고 있었다. 페널티가 좀 있지만 그만큼 튼튼하고 좋았다.

"풉!"

"이 자식이……."

"내가 웃은 거 아니야."

"어?"

창이 웃음을 터뜨렸던 거였다. 케인은 눈에 불을 켜고 창을 앞뒤로 흔들었다.

"이 자식! 감히 너 같은 놈이 날 비웃다니!"

"야. 야. 그만해. 그만하고 이거나 받아."

케인은 목걸이를 금방 알아보았다. 이건…… 갈르두가 끼고 있던 그 사기 아이템!

"아이템 보니까 너한테 맞겠더라. 이걸 입고 좀비처럼 버티는 탱커가 되라."

"말은 좀 이상하지만…… 정말 잘 쓸게!"

케인은 싱글벙글 웃으면서 목걸이를 착용했다.

'나는 갑옷을 받았지만 케인 씨는 목걸이를 받았…… 아니. 깊게 생각하지 말아야지.'

이다비는 그걸 보면서 뭔가 이상하다고 느꼈지만 깊게 생각하지 않으려고 했다.

"읍읍읍. 읍읍읍읍……(그렇군. 김태현 저 악독한 놈이 어떻게 인기를 끌었나 했더니 저런 식으로 아이템을 뿌렸던 거였어! 비열하다!)"

"저거 진짜 말 많네."

태현은 갈르두의 나머지 장비도 확인했다. 나머지 방어구는 별로였고…….

잔혹한 영웅의 커틀라스:

내구력 200/200, 물리 공격력 275, 마법 공격력 275. 공격 속도 50% 증가. 공격 성공 시 일정 확률로 HP 흡수.

스킬 '상처 만들기', '피 빨아들이기' 사용 가능. 레벨 제한 200.

한때 바다를 휩쓸었던 잔혹한 영웅이 차고 있던 커틀라스다. 공격이 성공할 때마다 희생자의 피를 빨아들이는 것으로 악명이 높았다.

'대만불강검보다 별로군.'

어지간한 랭커들이라면 잘 썼겠지만, 대만불강검의 극단적인 성능에 취한 태현에게는 아쉽게 느껴졌다. 스킬 세트도 태현의 〈치명타 폭발〉이나 〈행운의 일격〉에 비해 약했다.

"뭔데 그렇게 보냐? 안 쓸 거면 내가 써도 돼?"

"이걸 쓰게? 별로잖아."

"……네 기준에서 별로지 세상 기준에서는 충분히 좋은 무기거든?"

최상윤은 어이가 없다는 듯이 물었다. 태현이 엄청난 대장장이라는 건 알고 있긴 했지만, 그래도 이런 걸 볼 때마다 기준이 참 뒤틀리기는 했구나 하는 생각이 들었다.

최상윤은 태현이 커틀라스를 녹여먹기라도 할까 봐 허겁지겁 받아 챙겼다. 다시 확인해 봐도 역시 좋은 무기 맞았다.

"갈르두는 생각보다 별게 없네. 오히려 크라켄이 더 나은 거 같아."

"크라켄이 뭐 줬는데?"

"재료 아이템을 대량으로 줬지."

태현은 벌써 크라켄의 부위로 몬스터 정수를 만들어놓은 상태였다. 나중에 케인이 그걸 쓸 생각을 하니 기대가 되었다.

오싹!

'저놈 왜 날 쳐다보지?'

케인은 불안하다는 듯이 태현을 쳐다보았다.

그렇게 그들이 전리품을 정리하고 1층에서 적들을 막을 준비를 하는 동안, 밖에서는 다른 준비가 끝나가고 있었다.

"김태현!! 너는 지금 〈베이징 파이터즈〉의 던전에 무단으로 들어왔다. 지금 당장 나오지 않는다면 절대로 용서하지 않겠다!"

"읍읍읍……(지금 무릎을 꿇고 비는 게 좋을 거다. 우리 팀원들이 소속된 길드들이 다 도우러 올 테니까!)"

"아. 시꺼."

태현은 창을 넘어뜨렸다. 그러는 사이 최상윤과 케인은 시시덕거렸다.

"어떻게 대사까지 1이랑 똑같냐?"

"그보다 욕을 안 한다는 게 신기한데."

"그야 지금 생방송 돌아가고 있을 테니까 욕하기가 좀 그렇겠지."

개나 소나 다 인터넷 방송으로 판온을 중계하는 바람에 이름 좀 알려진 판온 플레이어들은 욕을 하지 않게 되었다. 그뿐만 아니라 어느 정도는 이미지 관리도 했다.

태현처럼 아무 신경도 안 쓰는데 이미지 관리가 되는 게 특이한 경우!

던전 입구에 발만 들이밀고 계속 확성 마법으로 크게 떠들어대자 짜증이 난 태현은 역으로 외쳤다.

"지금 당장 닥치고 안 꺼지면 창의 목숨은 없다!"

"읍읍?!"

"창이 자기가 죽으면 다 너희 탓이라고 한다!"

"읍!! 읍읍!"

"창이 너희가 정말 밉댄다! 자기를 두고 혼자 튀다니! 도동 수 두고 보자는데?"

"읍읍……."

잠시 입구가 조용해졌다. 태현은 귀를 기울였다. 설마 이런 협박이 통하는 건 아니겠지? 물론 아니었다.

"공격해!"

던전 입구에 있던 플레이어들이 공격을 시작해 온 것이다.

"저런. 창이 생각보다 인기가 없나 봐."

태현의 말에 창은 분노한 표정을 지었다. 다른 건 몰라도 방금 말은 그냥 넘어갈 수 없다!

"읍읍읍……(지금 상황에서는 공격이 당연한 거잖아! 내 인기하고는 상관이 없다!)"

"널 케인처럼 쓰려고 데리고 있는데 슬슬 후회되기 시작한다."

"읍?"

창은 태현이 무슨 소리를 하나 싶었다. 케인처럼 쓴다니? 그게 대체 무슨 뜻이란 말인가?

'앗, 설마!'

"읍읍읍……(김태현, 아무리 내 능력이 탐이 난다고 해도 그렇지 이런 식으로! 할 거면 제대로 스카우트를 해라!)"

'이 자식 뭔가 헛소리 하고 있는 것 같은 기분이 드는데.'

태현은 떨떠름한 기분이 들었지만 멈추지 않았다. 지금은 창의 오해를 풀어줄 시간이 아니었으니까.

'온다!'

타닷!

던전 입구에서 통로를 달려온 플레이어들이 하나둘씩 모습을 드러내기 시작했다. 그들은 깜짝 놀랐다. 생각보다 태현이 입구 가까이 있었던 것이다.

"김태현!"

각오는 하고 있었지만, 태현을 직접 보는 건 확실히 긴장되는 일이었다. 그들은 순간 움직임이 굳었다.

'빈틈!'

그런 긴장은 태현을 상대할 때 치명적이었다. 태현은 가장 가까이 있는 상대에게 다가가 공격을 퍼부었다.

-행운의 일격, 행운의 일격, 행운의 일격, 행운의 일격, 행운의 일격, 아키서스의 첫 번째 공격!

콰콰콰콰쾅!

게시판에는 '태현에게 한 번 잘못 물리면 HP가 어중간한 플레이어는 그냥 끝장이다'라는 말이 돌아다녔다.

그만큼 태현의 폭딜은 매섭고 위협적이었다. 그런 상대라는 걸 알았는데도 불구하고 긴장으로 멈춘 플레이어들!

돌이킬 수 없는 실수를 한 것이었다.

[치명타가 터졌습니다! 일시적으로 너무 막대한 대미지를 받아 잠시 동안 움직일 수 없습니다.]

[스턴 상태에 빠집니다.]

[출혈……]

-치명타 폭발!

자세가 무너진 플레이어에게 어마어마한 딜을 쑤셔 박았는데도 태현은 멈추지 않았다. 한 명을 끝장내려는지 무시무시하게 추가타를 넣었다.

그 결과 채 10초도 지나지 않아 플레이어 한 명이 그대로 로그아웃당했다. 옆에 묶여 있던 창은 그걸 보고 기겁을 했다. 실제로 보니 그 위압감이 장난이 아니었다.

한 명을 보냈는데도 태현은 방심하지 않았다. 곧바로 창을 끌어들여 앞에 세웠다. 만약 태현을 상대하기 위해 온 놈들이라면 회피 대책 정도는 세워왔으리라. 그렇다면 주의해야 할 건 회피를 무시하고 들어오는 저주들!

그러나 공격은 들어오지 않았다. 앞을 보니 남은 플레이어들은 재빨리 돌아서서 도망치고 있었다.

태현은 살짝 당황스러웠다. 아무리 그래도 그렇지, 한 명 죽었다고 도망치다니? 그렇게 난리를 쳤던 판온 1에서도 저런 모습은 흔치 않았다.

태현의 얼굴이 심각해졌다.

'설마 함정인가?'

"읍읍읍……(너 설마 케인처럼 쓴다는 게)."

"상도덕도 없는 새끼!"

"같은 선수면서 이래도 되는 거냐!"

"대회 운영위원회에 신고해야 해!"

사실 함정 같은 건 없었다. 플레이어들은 투덜거리면서 도망치고 있었다. 그들이 가장 먼저 들어가게 된 건 그들이 원해서가 아니었다. 눈치가 보였기 때문이었다.

-김태현이 〈베이징 파이터즈〉에 쳐들어왔다!

-대회 앞서서 김태현이 본때를 보여주려고 왔다더라!

-김태현이 와서 '네가 그렇게 싸움을 잘해?'라고 하면서 난리를 치더라! 〈베이징 파이터즈〉 선수들이 아주 제대로 자존심이 상해서 끝장을 보려고 한다더라!

-창 선수는 김태현하고 일대일로 아주 사생결단을 보려고 하고 있고, 도동수 선수는 저번 원한도 있고 해서 절대 넘어가지 않겠다고 이를 갈고 있다더라!

당사자들이 들으면 '뭐? 내가 언제?'라고 할 소문들. 그러나 이미 게시판에는 파다하게 소문이 퍼져 있었다. 태현과 같이 들어온 〈베이징 파이터즈〉 팬들이 소문을 퍼뜨린 것이다.

던전 안은 좁고 복잡하고 정신없었다. 제대로 된 상황을 파악한 팬은 없었다. 어설프게 본 덕분에 팬들은 상상의 나래를 마음껏 펼쳤다.

-〈베이징 파이터즈〉 선수들이 각오를 했으니, 그 김태현도 이번에는 아주 큰코다칠 거다!

-맞아! 맞아!

〈베이징 파이터즈〉 팬들은 대부분 태현을 싫어했다. 사실 좋아하는 게 더 이상했지만……

그런 만큼 팬들은 그들이 좋아하는 선수들이 태현을 제대로 밟아주기를 원했다. 그 결과, 〈여섯 봉우리 산맥의 잊혀진

지하 요새〉 입구 근처는 온갖 플레이어들이 구경을 위해 몰려들었다. 김태현이 끝장나기를 원하는 〈베이징 파이터즈〉 팬들과, 누가 이기든 상관은 없지만 이런 흥미진진한 싸움을 구경하기 위해 몰려온 사람들까지!

대회를 앞두고 이렇게 큼직한 이벤트는 흔치 않았다. 태현에 대해 이런저런 의견은 많아도 적어도 한 가지는 확실했다. 판온에서 가장 뜨거운 이슈메이커!

"팝콘 팔아요! 팝콘! 〈파워 워리어〉 정품 마크가 붙은 팝콘은 확실합니다! 저희는 설탕량을 속이지 않습니다!"

그리고 이런 관심들은 〈베이징 파이터즈〉 선수들에게 매우 부담이 되고 있었다.

"어쩌지?"

"네가 들어가 봐."

"방금 박살 난 거 보고 그런 소리가 나오냐? 난 지금 던전용으로 장비 세팅해 놔서 김태현하고 싸울 상황이 안 된다고."

"그걸 핑계라고 대냐? 장비를 바꿔 끼던가."

"바꿔 끼려면 도시까지 가야 한다고!"

던전 안에서 전멸한 선수들 말고, 운 좋게 밖에 있던 선수들은 소식을 듣고 황급히 달려왔다. 그러고는 고민에 잠겼다.

'저기를 어떻게 뚫지?'

원래라면 포기했을 것이다. 그들이 겁쟁이라서가 아니었다. 그들도 〈베이징 파이터즈〉에 선수로 입단할 정도의 플레이어들! 포기하는 건 그만큼 태현의 악명이 대단했기 때문이었다.

그렇지만 이번에는 포기할 수도 없었다. 뒤에 초롱초롱한 눈으로 보고 있는 팬들이 있기 때문이었다.

'도망쳤다가는…… 망한다!'

지금 막 대회를 앞두고 있는 상황. 이런 상황에서 선수들이 단체로 도망이라도 치면 팬들은 우르르 떨어져 나갈 것이다. 뭐라도 해야 했다.

선수들은 일단 각자 소속된 길드에 지원을 불렀다. 판온에서 PVP가 생겼을 때 가장 든든한 건 역시 소속된 길드!

-길마님. 지금 저 건드린 놈이 있는데…….

-어, 뭐라고? 누가 널 건드려! 당장 말해. 도와주러 간다!

-감사합니다, 길마님! 여기 〈여섯 봉우리 산맥의 잊혀진 지하 요새〉고 김태현 놈이 와서…….

-으…… 응? 잠깐만. 나 급한 일이 생겨서. 조금만 이따 다시 연락할게!

그러나 길드가 무조건 도와주는 건 아니었다. 태현과 싸우는데 도와달라는 건 무조건 득보다 실이 많은 제안!

-길마. 내가 지금 문제가 생겼는데…….

-현, 현재 귓속말을 보낸 플레이어는 귓속말을 받을 수 없는…….

-야!!

대부분의 길드들이 이 일에 끼어드는 걸 꺼려했다. 그 결과 선수들은 진퇴양난에 빠졌다. 들어가자니 손해만 볼 게 분명했고, 물러서자니 뒤에 구경하고 있는 팬들의 눈치가 보이고······.

-코치님. 어쩌죠?
-글쎄······ 이런 상황은 나도 처음이라······.
-창! 지금 뭐 하냐! 대답이라도 해!
-······.
-도동수!
-······.

들어간 1군 선수들은 대부분 전멸, 창과 도동수는 쪽팔려서 입을 다물고 있는 상황.
"후후. 도움이 필요한가?"

"왜 안 들어오지?"
"겁먹은 거 아닐까?"
"아냐. 뭔가 수상해."
케인의 말에 태현은 고개를 저었다.
"아무래도 함정을 좀 더 빡세게 지어야겠다."
"······!!"
"우리 던전 돌리려고 온 거 아냐?"

"조용히 해. 인마. 던전은 1층 함정을 빡세게 한 다음에도 돌 수 있어."

태현은 주변을 치우고 자리를 잡았다.

[고급 대장장이 기술 스킬을 가지고 있습니다. 임시로 대장간을 설치할 수 있습니다. 사디크의 화염 스킬을 갖고 있습니다. 대장간의 능력에 추가 보너스를 받습니다.]

촤아악-

아예 자리를 잡고 불을 피우는 태현을 보며, 다들 황당한 표정을 지었다.

"뭐 하는 거야?"

"이미 갖고 있는 것만 설치하지 말고, 새로 만들어야지. 그래야 효과가 있어. 흑흑아."

-예?

"나와서 불 좀 더 피워봐."

-예…….

흑흑이는 슬픈 표정으로 용광로에 불을 내뿜기 시작했다.

[사디크의 마수가 화염을 내뿜습니다. 용광로의 화력이 늘어납니다! 만들어지는 아이템의 성능이 더 좋아집니다.]

그러는 사이 이다비는 밖에 있는 파워 워리어 길드원들에게 상황을 전해 들었다.

"어? 겁먹은 거 맞는 거 같은데요?"

"그래?"

케인은 울컥해서 말했다.

"야. 내가 말할 때는 무시해 놓고……."

"너랑 이다비랑 같냐? 어쨌든 겁먹었어도 달라지는 건 없어. 함정 더 설치하고 우리는 우리 할 일 한다."

태현은 베이징 파이터즈 선수들에게서 뺏은 아이템들과, 창에게서 뺏은 아이템들. 그리고 갈르두에게서 얻은 안 쓰는 장비들까지 전부 꺼냈다.

[장비에서 재료를 추출합니다. 고급 대장장이 기술 스킬을 가지고 있습니다. 재료 추출 과정에서 페널티를 입지 않습니다. 고급 기계공학 스킬을 갖고 있습니다. 재료 추출 과정에서 보너스를 얻습니다.]

-신의 예지.

[신의 예지 스킬을 사용해 재료 추출 과정에서 보너스를……]

원래라면 경매장에 올렸을 장비들이었지만, 지금은 달랐다. 좀 있으면 대회인 데다가 밖의 상황을 봤을 때 한두 번 정도는 더 싸워도 이상하지 않은 상황. 그럴 때를 대비해야 했다.

[<대해적 갈르두의 각반 보호대>에서 <매우 순수한 강철>을
얻었습니다. <다섯 보석이 박힌 카람브릴 갑옷>에서 <정체불명
의 붉은 보석>, <정체불명의 파란 보석>……]

"읍! 읍읍읍읍!"
"음. 무슨 소리 하는지 바로 알아듣겠군."
자기 갑옷이 해체되는 걸 본 창은 분노한 눈으로 항의했다.
물론 태현은 무시하고 보석을 챙겼다.

정체불명의 붉은 보석:
현재 마법 스킬로는 볼 수 없습니다.

'고급 마법 스킬로도 아예 안 나온다고?'
일정 부분을 가려서 보여주는 게 아니라 아예 안 보여준다
니. 다른 보석들도 마찬가지였다. 태현은 일단 보석들을 챙겼
다. 감정을 하려면 다른 NPC를 찾는 방법도 있을 테니까. 지
금은 함정부터 먼저 만들어야 했다.

[<발목을 잡는 강철 덫>을 만들었습니다.]
[<삼중 연쇄 폭탄과 연결된 밧줄식 덫>을……]
[대장장이, 기계공학 스킬이 오릅니다.]

척척척척-

무슨 십 년 넘게 대장간에서 일해온 대장장이처럼 물 흐르
듯이 움직이는 태현의 모습! 나름 많이 봐온 케인도 다시 한번
감탄했다.

'누가 보면 현실에서도 대장간에서 일하는 줄 알겠다!'

판온 1에서부터의 경험치는 어딜 가는 게 아니었다. 함정들
이 만들어지는 대로 바로바로 설치를 끝낸 태현은 다음 작업
에 들어갔다.

[<완벽한 균형을 가진 거대한 강철 창>을 만듭니다.]

"이거 어디다 쓰게?"

"너무 커서 쓰지도 못할 거 같은데……."

"들고 쓰려는 게 아니라 몬스터한테 발사하려고 쓰는 거야."

던전을 그냥 도는 거라면 상관이 없지만, 최대한 빠르게 돌려
면 몇 가지 요령이 필요했다. 지금 만들려는 아이템도 그중 하나!

[<간이 창 발사대>를 만듭니다. 설계도가 없는 아이템입니다.
새로 만들 경우 실패할 수 있습니다. 아이템 성능이 원하던 것과
다르게 나올 수 있습니다.]

[성공했습니다!]

거대한 석궁처럼 생긴 창 발사대가 만들어졌다.

간이 창 발사대:

내구력 100/100. 물리 공격력 150.

크기가 맞는 창을 집어넣고 폭탄을 터뜨리면 창이 발사됩니다. 폭탄의 위력에 따라 발사의 위력도 달라집니다.

(발사 시 폭탄 필요.)

"……왜 폭탄으로 발사하는 거지?"

옆에서 보고 있던 최상윤이 아이템 설명을 보고 의아해했다. 원래 이런 건 시위를 당기거나 하지 않나?

"뭐 일단 발사만 되면 되니까……."

"너무 커다랗지 않아?"

이번에는 케인이 질문을 던졌다. 사람 하나 정도의 크기인 창 발사대!

[너무 커다랗습니다. 가방에 넣을 수 없습니다.]

"들고 다녀야지."

"누가?"

"네가."

케인은 물어본 걸 후회하며 창 발사대를 등에 짊어졌다.

[무게 때문에 이동 속도가 내려갑니다.]

최상윤은 확신을 못 하겠다는 얼굴로 말했다.

"이걸로 속도가 올라갈까? 괜히 익숙하지 않은 방법으로 싸웠다가……."

"걱정 마. 예전부터 생각은 하고 있었던 거니까."

빠른 던전 공략을 위해서는 기발한 방법이 있어야 했다.

폭탄도 그중 하나였다. 모자란 딜을 확실하게 메꿔주는 수단! 문제는 이 폭탄 아이템이라는 게 워낙 불안정하다는 것이었다.

다가가서 폭탄을 무차별로 던지는 방식은 태현 혼자 있을 때면 모를까, 파티를 이끌고 던전을 돌아야 할 때는 쓰기 힘들었다. 대신할 방법이 필요했다.

그 대신할 방법이 바로 기계공학으로 만드는 공성 병기!

화살에 폭탄을 달아 쏘아 보내거나, 직접 손으로 던지는 것보다 훨씬 더 강한 효과를 낼 수 있었다. 사실 이런 공성 병기는 다른 파티들도 구할 수 있긴 했다.

마법 룬이 새겨진 돌을 쏘아내는 대형 투석기, 마법 강철 화살을 쏘아내는 발리스타, 마법 대포알이 장착된 구리 대포 등등. 기계공학 스킬을 올린 대장장이 플레이어는 적지만, 왕국의 대도시에는 다양한 NPC들이 많았다. 가서 골드를 주면 살 수 있는 것이다.

그렇지만 보통 던전을 깰 때 공성 병기를 동원하는 파티는 드물었다.

'이걸 어떻게 들고 가!'

'들고 이동하는 것도 일이고, 설치하는 것도 일이야. 설치한다고 해도 일반 몬스터한테는 쓰면 낭비잖아. 기껏해야 보스 몬스터한테 밖에 못 쓰는데 그때까지 계속 들고 다니라고?'

'게다가 비용은 얼마나 들고. 마법 룬 새겨진 돌이 얼마나 귀한지 알아? 골드를 내도 구하기 힘들어.'

'차라리 비싼 골드 주고 살 거면 주문서가 낫겠다. 주문서 스크롤은 쓰기나 편하지. 훨씬 더 유연하게 쓸 수 있고. 공성 병기는 공성전 같은 데나 쓰는 거야. 이름부터가 공성 병기잖아!'

가끔 정말 드물게 공성 병기를 통째로 들고서 던전을 공략하는 파티가 있긴 했지만, 대부분은 부정적이었다. 그리고 어차피 이번 대회에서는 쓸 수도 없었다. 가방 안에 넣을 수 있는 아이템들은 갖고 시작해도 됐지만, 그 외에는 불가능했던 것이다.

네크로맨서들은 던전 안에 들어와서 언데드들을 소환해야 했고, 평소 용병 NPC들을 돈 주고 고용하던 플레이어는 밖에 두고 와야 했다.

대장장이도 대장간을 통째로 들고 오면 안 되고 안에 들어와서 설치를 해야……. 아니, 대장장이는 이런 대회에 나가질 않았다. 제작 직업이니까.

그렇지만 태현은 달랐다.

재료 갖고 들어가서 안에서 만들면 되지!

제작 스킬을 다양하게 갖고 있는, 던전 대회에 참가하는 전투 직업! 물론 아키서스의 화신이 전투 직업인지는 태현도 알

쏭달쏭했지만…….

어쨌든 다른 파티들은 할 수 없는 태현만이 할 수 있는 방법이었다. 그리고 이 방법을 최대한 살려 볼 생각이었다.

[<세련된 간이 창 발사대>를 만듭니다. 비슷한 아이템을 만든 경험이 있습니다. 만들어지는 아이템의 성능이 올라갑니다.]

[고급 대장장이……]

[설계도가 없는 아이템입니다. 새로 만들 경우 실패할 수 있습니다. 아이템 성능이 원하던 것과 다르게 나올 수 있습니다.]

[성공했습니다!]

"자. 들어봐."

"……여전히 무거운데?"

"조금 가벼워진 거 같지 않냐?"

"전혀……."

"음. 좀 더 개조해야 하나."

[<가볍고 세련된, 연속 창 발사대>를 만듭니다. 비슷한 아이템을 만든 경험이 있습니다. 만들어지는 아이템의 성능이 …….]

[실패했습니다!]

'이런.'

태현은 입맛을 다셨다. 재료만 날리고 아깝게 된 것이다.

태현의 스킬과 행운이 있는 데도 실패하다니. 너무 욕심을 부렸다.

'그렇지만 재료는 충분하다. 다시 해보자.'

태현은 장비들을 꺼내 다시 용광로에 넣었다. 쉭 하는 소리와 함께 사디크의 화염이 장비들을 녹여 분리하기 시작했다.

'방금 갑옷 길드 동맹에 있던 놈이 입고 있던 거 아니었나……?'

최상윤은 속으로 생각했다. 되게 비슷하게 생겼는데?

견고하고 묵직한 6연발 창 발사대:

내구력 190/190. 물리 공격력 210.

경지에 오른 뛰어난 대장장이가 시행착오를 겪고 만들어낸 걸작 공성 병기입니다. 크기가 맞는 창을 집어넣고 장착한 폭탄을 터뜨리면 창이 발사됩니다. 폭탄의 위력에 따라 발사의 위력도 달라집니다.

(발사 시 폭탄 필요.)

'견고한', '묵직한', 모두 아이템 이름 앞에 붙으면 추가 효과를 주는 이름들이었다.

'견고한'은 더 튼튼하게. '묵직한'은 추가 대미지를.

"더…… 무거워졌잖아……!"

그리고 둘 다 무게를 늘려주었다. 케인은 신음하며 공성 병기를 업었다. 가볍게 개조하는 줄 알았더니 무게를 늘리고 있었다.

"야. 이대로는 못 싸워!"

아무리 케인이 힘 스탯이 높고 지구력 스탯이 높아도, 이런 걸 짊어지고 피할 수는 없었다. 안 그래도 느린 이동 속도가 더 느려질 것!

"괜찮아. 맞아도 되니까. 잡몹한테는 맞아도 돼."

던전 이동 중 케인이 공격을 받으면 다른 사람들이 처리하면 됐다.

"아무리 그래도 그렇지 잡몹한테 방어 못 하고 맞으면 피가 쭉쭉……."

"목걸이 있잖아."

케인은 깨달은 표정을 지었다. 설마 몸으로 때우라고 준 거였냐!

'이 자식…… 괜히 감동했잖아……!'

"일단 이 정도까지 할까."

발사대 개조는 적당히 하고, 태현은 발사대에 넣을 거대한 대형 강철 창들을 만들기 시작했다. 물론 하나 만들 때마다 케인이 짊어져야 했다.

"컥, 크억, 컥."

[엄청나게 무거운 짐들을 오랫동안 들었습니다. 힘, 지구력 스탯이 오릅니다.]

[칭호: 근성 있는 짐꾼을…….]

'필요 없어!'

"아니. 다른 놈도 좀 나눠 들자!"

"미안. 여기 힘캐가 너밖에 없어."

최상윤은 미안한 표정으로 말했다.

최상윤은 경갑을 입고 스피드 있게 움직이면서 딜을 넣는, 태현 같은 타입의 딜러였다. 정수혁은 마법사였고……

"이다비 있잖아!"

"아. 그러게?"

"어라. 왜 생각을 못 했지?"

상인 직업인 그녀만큼 짐을 잘 들 수 있는 사람도 없는 것! 태현도, 최상윤도, 심지어 이다비도 놀라워했다.

"케인이 짐을 드는 게 너무 잘 어울려서 생각을 못 했어."

"나도."

"저도요."

확실히 이다비는 상인 직업답게 짐을 드는 능력이 탁월했다. 창 발사대와 함께 창 12개를 꾸역꾸역 묶어서 드는 데 성공! 덕분에 케인은 창 6개만 들고 가면 됐다.

물론 무거웠지만 아까에 비해서는 매우 편한 상황! 케인은 기분이 좋아 실실 웃었다. 최상윤이 그걸 보고 물었다.

"너 조삼모사란 거 아냐?"

"조삼모사? 그게 뭐냐?"

"아냐. 아무것도."

얼굴을 가린 플레이어의 등장.

〈베이징 파이터즈〉 선수들은 당황스러워했다.

"누구야?"

"네 친구야?"

"아냐. 모르는 사람이야."

"내 정체는 됐고, 지금 도움이 필요할 텐데."

"……뭐 어떻게 도와줄 거지?"

선수 한 명이 반신반의하는 태도로 물었다.

그러자 플레이어가 대답했다.

"김태현을 상대하는 건 어려운 일이지. 너희 길드에서도 도와주지 않으려는 게 이해가 가. 앞으로 큰 대회도 있는데 굳이 죽어서 사망 페널티 받기는 좀 그렇겠지."

"하고 싶은 소리가 뭔데?"

"내가 김태현 잡는 걸 도와주지."

선수들은 놀란 눈으로 플레이어를 쳐다보았다. 그렇지만 그들은 금세 못 믿겠다는 듯이 표정을 바꿨다.

"에이. 우리도 못 하는데……."

"너 혼자서 어떻게 하려고? 김태현하고 싸운 걸로 관심 좀 받아보려고 하는 것 같은데, 너 같은 놈 너무 많아서 안 먹혀."

가끔 명성을 얻고 싶은 플레이어들이 태현과 싸워서 이름을 날려보려고 할 때가 있었다. 그렇지만 그들의 계산은 완전히 빗나갔다. 태현이 생각보다 너무 많이 플레이어들을 잡고 다녔던 것이다.

단순히 태현과 싸우는 걸로 이름 알리는 건 이제 불가능!

그러나 플레이어는 자신만만했다.

"누가 혼자 싸운댔지?"

"?"

"몇백 명이나 되는 플레이어들이 대기하고 있다. 김태현을 잡기 위해서."

선수들은 정말 놀랐다. 김태현을 잡기 위해서 몇백 명이나 되는 플레이어들이 대기하고 있다고?

선수 중 한 명은 깨달았다는 듯이 외쳤다.

"너 쑤닝이지??"

"내 정체는 중요하지 않……."

"그럴 수 있는 놈이 쑤닝밖에 없잖아!"

"맞아. 요즘 쑤닝 잘나가더라."

"길드 동맹이 그렇게 잘나갈 줄 몰랐어. 해체할 줄 알았는데."

"쑤닝. 만나서 반갑다. 혹시 길드 동맹 들어가도 되냐?"

"너 베이징 산다며? 나도 베이징 사는데."

"……아. 닥쳐라, 좀!"

쑤닝은 벌컥 화를 냈다. 그러자 선수들은 입을 다물고 수군거렸다.

"왜 화를 내고 그러지?"

"쑤닝이 좀 예민하다는데."

"그래도 그렇지 우린 반가워서 그러는데 너무한 거 아냐? 그리고 얼굴은 왜 가린 거야?"

"신비주의 같은 거 아닐까?"

"저런 신비주의가 어디 있어? 저런 거 할 수 있는 놈이 쟤밖에 없잖아."

"김태현한테 얼굴 들키기 싫어서 저러는 거 아닐까?"

"그럴듯한데?"

"나 간다."

쑤닝은 자리에서 일어섰다. 그러자 선수들이 호다닥 달려들어 말렸다.

"아니야!"

"미안해, 쑤닝! 반가워서 그랬어!"

"맞아. 이런 곳에서 잘나가는 같은 나라 사람을 보니까 더 반갑네!"

쑤닝은 못 이기는 척 다시 돌아섰다. 지금 태현과 붙어보고 싶은 건 그였으니까.

"그런데 정말 김태현을 잡을 수 있어? 숫자 많다고 잡을 수 있는 게 아니잖아."

"어설프게 쳤다가는 괜히 역효과만 날지도 모른다고."

"걱정 마라. 지금 데리고 온 놈들은 김태현을 잡기 위해 철저하게 훈련한 놈들이니까."

김태현 척살 부대! 태현이 들었다면 '와 징그러운 놈들 뭐 저렇게까지 하냐' 하고 감탄했을 것이다.

비밀리에 키우는, 태현을 카운터치기 위한 팀이었다. 길드 동맹은 바보가 아니었다. 태현이 끼친 피해를 똑똑히 기억하고 있었다.

다음에 붙는다면 반드시 잡아야 한다!

지금은 휴전하고 있었지만 서로 알고 있었다. 언젠가 다시 싸우리라는 것을. 그때부터 쑤닝은 부대를 키우기 시작했다.

'김태현은 다양한 스킬을 갖고 있어서 약점을 잡기 어려워 보이지만, 찾으면 분명히 나온다.'

'먼저 전원 장비를 폭발 내성 옵션이 달린 장비 세트로 갖춰 입어라. 즉사만 안 하면 포션과 스킬로 회복할 수 있다.'

'무기는 무조건 원거리 공격에, 대미지 낮더라도 저주 옵션이 달린 걸로 들어라! 김태현한테 근거리 공격을 넣는 건 어려울 뿐만 아니라 원거리 공격도 방해한다.'

무조건 명중하는 옵션이 달리는 활은 경매장에 한 개 올라올까 말까였지만, 약한 저주 같은 게 달린 활은 구하려면 구할 수 있었다. 대미지 1이라도 계속해서 넣는다!

'붙어 있지 마라, 떨어져서 거리를 둔다. 뭉쳐 있다가는 한 방에 갈 수 있다. 김태현은 얼마든지 딜량을 올릴 수 있다는 걸 주의해라!'

'죽는 걸 두려워하지 마라. 어디까지나 네가 잡는 게 아니라 시간을 끌고 약하게 만드는 거다.'

한 명 한 명 수준은 레벨이 갓 100 넘겼을 정도지만, 철저하게 태현을 잡기 위해 준비한 부대였다.

'랭커들은 김태현을 상대하는 데 오히려 안 좋아.'

쑹닝은 많은 걸 깨달았다. 잃을 게 많은 랭커들은 태현을 상대하면서 머리를 굴렸다.

그리고 태현은 그런 잔머리를 역으로 이용하는데 도사!

차라리 잃을 게 없는 플레이어들로 태현을 잡으려 나서는 게 좋았다. 쑹닝은 김태현 척살 부대 플레이어들에게 전폭적인 지원을 해줬다. 피해를 입으면 대신 메꿔주고, 하나부터 열까지 장비를 챙겨주고……. 이 정도면 분명 김태현도 당할 수밖에 없다!

그리고 오늘, 〈베이징 파이터즈〉와 태현의 소식을 들은 쑹닝은 무릎을 쳤다. 이건 김태현 척살 부대를 실전에서 써 볼 절호의 기회였다.

지금이라면 플레이어들을 보내도 〈베이징 파이터즈〉 선수들이 데리고 온 플레이어들이라고 우길 수 있었다. 이번에 잡지 못하더라도 실전에서 많은 걸 배울 수 있을 것이고, 혹시 이번에 잡는다면……. 그야말로 대박이었다.

그러나 설명을 들은 〈베이징 파이터즈〉 선수들은 질린 얼굴이었다.

"김태현 전문적으로 잡는 플레이어 부대를 만들었다고?"

"쑹닝, 그건 좀 아니다……."

"집착도 그 정도면 병이야. 쑹닝."

마치 변태를 보는 듯한 눈빛!

쑹닝은 울컥했다. 이놈들이 기껏 도와주러 왔는데 감히!

쑹닝이 분노하자 다른 선수들은 은근슬쩍 시선을 피했다.

그래도 일단은 도와주러 온 사람이었으니까!

"그래도 쑤닝이 이렇게 오니까 좋네!"

"맞아, 맞아!"

"여기 쑤닝 네 팬도 있어!"

"쑤닝 님 팬이었어요!"

아무리 봐도 지금 팬이 된 것 같은 얄팍함!

"됐어, 이 자식들. 같잖은 수작 부리지 말고 내 말이나 잘 들어. 내 작전을 방해하면 용서하지 않겠다."

쑤닝이 노려보자 선수들은 뱀 앞의 쥐처럼 기가 죽었다. 요즘 길드 동맹이 엄청나게 잘나간다고 해도, 쑤닝은 워낙 호구처럼 당한 이미지가 있어서 살짝 우습게 보고 있었는데…….
실제로 이렇게 마주하게 되니 위압감이 대단했다.

'이 자식 언제 이렇게 변한 거지?'

예전에 쑤닝을 한 번 본 적 있었던 선수는 놀랐다. 그때도 대형 길드의 길마긴 했지만, 이 정도 압박은 없었는데…….

'괄목상대란 게 진짜 있긴 있구나!'

못 본 사이 이렇게 사람이 바뀔 줄이야!

"수혁아. 쓸어버려."

"예!"

-너희 둘도 같이 도와줘라!

-알겠다. 주인이여.

-주님. 저 마법사 옆은 좀 무서운데…….

흑흑이는 정수혁을 보며 질색했다. 마법의 달인인 드래곤답게, 흑흑이는 정수혁이 어떤 마법사인지 알고 있었다.

재수 없으면 아군도 공격하는 마법사!

-시꺼.

-흑흑…….

그러나 태현은 아랑곳하지 않고 용용이와 흑흑이를 옆에 붙였다. 지금 케인, 이다비는 잡몹과 싸우기 힘들었고, 최상윤, 태현은 광역기가 적은 폭딜형 딜러였다. 그렇기에 잡몹 처리는 정수혁과 용들이 해줘야 했다.

꿀꺽-

정수혁은 긴장한 얼굴로 지팡이를 쥐었다. 태현이 기대하는 만큼 부담이 되었던 것이다.

"침착하게 해라. 어차피 대회도 아니니까 이 전략이 통하나 보는 거야. 안 되면 다른 방법 쓸 테니까 걱정하지 말고."

"네!"

자상한 태현의 말에 정수혁은 용기가 다시 솟구치는 걸 느꼈다. 뒤에서 짐을 짊어지고 있던 케인은 투덜거렸다.

"저 자식은 나 빼고는 다 친절한 것 같아."

"네가 사서 매를 버는 것 같기도 하지만……."

정수혁의 마법 연사는 통로에 나타난 드워프 전사들을 빠르게 쓸어버렸다. 카홀라단의 번개 자체도 강력했지만 거기에 따르는 〈아키서스의 마법〉 패시브 스킬과, 뒤에서 두 드래곤이 마법 지원을 해주는 것 덕분에 더더욱 강력한 위력이 나왔다.

-카흘라단의 번개! 카흘라단의 번개! 카흘라단의 번개!
-마력 증폭의 안개!
-사디크의 화염 분출!

"?"
-??
용용이는 정수혁의 마법에 맞춰서 보조를 해주고 있었는데, 혼자 공격 마법을 쓰는 흑흑이!
정수혁은 흑흑이한테 괜찮다는 듯이 손을 흔들었다.
"아, 아니. 괜찮습니다."
-좀 아니지 않나?
-공…… 공격 마법 쓸 수도 있는 거 아닙니까……!
흑흑이는 태현의 눈치를 보며 허겁지겁 말했다.
-잘하자. 흑흑아.
-네…….
흑흑이는 시무룩해져서 날개를 내렸다. 공격 마법 위주인 건 사디크 탓이지 그의 탓이 아니지 않은가!
'어쨌든 괜찮은데?'
그 이후로 일행은 빠르게 2층을 돌파했다. 던전의 일반 몬스터들은 정수혁과 두 신수와 마수의 힘으로 빠르게 쓸어버리고, 보스 몬스터들은 공성 장비를 내리고 빠르게 딜링.

나름 정석적인 방법이 잡혀가는 기분이었다.

'그나저나 얘네들은 안 오나?'

슬슬 1층 입구에서 뭔 소리라도 들려야 하는데, 아무도 안 오니 괜히 신경이 쓰였다.

"읍읍읍!(날 두고 가지 마라, 김태현! 정정당당하게 다시 싸우자!)"

멀리서 희미하게 읍읍대는 소리가 들리는 것 같았지만 태현은 무시했다. 함정이랑 같이 죽으면 그걸로 좋았고, 안 죽으면 데리고서 다시 써먹을 생각이었다.

연습까지 보여줄 생각은 없다!

[안녕하십니까. 판온 플레이어 여러분. 던전 공략 대회 관련으로 공지드립니다.]

보기 드문, 판온 운영진 측의 메시지! 저번 대회와 달리 이번 대회부터는 운영진이 직접 주최하는 대회였기 때문이었다.

'드디어 자세한 사항이 공지로 나오나?'

판온 던전 공략 대회는 대략적인 대회 콘셉트와 일정만 나왔을 뿐, 자세한 사항은 아직 나오지 않았다.

[던전 공략 대회의 본선 참가 팀은 총 32개 팀이며, 예선 종료 날짜까지 정해진 던전을 클리어한 순위로 결정됩니다.]

한 마디로 던전을 깬 기록 순위가 32위까지여야 참가할 수 있다는 것! 이렇게 되면 프로 리그 대회와 달리, 아마추어 팀도 얼마든지 참가 가능한 형식이었다.

'프로 게임단들이 눈물 좀 흘리겠는데.'

이런 대회에서는 얼마든지 변수가 나올 수 있었다. 물론 연습에 한계가 있는 아마추어 팀과 달리 밥 먹고 게임만 하는 프로 팀이 훨씬 더 유리하겠지만······.

[중앙 대륙의 각 도시 근처마다 <대회 예선용 전설 던전> 입구가 생겨납니다. 이 던전은 입장 시 다른 파티와 겹치지 않으며, 얼마든지 이용할 수 있습니다. 던전 종류는 다양하게 있으며 본선 대회의 던전도 이 중 결정됩니다.]

"어?"

"응?"

열심히 사냥하던 태현 일행은 메시지창을 보고 서로를 쳐다보았다. 이렇게 던전을 무제한으로 제공해 주면······. 굳이 이렇게 남의 던전을 뺏어서 연습할 필요가 없지 않았나?

그냥 저기 <대회 예선용 전설 던전>에 들어가서 전략을 준비하면 되는 것!

"······뭐, 뭐 이것도 나름 연습이 되었으니까요······ 실제로 지금 좋은 방법이 나왔잖아요!"

이다비만 어색한 침묵을 풀기 위해 애쓸 뿐!

그 뒤로 나온 대회 정보를 정리하면 다음과 같았다.

5인 던전. 제한 시간은 총 1시간. 두 팀이 동시에 들어가(던전 안에서는 만나지 않는다) 1초라도 빠르게 클리어한 팀이 승리.

본선32개 팀은 토너먼트식.

던전 내에서는 죽어도 다시 부활. 다만 죽을 때마다 시간에 페널티가 붙는다. 클리어 조건은 던전 내 모든 보스 몬스터 사냥. 다만 일반 몬스터도 일정 점수 이상 잡아야 한다.

착용 가능한 장비는 제한이 없지만 던전 내에서는 레벨 조정이 있다. 소모품이나 기타 아이템은 가방에 갖고 들어갈 수 있는 만큼만 가능.

대부분은 예상했던 것과 크게 다르지 않았다. 클리어 조건이 보스 몬스터만 잡는 게 아니라, 일반 몬스터도 몇 마리 이상 잡아야 한다는 점 정도?

레벨 조정은 있을 법했다. 안 그러면 레벨이 깡패니 순위권 팀들은 모조리 랭커 순위로 도배가 될 가능성이 높았다.

'어차피 장비는 그대로 착용 가능하니…….'

작년 투기장 대회처럼 빡세게 장비까지 다 벗고 들어갈 필요는 없었다. 일단 확실한 건…….

"지금 당장 가봐야겠다."

〈대회 예선용 전설 던전〉에서 기록을 재고 예선을 통과하고, 또 여기 던전들 중에서 본선용 던전이 골라질 테니…….

지금 다른 던전에서 연습하고 있던 플레이어들도 모조리 다 찾아올 게 분명했다.

'대회가 생각보다 훨씬 더 팽팽하겠어.'

즉석에서 던전을 주는 게 아닌, 대회 전까지 던전을 미리 알려주고 연습을 할 시간을 주는 형식! 정석적으로 시간을 줄이는 방법은 물론이고 온갖 방법이 다 나올 게 분명했다.

"앗! 저기서 누군가 나온다!"

밖에서 진형을 짜고 대기하고 있던 도중, 갑자기 태현이 나오자 척살대 플레이어들은 당황했다.

"어이!"

"?"

"전설 던전을 그냥 제공해 준대서 이만 가보려고 하는데, 우리 서로 화해할까?"

그러니까…… 지금 이 난리를 피운 게, 남의 던전에서 연습 좀 해보려고 한 거였단 말인가?

"죽어!!"

"개×××!!"

"음. 거절을 독특하게 하는군."

태현은 다시 안으로 들어왔다. 다른 일행이 궁금한 얼굴로 물었다.

"뭐래요?"

"싫대."

"에이. 쪼잔하긴."

이다비는 그 사이 파워 워리어 길드원들에게 정보를 수집했다. 들려오는 정보에 이다비의 얼굴이 심각해졌다.

"태현 님. 이거 뭔가 이상한데……"

모여 있는 플레이어들이 통일된 장비를 입고 질서 있게 포위망을 짜고 있다는 소식!

"별거 아니겠죠?"

"아니. 평소랑은 좀 다른 것 같은데."

원래라면 '겁 없는 길드 몇 개 왔나 보다' 했겠지만, 태현은 뭔가 찜찜함을 느꼈다. 길드가 장비 맞춰 입고 포위망 잘 짜는 건 그렇게 보기 드문 일은 아니었다. 그렇지만…….

"얘네 입고 있는 장비 재료가 특이해 보이는데, 뭐지?"

"고무 재료 같은데요…… 앗."

"폭발 저항 옵션 달린 거지. 얘네는 바로 달려온 놈들이 아니군."

태현은 바로 알아차렸다. 어디서 급하게 달려온 길드원들이 아닌, 노골적으로 태현을 노리는 놈들!

'뭐지? 나 노리려고 플레이어들이라도 전문적으로 키운 건가? 에이, 설마 그럴 놈이 있을까……? 있을지도?'

생각하던 태현은 있을법하다는 생각이 들었다. 그래서 다른 일행에게 추측을 들려주고 물어봤다.

"그래서 이렇게 생각하는데, 너희들은 어떻게 생각하냐?"

"충분히 가능성 있지!"

"나도 그랬겠다!"

"저도 그랬을 것 같습니다, 선배님!"

"고맙다. 이것들아."

태현은 입맛을 다셨다.

'별로 레벨은 안 높아 보이지만…… 그래서 더 찜찜하군.'

평소처럼 레벨 믿고 덤비는 플레이어들은 무섭지 않았다. 저렇게 레벨이 비교적 안 높은데도 각오를 한 놈들이 더 무서웠다. 뭔가 계산이 서 있는 것 아니겠는가!

다행히 상대도 안으로 들어왔다가는 바로 죽을 거라는 걸 알 테니 들어오지는 못하고 포위만 하고 있었다.

'계속 시간을 끌어도 되긴 하겠지만 그러기에는 시간이 좀 아깝군.'

〈베이징 파이터즈〉도 도시 근처에 열린 전설 던전 깨러 갈 텐데, 태현 일행만 여기 있을 이유가 없었다. 정답은 돌파! 어떤 식으로 돌파하느냐가 문제였다.

상대는 태현의 전략을 알고 거기에 맞춰서 준비했으니, 평소 안 쓰던 전략으로…….

-흠흠. 태현아.

진지하게 머리를 굴리던 태현에게 귓속말이 왔다. 김태산의 친구인, 오크 아저씨들이었다.

-뭡니까? 지금 바쁜데요.
-그…… 있잖냐. 너희 영지에 있는…… 그 뛰어난 NPC.

태현은 순간 의아해했다. 영지에 뛰어난 NPC가 있었나?

-아. 갈락파드요?

갈락파드는 약간 맛이 갔지만 그래도 뛰어난 NPC라고 할
수 있었다.

-아니. 그 사람 말고.
-맥크레니 상단 NPC들? 용병들?
-아니. 게네도 말고.
-아. 바쁘니까 빨리 본론만 말해요!

'성질은 아버지 그대로 닮아가지고…….'
아저씨들은 속으로 투덜댔지만 참았다. 지금 갑은 태현이었
으니까!

-그, 요리 잘하는 친구 있잖냐.
-??

-아, 모르는 척하지 말고! 그 고블린 중에서 가장 뛰어난 요리사라는 스타우라는 친구!

-어…… 음…… 뭐 뛰어나긴 한데…….

-그래! 그 친구를 혹시 영지에 빌려줄 수 없을까?

무리한 부탁이라는 걸 잘 아는 아저씨들의 목소리는 조심스러웠다. 영지를 운영하는 입장에서, 뛰어난 NPC 한 명은 보물 그 자체였다.

그 NPC 때문에 영지 발전 자체가 달라질 수도 있었고, 그 NPC 한 명을 보려고 찾아오는 플레이어들도 있었다.

-걔를 왜요?

-그래. 그런 뛰어난 NPC를 빌려주기 싫은 네 마음도 이해한다.

-아니, 그런 게 아니라…….

태현은 정말로 이유가 궁금해서 물어보려고 했던 것!

-하지만 태현아! 우리도 그만큼 진지하단다!

태현은 그냥 포기했다. 어차피 스타우로 다른 요리사들 견제하는 것도 실패한 데다가 이미 괴식 요리 배우는 플레이어들도 생겨났으니…… 스타우가 어디 갔다 와도 별로 달라지는 건 없을 것이다.

'그냥 값이나 톡톡히 뜯어내야지.'

뭔지는 모르겠지만 상대가 아쉬울 때는 착실하게 뜯어내자! 태현은 그렇게 생각하며 말했다.

-알겠습니다. 부탁 들어주시면 빌려 드리죠.

-진짜냐!?

-정말로?!

-고맙다! 이 은혜는 절대 잊지 않으마!

-여기 우르크에서 괴식 요리 좋은 거 만들어지면 내가 팩으로 보내주마!

-……아, 네.

태현은 선물이 날아오면 케인에게 먹여야겠다고 생각했다. 일단 몸에는 좋을 테니까.

"된단다!"

"와!!"

"태현이 이 녀석! 역시 아직 사람의 마음이 살아 있었어!"

"내가 태현이 착하다고 했었잖아! 걔가 한 살 때 얼마나 착했는데!"

서로 얼싸안는 오크 아저씨들! 그 모습을 보며 〈최강지존무쌍〉의 다른 길드원들은 이해가 안 간다는 표정을 지었다.

"저기…… 그렇지만 아저씨들은 그거 없어도 잘나가지 않습니까?"

"맞아. 장비도 좋고 포션도 엄청 낭비…… 아니, 팍팍 쓰시던데."

다른 길드원들이 보기에, 오크 아저씨들의 아이템 씀씀이는 장난이 아니었다. 남들은 정말 어려운 레이드를 할 때나 쓰는 비싼 포션을 무슨 필드 사냥하면서 한 모금 마시고, 맛있다고 한 모금 마시고, 건강에 좋다고 한 모금 마시고…….

물론 자기들만 마시는 게 아니라 다른 길드원들한테도 '마! 이거 한번 먹어봐라! 맛있다!' 하면서 선물하니 〈최강지존무쌍〉 길드가 인기가 있는 거지만!

"무슨 소리! 원래 이런 건 많이 먹을수록 좋은 거야! 배부른 소리 하지 마라!"

"아니. 근데 맛이 개 같……."

"원래 좋은 건 입에 쓴 법이야! 한약도 안 먹어봤냐!"

어떤 말에도 오크 아저씨들은 흔들리지 않았다. 몸에 좋다는 거면 일단 먹고 보는 그들!

"어…… 아저씨 전사 직업인데 왜 지혜 오르는 옵션을 먹어요?"

"마! 몸에 좋은 건 다 좋은 거야!"

자기 직업과 상관없이 일단 먹고, 심지어 영구적으로 오르는 게 아니라 일시적으로 오르는 거여도 먹었다.

"일시적으로 오르는 건 지금 드시는 게 아니라 싸울 때 드셔야……."

"계속 먹고 먹으면 다 몸에 쌓여서 좋아지는 거야!"

논리라고는 통하지 않는 아저씨들이었다. 심지어 오크 아저씨들 중 몇몇은 '게임에서 몸에 좋은 걸 먹으면 현실에서도 좋아진다'라는 생각을 진지하게 하고 있었다.

다른 길드원들은 걱정스러운 얼굴로 서로를 쳐다보았다.

'어떡하지?'

'분명 스타우라는 NPC가 오면…….'

그들이 걱정하는 이유는 하나. 스타우가 영지로 와서 괴식 요리를 더 활발하게 퍼뜨리면, 오크 아저씨들이 '애들아! 이거 먹어봐! 몸에 좋아!' 하면서 괴식 요리를 권하는 일이 늘어날 것 아닌가! 생각만 해도 정말 끔찍했다.

'안 돼……!'

'토할 거 같다고!'

지금도 벌써 아저씨 중 몇 명은 〈괴식 요리〉에 눈을 떠서 틈만 나면 요리를 하고 있었다. 요리 스킬은 올리지도 않던 사람들이었는데, 한 번 관심을 가지니 성장 속도가 무시무시!

문제는 평범한 요리는 하지 않고 〈백 마리 지렁이를 고아서 만든 진흙탕 수프〉나 〈오래된 정체불명의 몬스터 뼈를 파내어 만든 사골탕〉 같은 괴식 요리만 만든다는 점이었다.

-애들아! 이거 좀 먹어봐!

-아, 저는 지금 배가 불러서…….

-그…… 그래? 그러면 어쩔 수 없고…….

'아오, 진짜.'

한 번 거절하면 어깨를 축 늘어뜨리고 며칠 내내 서운한 표정을 짓는 오크 아저씨들! 이러니 거절할 수도 없었다.

그렇다고 먹으면?

[<백 마리 지렁이를 고아서 만든 진흙탕 수프>를 먹었습니다. 다른 사람들은 절대 먹지 않을 요리를 먹었습니다. 명성이 오릅니다. 정말로 용감한 일을 해냈습니다. 공포, 지구력, 체력이 영구적으로……]

끄헉! 끄흐억! 끄흐허억!

정말 지옥에서 올라온 것 같은 맛! 마계의 악마들도 이런 요리를 먹지는 않을 것 같았다.

이런저런 메시지창들이 뜨긴 했지만 그런 건 신경도 쓰이지 않을 정도로 맛이 끔찍했다. 대체 저 아저씨들은 저걸 어떻게 먹는 거지?

"길…… 길드 탈퇴할까?"

"요리 때문에?? 그건 좀…….”

"그리고 이런 길드가 흔한 줄 알아? 우리가 여기 나오면 어디 들어가겠어?"

썰렁한 개그와 최근 추가된 괴식 요리만 참을 수 있다면, <최강지존무쌍>은 정말 좋은 길드였다. 뛰어난(약간 이상하지만) 길마와, 뛰어난 길드 간부들. 그리고 길드원들을 위한 전폭적인 지원까지. 이런 길드는 쉽게 찾기 힘들었다. 대형 길드를 들어가도 바로 대접받는 건 랭커 같은 이름 있는 플레이어뿐이었다. 대부분은 밑에서부터 결과를 쌓아야 하는 것!

"맞는 말이야. 여기 정말 좋은 곳이긴 해."

"그리고 지금 기껏 영지 만드느라 노력한 게 아깝잖아."

그랬다. 현재 우르크 지역에 도착하는 데 성공한 김태산 일행은, 새로 뿌리를 내리는 데 성공한 것이다.

[우르크 지역의 <최강지존> 성은 빠르게 발전하고 있습니다. 현재 근처의 원시 인간 부족과 흩어진 오크 부족들이 영지에 정착하는 중입니다.]

[인간 종족과 오크 종족은 서로 마찰이 있을 수 있습니다. 성벽이 지어지지 않아서 치안이 많이 낮은 상태입니다. 몬스터의 습격이 있을 수 있으니 주의하십시오.]

[현재 영지의 신앙은 아키서스 교단이 대부분을 차지하고 있습니다. 영지에 정착한 오크 종족들은 빠르게 아키서스 교단을 받아들입니다.]

[현재 창고에 식량이 매우 풍부합니다. 영지의 인구수가 빠르게 증가합니다.]

[현재 건설 가능한 건물은 다음과……]

무에서 유를 만드는 일이었지만, 김태산 길드는 생각보다 훨씬 더 빠르게 일을 진행시켰다.

비법은 두 가지였다. 시간과 돈!

시간이 넘쳐나는 오크 아저씨들은 두 팔 걷어붙이고 건설에 나섰고, 길드원들도 같이 힘썼다. 거기에 저번처럼 골드를써 유명 건축가 플레이어들을 불렀다.

-우르크 지역까지 가는 건 좀…….

-2배!

-거기 몬스터도 많이 나오고 오크 습격도…….

-4배!

-가겠습니다!

우르크 지역까지 가기 싫어하는 플레이어들도 오게 만드는 골드의 힘! 김태산은 커다란 그림을 그리고 있었다.

'이 근처에 있는 주민들은 싹 모아버려야지.'

길드 동맹과 싸우면서 깨달은 것은 하나. 숫자가 답이다!

중국인들이 어마어마하게 들어오는 길드 동맹의 길드원 숫자는 정말 무시무시한 위력이었다. 거기에 맞서려면 NPC를 많이 뽑아야 했다.

병사 NPC를 많이 뽑으려면 역시 주민 수가 많아야 한다!

그리고 김태산이 노리는 건 이 근처에 오크 부족들이었다.

인간 부족이나 고블린, 드워프 부족들도 있으면 좋겠지만역시 오크 부족들이 가장 숫자가 많았다.

그래서 일부러 오크 부족 연합이 자리 잡고 있었던 거대한 산맥 밑에 자리를 잡고, 드넓은 땅을 마음껏 이용해서 닥치는 대로 건물을 설치하고 있었다.

[<간이 돼지 농장>을 지었습니다. 근처에 있는 <독수리 발톱 오크 전사 부족>이 관심을 가집니다.]

[<정령들의 휴식터>를 지었습니다. 근처에 있는 <원시 토템 오크 주술사 부족>이 관심을 가집니다.]

태현이 습격하고 대족장이 맛이 간 덕분에 산산조각이 나 흩어진 오크 부족들. 이들을 전부 모으리라!

게다가 오크 NPC들은 단순해서 같은 종족인 김태산이 관련 건물들만 지어줘도 쑥쑥 모였다. 원래 여기 왔을 때는 위험한 우르크에서 버티기 위해 작지만 견고한 성을 만들려고 했지만, 이렇게 되자 김태산은 아예 계획을 바꿨다.

수비와 치안이 좀 낮아지더라도 계속해서 확장, 확장, 확장이다!

건물 몇 개가 파괴되더라도 계속해서 짓고 주민들이 늘어나면 충분히 보충이 되었다.

〈전설 직업-우르크 오크 대족장 전직 퀘스트〉

대족장은 언제나 있어야만 한다. 오크들이 무리 지어서 부족을 만들면 언제나 족장이 나타났고, 그 부족들끼리 모여서 힘을 합치면 대족장이 나타났다.

대족장 카라그가 악마의 피에 오염되고 수치스러운 결말을 맞은 이후, 우르크 지역의 오크들 사이에서는 대족장의 이름이 사라졌다. 그러나 영원히 대족장 없이 지낼 수는 없는 법이다.

흩어진 오크들을 모으고 있는 당신. 만약 진정한 오크임을 증명하고 험난한 과업들을 해결할 수 있다면 새로운 대족장이 될 수 있으리라!

보상: 우르크 오크 대족장으로 전직.

"……어?"

"잘츠 왕국으로 가서 적들의 뒤를 치라고?"

"잘츠 왕국까지 가야 하나…… 귀찮지만 스타우 정도 되는 NPC를 얻는다면 충분히 남는 장사지!"

"맞아."

태현의 요구를 들은 오크 아저씨들은 별로 고민도 하지 않고 제안을 받아들였다.

"로이. 너도 같이 가자."

"어, 저는 여기서 주민들을 지키고 싶……."

"와."

"네."

로이는 태현과 엮이고 싶지 않았지만, 오크 아저씨들이 오라고 하는데 안 갈 수는 없었다.

"그래서 거기가 어디냐?"

태현은 '인터넷 방송 켜시면 〈베이징 파이터즈〉 관련 방송하는 놈들 많을 테니까 거기 보고서 오세요'라고 했다.

물론 오크 아저씨들은 그런 걸 잘 몰랐다. 결국 로이가 찾아야 했다.

"그러니까 이 방송을 보면…… 이 지도에서 여기네요."

"여기까지 가야 한다 이거지? 적들은 얼마나 돼?"

"몇천 명은 가볍게 넘……."

"??"

"는데 일단 대부분은 구경하러 온 사람들이고요."

깜짝 놀랐던 오크 아저씨들은 성을 냈다.

"얌마!"

"아, 아니. 설명은 끝까지 들으셔야…… 일단 여기 던전 입구 근처에 포위하고 있는 놈들이 적 같아요. 여기 뒤에서 있는 놈들은 〈베이징 파이터즈〉 선수니까 얘네들도 싸움 일어나면 낄 테고요."

"백 명은 가볍게 넘는 것 같은데."

"뭐 다 싸워서 이겨야 하는 것도 아니고, 치고 빠지는 거면 간단하지."

오크 아저씨들은 자신만만했다. 컨트롤은 딱히 뛰어나지 않지만, 갖춘 장비와 아이템만은 어디 가서 꿀리지 않았다.

만약의 일이 생겨도 자기들 빠져나올 자신은 있는 것!

"좋아. 다 복면 쓰고……."

"형님은 이번에 빠지시니까 내가 지휘를 맡을 거야."

양성규가 말하자 모두 고개를 끄덕였다. 그때 뒤에서 오크 한 명이 달려왔다.

"저도 가겠습니다!"

"응? 상철이 너는 안 가도 되는데?"

김상철. 양성규의 체육관에서 뛰고 있는 선수! 양성규는 아직도 태현이 방송이랍시고 김상철과 스파링을 붙어 때려눕힌 걸 기억하고 있었다. 그거 때문에 김상철은 한동안 충격을 받아 방황하지 않았던가!

가능하면 태현과 관련된 일에는 빼주고 싶은 게 관장님 마음이었다.

"아닙니다! 저는 괜찮습니다!"

"진짜?"

"안 괜찮은데 괜찮다고 하는 거 아냐?"

"괜히 걱정되는데 데리고 가지 말자."

오크 아저씨들이 쑥덕거렸지만 김상철은 흔들리지 않았다. 그는 주먹을 불끈 쥐며 말했다.

"저번에 진 건 충격이었지만 그거 덕분에 많이 배웠습니다. 그리고 깨달았습니다. 관장님께서 김태현과 저를 스파링 붙인 이유를요. 방심하고 자만했던 저를 따끔하게 혼내시고 더 잘되라고 하셨던 거잖습니까!"

"??"

"어…… 바로 그거지. 그거 말고는 생각할 수가 없지."

"성규야…… 넌 양심이…….'

다른 아저씨들은 항의하려고 했지만 양성규는 손을 흔들어 입을 다물게 만들었다.

"이제야 관장님의 뜻을 알 거 같습니다. 저는 이제 괜찮습니다. 앞으로는 방심하지 않고, 자만하지 않고, 최선을 다해서 싸울 겁니다!"

"그래, 상철아! 그런 모습을 원했다!"

양성규는 감동해서 김상철의 어깨를 붙잡고 외쳤다. 이렇게 멘탈이 단단해져서 돌아올 줄은 몰랐는데!

뒤에서 '와 뻔뻔한 놈', '관장이 아니라 국회의원을 해야' 같은 소리가 들려왔지만 양성규는 무시했다.

"뭐…… 오기 전에 간 좀 봐볼까?"

태현은 창을 데리고 던전 입구로 향했다. 카운터 치기 위해 만든 부대라는 건 알겠지만, 어느 정도 위력인지는 직접 맞부딪혀봐야 알 수 있었다.

"읍읍읍!(김태현, 날 데리고 가면 저놈들이 공격하지 못할 거라는 걸 이용하다니! 비겁하다!)"

"음. 이놈은 데리고 가봤자 바로 공격하겠지?"

창은 인질로 삼아도 아무 의미가 없다는 걸 태현은 잘 알고 있었다. 저기 바깥에 있는 놈들이 이제 와서 창의 목숨을 구하기 위해 물러설 것 같지도 않았고. 그렇다면……

-살아 움직이는 폭탄!

"읍?"
"케인! 나가자마자 발사대 설치해라!"
"오케이!"
케인은 신이 나서 외쳤다. 창이 있으니 누군가 대신 인간 폭탄을 해주는구나! 케인이 보내는 애정 어린 눈빛에, 창은 소름이 돋는 걸 느꼈다.

저 눈빛을 어디서 봤더라? 어렸을 때 목장에서 주인이 곧 잡을 소한테 저런 눈빛을 보냈던 것 같……

"나왔다!!"
"전투 준비! 전투 준비!"
"물약 마셔라! 스크롤 전부 사용!"
멀리서 들리는 외침에 태현은 놀랐다. 태현 전용 장비인 건 알겠는데 포션에 스크롤까지?

정말 태현을 잡으려고 몸과 마음을 바친 수준 아닌가!

'저럴 만한 놈들이 많지가 않은데? 잠깐. 설마 저거 길드 동맹 놈들인가?'

요즘 쑤닝과 길드 동맹이 잘나간다는 말은 들었다. 길드원 숫자가 하루가 다르게 증가하고 있다는 말도.

길드 동맹이라면 저 정도 부대는 만들 수 있을 것이다.

"공격할까요?"

"아니. 어차피 아쉬운 건 김태현이다. 이쪽에 들어와서 진형을 흩뜨리고 빠져나가려고 할 테니, 버틸 준비를 해라!"

폭발 내성 장비에, 마시면 폭발 저항 옵션이 들어가는 포션. 거기에 폭발 저항 마법이 걸리는 스크롤까지! 아무리 김태현이 대미지 높은 폭탄을 갖고 있더라도 이 정도라면 한 방은 버틸 수 있을 것이다. 그 정도면 됐다. 그러면 사제들과 포션으로 바로 회복할 수 있을 테니까.

"김태현을 상대할 때 위험한 건 놈이 폭딜로 뚫고 지나가는 거다. 어떻게든 물고 늘어지면 놈이 뚫고 지나가는 속도는 느려질 수밖에 없고, 발목이 잡힐 거다! 버텨라! 버텨서 한 대씩이라도 넣는 거다!"

그러는 동안 이다비와 케인은 창 발사대 설치를 끝내고 물었다.

"쟤네 뭐라는 거예요?"

"몰라. 내 욕하고 있겠지. 설치 다 했지? 오케이. 창 넣어!"

이다비는 들고 있던 거대한 강철 창을 꺼내 넣으려 들었다. 그렇지만 태현이 고개를 저었다.

"그 창 말고."

"읍읍읍! 읍읍읍!!"

쾅!

[사람을 창 발사대에 넣고 발사했습니다. 맞지 않는 탄환을 장전한 것으로 인해 창 발사대의 내구도가 하락합니다.]

[명중률과 속도가 떨어집니다.]

[악명이 오릅니다.]

[칭호: 광기의 기계공학자를……]

슈우우욱-

날아가는 창. 대형을 갖추고 있던 플레이어들은 태현이 뭔가 발사한 걸 보고 긴장했다.

"쐈습니다!"

"폭탄이냐? 폭탄이면 쏴서 격추해 봐라!"

"아뇨…… 저건…….."

"새인가?"

"비행기?"

"아니, 창인데?"

순간, 멀리서 보고 있던 쑤닝의 머릿속에 한 가지 기억이 스치고 지나갔다. 그는 다급하게 명령을 내렸다.

-발사해! 저놈을 잡아!!

-네?? 창은 〈베이징 파이터즈〉 선수잖습니까! 잡으면 선수들이…….

-멍청아! 김태현은 플레이어한테 폭탄을 달아서 보내는 놈이잖아!

"발사! 쏴서 떨어뜨려!"

조장이 명령을 내리자 플레이어들은 재빨리 활을 들어 닥치는 대로 쏘아대기 시작했다.

퍽, 퍼퍼퍼퍽!

"읍읍읍읍!"

장비를 다 벗고 있는 상태인지라 활의 대미지가 상당히 아프게 들어왔다. 뒤에 있던 선수들은 그걸 보고 당황해서 항의했다.

"잠깐만, 뭐 하는 거야!"

"아무리 그래도 그렇지 너무하잖아!"

"모르면 닥치고 있어! 곧 저게 폭발할 거라고!"

슈우욱-

늦게 쏜 탓에, 창의 HP는 아슬아슬하게 5%를 남기고 플레이어들 사이에 도착했다. 그리고 폭발했다.

콰콰콰콰콰콰콰콰쾅!

"시작됐다!!"

"팝콘 갖고 와! 팝콘!"

멀리서 폭발이 일어나자 구경꾼들은 환호했다. 돈 주고도 못 보는 걸 여기서 보게 되는구나!

슈우우우-

연기가 가시고 나서, 태현과 쑤닝은 동시에 놀랐다.

"안 죽었다고?"

"HP가 1 남았다고……?"

태현이 놀란 이유는 아무도 죽지 않아서였다. 창은 저래 보여도 선수로 뛸 정도의 랭커. 폭탄으로 바꾸면 가까이 있던 플레이어들은 한 방에 보내 버릴 정도의 대미지는 나와야 했다. 아무리 상대가 장비, 포션, 스크롤까지 썼어도 한 명도 잡지 못했다는 건…….

'그렇군. 스크롤이나 포션 중에 즉사 방지 효과가 있었군.'

일격에 죽지 않고, HP를 1이라도 남겨주는 즉사 방지 효과. 플레이어들끼리 싸울 때는 추가로 한 대만 맞으면 죽으니 쓰기가 애매하고, 주로 보스 몬스터 공격을 막아낼 때 쓰는 용도였다. 그걸 태현의 폭탄 공격을 막아내기 위해 사용한 것이다.

솔직히 감탄했다.

'그래. 이 정도는 해야 재미가 있지!'

상대가 연구하고 연구할수록, 거기에 맞서는 태현도 재미가 있었다.

쑤닝은 아직 몰랐다. 태현이 판온 1에서 왜 미친 대장장이라고 불렸는지를. 상대방이 강하고 연구할 가치가 있을수록 타오르는 게 태현!

그러는 사이 쑤닝은 상황을 확인했다. 폭발 근처에 있던 플레이어들이 HP가 1이 되어 황급히 회복하고 있었다.

장비, 포션, 스크롤로 폭발 내성을 몇 배는 올렸다. 폭발 대미지가 한 1/10은 됐을 것이다. 그런데도 즉사였다니.

'저 자식 폭탄 위력이 대체…… 설마 그사이에 또 오른 거 아냐??'

꿀꺽-

쑤닝은 자신도 모르게 침을 삼켰다. 설마 아무 결과도 못 얻고 지진 않겠지?

"장비 교체해!"

"다음 공격 대비해라!"

폭발에 휩쓸린 플레이어들은 목숨은 건졌지만 장비 파괴 메시지가 떴다.

[강력한 폭발에 휘말려 장비가 완전히 파괴됩니다!]

이때 태현이 치고 들어오면 그냥 죽는 거나 마찬가지!

그러나 태현은 오지 않았다. 다시 발사대를 되돌린 다음 던전 안으로 들어갔다.

CHAPTER 5

"지금 들어가서 잡았으면 몇 명은 잡지 않았을까?"

"세 자릿수가 넘는데 그런 식으로 잡아서 뭐 하겠냐. 일단 어떤 식인지는 알아보려고 한 거니까 그 정도면 됐어."

창의 목숨을 희생한 것으로 상대에 대한 정보를 꽤 얻을 수 있었다. 상대방은 태현의 폭탄 공격에 극단적으로 대비를 한 상태였다. 폭탄 공격이 먹히지 않고 태현이 뛰어들면 어떤 식으로든 진흙탕 싸움을 펼치겠지!

정수혁이 손을 들고 의견을 냈다.

"마법 공격은 어떨까요? 걸 수 있는 버프에는 한계가 있잖습니까. 폭발 내성에 올인을 했으니 마법 공격 내성은 없거나 오히려 약할 수도 있습니다."

그럴듯한 의견이었다. 한 번에 걸 수 있는 버프는 한계가 있었고, 저렇게 폭발을 버티는 버프만 덕지덕지 걸어놨으면 마법 공격 관련해서는 약할 가능성이 컸다.

"말이야 맞는 말인데. 저쪽도 생각이 있으니 대책을 생각해 놨겠지. 아마 마법사들이 카운터 칠걸."

폭탄과 달리 마법은 상대하기도 쉬웠다. 그냥 고렙 마법사 플레이어들을 데리고 오면 됐다. 상대 마법을 방해하거나 마법 방패를 치거나⋯⋯.

"몰래 도망치는 건?"

"그것도 좋긴 하지. 그렇지만 일단 지금은 도망칠 생각이 없어. 지금 도망쳐주면 쟤네들이 너무 의기양양해할 거 아냐."

태현은 자리에서 일어섰다.

"괜히 그런 친절을 베풀어 줄 필요는 없지."

"그러면 어쩌려고?"

"알려줘야지. 저런 방식으로는 날 잡을 수 없다는 걸. 〈언데드 라이즈〉!"

언령 마법을 사용하자, 근처에 있던 드워프 전사 시체가 일어나기 시작했다.

[광산 드워프 전사의 시체를 사용했습니다. 구울 전사의 능력에 보너스를 받습니다.]

-언데드 라이즈, 언데드 라이즈, 언데드 라이즈!

[MP가 빠르게 소모됩니다. 마력 멀미에 걸립니다.]

"윽. 언령 스킬은 가성비 더럽게 안 좋군. MP 포션 좀 줄래?"

"여기요!"

이다비가 꺼낸 포션 병에는 〈길드 동맹〉 마크가 새겨져 있었지만, 최상윤은 못 본 척했다. 이제 뭘 봐도 놀랍지 않아!

-언데드 라이즈, 언데드 라이즈…….

[현재 수준으로는 이 시체를 일으켜 세울 수 없습니다.]

여기 있던 드워프 전사 NPC들은 전부 다 구울 전사로 일으켜 세웠고, 남은 건 플레이어들. 그렇지만 플레이어들은 쉽게 세울 수가 없었다.

'내가 너무 만만하게 생각했나?'

현재 태현의 언령 스킬 레벨로는 랭커급 플레이어들 시체는 언데드로 부릴 수 없는 것 같았다.

'음. 지금 써볼까……'

망령의 정수:

고대 신의 망령에게서 나온 정수다. 이 정수를 사용하면 일시적으로 가장 어둡고 깊은 사령술을 쓸 수 있게 된다.

사용 시 일시적으로 '고대 신의 망령'으로 변신 가능.

예전에 구해놓고 계속 쓰지 않았던 아이템! 지금 같은 상황에서 쓰는 게 좋을지도 몰랐다. 쓰고 나면 상대방은 태현의 새로운 스킬에 깜짝 놀랄 테니까.

그러면 앞으로 태현을 상대할 때 고민이 많아질 것이다.

[망령의 정수를 사용합니다. 고대 신의 망령으로 변신합니다. 현재 착용하고 있던 장비들이 전부 해제됩니다.]

[물리 공격 내성이 크게 증가합니다. 대부분의 물리 공격이 통하지 않습니다.]

[스탯이 변화합니다.]

[전설 흑마법 스킬을 사용 가능합니다.]

[망령 계열 언데드를 부릴 때 추가 보너스를 받습니다.]

[<데스 나이트 소환> 스킬을 일시적으로 사용 가능……]

[<최고급 언데드 울프 라이더> 소환 스킬을 일시적으로……]

[악명이 크게 오릅니다.]

[카르바노그가 질색합니다.]

태현의 몸이 투명해지더니 마치 유령처럼 변했다.

슈우욱-!

"으악! 왜 날 지나가!"

차가운 게 몸을 관통하고 지나가는 느낌에 케인은 식겁해서 외쳤다.

'이동 속도도 빨라지고, 물리 공격은 대부분 안 통하고……

괜찮은데?'

장비를 다 못 쓴다는 건 페널티였지만, 이 정도 네크로맨서가 될 수 있다면 그 정도 페널티는 충분히 감수할 만했다.

리치와는 다른 형식의 네크로맨서! 망령 계열 언데드가 주력이긴 했지만 전설 등급 흑마법 스킬은 어디 가질 않는지, 다른 언데드 몬스터들도 충분히 부릴 수 있었다.

-언데드 라이즈, 언데드 라이즈, 언데드 진화, 언데드 진화…….

태현은 일으켰던 구울 전사들을 모조리 강화시켜서 〈최고급 구울 챔피언〉으로 만들어 버리고, 나머지 플레이어들도 하나둘씩 데스 나이트로 만들기 시작했다.

[악명이 오릅…….]

'음. 아직 괜찮겠지?'
이러다가 또 명성보다 악명이 높아지는 게 아닌지 걱정이었다.

[괴식 요리 스킬이 크게 오릅니다.]
[〈비장의 몬스터 정수 만들기〉 스킬이 크게 오릅니다.]
[〈망령의 정수〉를 먹었습니다. 스타우가 당신의 경험을 매우 궁금해할 겁니다.]
[〈망령의 정수〉를 만들 수 있습니다.]

생각지도 못한 보너스! <망령의 정수> 같은 사기적인 아이템을 다시 만들 수 있다는 메시지창에 태현은 가슴이 기대로 차오르는 걸 느꼈다.

[<망령의 정수>를 만드는 데 필요한 재료는 다음과 같습니다.]
최고급 망령의 원혼:(0/9,999)

망령 계열의 몬스터를 잡아야 간신히 하급 망령의 원혼이 나오고, 이걸 또 모아서 정제해야 중급이 되고, 또⋯⋯.

그렇게 해서 만든 최고급 망령의 원혼을 총 9,999개 모아야만들 수 있다면⋯⋯.

'그냥 포기하는 게 편하겠군.'

태현은 잊는 게 속 편하겠다고 생각하고 재빨리 돌아섰다.

"3층으로 가서 언데드들 좀 더 데리고 올게! 기다리고 있어!"

무슨 친구들이라도 데리고 오는 것처럼 이야기하는 태현의 모습에 모두 황당해했다.

케인은 작게 중얼거렸다.

"갔다 올 때까지는 좀 쉬어도 되겠네."

"창 쏘는 거 연습이나 하고 있어. 스킬 올려놔라. 내가 나중에 돌아와서 검사한다."

"귀가 얼마나 밝은 거야?!"

케인은 기겁해서 외쳤다. 저 거리에서 저걸 들었다고?

"못 들었는데. 너라면 놀겠지 해서 말한 거야. 어쨌든 네가 뭔 말을 했는지는 잘 알겠다."

시무룩해진 케인을 뒤에 두고, 태현은 움직였다. 〈고대 신의 망령〉 상태는 오래 있을 수 없었다.

최대한 빠르게 언데드들을 모아서 치고 나가야 했다!

태현이 던전 안에서 〈고대 신의 망령〉으로 변신하고 강력한 언데드 군대를 모으는 동안, 밖에 있는 사람들은 그런 일이 일어나고 있는지는 꿈에도 모르는 채 기다리고 있었다.

그러자 〈베이징 파이터즈〉 선수들은 쭈뼛거리며 말을 꺼냈다.

"……들어가 보면 안 되냐?"

"맞아, 쑤닝. 잠깐 확인만 하고 나올게."

쑤닝은 속으로 탄식했다.

이런 X대가리들이랑 같이 일을 해야 한다니!

"내가 말했을 텐데. 저기 안에서는 김태현이 함정을 파고 기다리고 있을 거라고. 지금 너희들이 들어가는 건 저놈이 노리는 거란 말이다! 왜 저놈이 안 나오고 있겠어?"

"……."

"그보다 내가 너희는 그냥 꺼져도 된다고 했잖아! 왜 여기서 날 귀찮게 하는 거지?"

"그게 지금……"

선수들은 우물거리며 말을 잇지 못했다. 원래 그들도 '와! 김태현을 다른 놈이 맡아준다니! 너무너무 신나는걸?' 하고 떠나고 싶었다. 지금 새로 대회 던전도 나왔겠다, 거기 가고 싶은 것!

그렇지만 그러지 못하는 이유는……. 뒤에 팬들이 있었기 때문이었다. 팬들이 있는데 이들만 두고 사라졌다가는 나중에 무슨 말이 나올지 몰라 두려웠다.

캐릭터 손해보다 두려운 게 현실의 팬들을 잃는 것!

"창은?"

"로그아웃당한 게 확실한 것 같아."

"쑤닝 놈. 아무리 그래도 그렇지 창을 그렇게 쏘다니…… 그래도 우리 선수인데……."

"너무하다니까. 피도 눈물도 없는 놈이야."

"마치 김태현 같아."

꿈틀-

쑤닝은 주먹을 불끈 쥐었다. 다른 놈은 그냥 넘어가더라도, 방금 그보고 김태현 같다고 한 놈은 얼굴을 기억해 뒀다. 절대로 넘어갈 수 없는 모욕!

'넌 죽었어!'

와작와작-

"팝콘 다 먹었다."

"또 사와. 아직 싸우려면 먼 거 같아."

"언제 싸우는 거야? 아까 한 번 터지더니 그냥 안 싸우네."

"서로 먼저 공격하는 쪽이 불리하니까 버티는 거겠지."

"그래도 지루한데……."

구경꾼+팬으로 구성된 플레이어들은 지치지도 않고 기다리고 있었다. 덕분에 신이 난 건 파워 워리어 길드원들!

"팝콘 팝니다! 2실버! 2실버!"

"어? 가격이 오르지 않았어요?"

"꼬우면 안 드시면 됩니다! 3실버! 3실버!"

좀 있으면 이 장사도 못 한다는 걸 알고 있는 파워 워리어 길드원들은 한 몫 당기기 위해 이리 뛰고 저리 뛰었다.

〈아주 희미하게 벌꿀 맛이 느껴지는 소금 팝콘〉이나 〈물을 많이 부어서 양을 늘린 청량 음료〉가 주력 메뉴! 팝콘만 파는 게 아니라 즉석에서 먹을 수 있는 짭짤한 간식들은 모두 만들어서 팔았다. 파워 워리어 길드 쪽에서는 아예 〈매점 부대〉라고 따로 별명이 붙었다. 팝콘 수요가 있는 곳이라면 어디든 나타나서 팝콘을 파는 그들!

매점 부대 소속 파워 워리어 길드원들은 전부 요리 스킬과 달리기 스킬, 짐꾼 관련 스킬을 갖고 있었다.

'저놈들은 뭐 하는 놈들이지?'

도동수는 주변에 우르르 몰린 플레이어들 사이에 끼어서 슬쩍 둘러보았다.

이렇게 사람들이 많을 때 자기 정체를 숨기는 건 쉬웠다. 태현처럼 사기적인 아이템이 없어도, 얼굴까지 가려주는 망토나 후드, 복면만 덮어도 알아보는 사람이 없었다.

플레이어들의 복장이 워낙 다양했던 것이다.

'돌아갈까? 아니, 괜히 돌아갔다가…… 아직 김태현도 안 죽었고……'

〈베이징 파이터즈〉 선수들에게 귓속말이 치열하게 날아오고 있었지만, 도동수는 못 들은 척 무시하고 있었다. 나중에 따지면 오해가 있었다고 끝까지 우길 생각이었다.

그 자리에 있던 다른 선수들과는 사이가 안 좋아지겠지만, 상관없었다. 프로는 실력으로 말하는 것!

'김태현과 싸우는 것보단 낫지. 그보다 진짜 많이도 데려왔네.'

도동수는 입맛을 다셨다. 정체불명의 파티가 신경 쓰였다.

뭔가 김태현을 상대하기 위해 벼르고 벼른 것 같은데…….

설마 오늘 김태현이 잡힌다거나 하지는 않겠지?

만약 그랬다가는 도동수는 피눈물을 흘릴 것이다. 그런 기회를 놓치다니!

"창 선수는 어디 갔어? 나 창 선수 보려고 왔는데."

"아까 날아가던 게 창 선수야."

"뭐?!"

"도동수는 어디 있지? 난 도동수 팬인데!"

"아까 죽은 거 아냐? 던전 습격할 때."

"그런 거 같은데……."

'좀 더 거리를 벌려야겠군.'

팬들의 대화에 찔린 도동수는 슬슬 거리를 벌린 다음, 산을 내려가기로 마음먹었다.

타다닥-

모여 있던 플레이어들에게서 거리를 벌리고, 산을 타고 내려가자 순식간에 주변이 조용해졌다. 아까 그렇게 많은 사람들이 모여서 떠들고 시끄럽던 게 거짓말 같았다.

도동수는 한숨을 내쉬며 용케 잘 빠져나왔다고 생각…….

-아우우우우~

멀리서 늑대의 울음소리가 들려왔다. 그것도 한 마리가 아니라 수십 마리. 늑대 같은 잡몹은 눈을 감고도 처리할 수 있었다. 귀찮아하면서 무기를 꺼내던 도동수는 순간 움찔했다.

'잠깐. 여기 늑대 없었는데?'

이 산에는 늑대 몬스터가 없었던 걸로 기억했다. 도동수는 의아해했다.

"달려라, 이놈들아!"

"더 빨리, 더 빨리!"

도동수의 입이 떡 벌어졌다. 저 아래에서 거대한 늑대를 탄 오크 플레이어 수십이 몰려오고 있었다.

'뭐야?!'

딱 봐도 멀쩡한 겉모습은 아니었다. 넓적하고 둥그런 녹색 얼굴에는 강렬하고 촌스러운 복면을, 장비는 정말 통일성이라고는 하나도 찾을 수 없는 세트였다. 그렇지만 도동수는 장비

중 몇 개가 정말 구하기 힘든 귀한 장비라는 걸 깨달았다.

'보통 놈들이 아니다! 정체가 뭐지? 산적인가? 설마 여기서 산적질을 한다고?'

저 위에 실력 있는 플레이어들이 얼마나 많은데 산적질을 한다니. 정신이 나갔거나 간이 배 밖으로 나온 게 아니라면 할 수 없는 짓이었다.

'일단 빠져야겠다.'

다행히 도동수는 도적 직업. 이런 상황에서 굳이 싸울 필요 없이 빠져나갈 수 있었다.

그러나 불운하게도 그들 가장 앞에 있는 건 로이였다.

그리고 로이는 엄청난 압박감을 받고 있는 상태였다.

"로이야. 넌 잘할 수 있을 거야. 그렇지? 난 널 믿어."

"네……."

"로이야. 저번에 유배지에 끌려갔다 왔다면서? 왜 그런 실수를 하고 그래."

"내 생각엔 네 기가 허해서 그런 거 같다. 이따가 한약 좀 달여 줄 테니까 그거 먹자."

"그거 좋은 생각인데?"

오크 아저씨들은 서로 동의했다. 로이는 기겁해서 손을 흔들었다.

"아, 아니. 괜찮거든요!"

"지금 내 성의를 무시하는 거야……?"

"아니…… 그게 아니라……."

로이는 질색했다. 이번 퀘스트에서 정말 눈에 띄는 활약을 하지 못하면, 그 끔찍한 괴식 요리로 만든 탕을 꾸준히 먹어야 할지도 몰랐다. 기가 허하기는 무슨!

'반드시 공을 세우고 말겠어!'

-적의 감지! 예민한 오감! 바람의 속삭임!

가장 앞에서 달려가던 로이는 도동수가 은신을 사용해서 허공에서 사라지는 걸 발견했다. 정상적인 상황이었다면 '음. 저 플레이어는 위쪽도 아니고 옆으로 도망치는 걸 보니, 전혀 상관없는 플레이어가 우리를 보고 괜히 겁먹어서 도망치는 거군'이라고 판단했을 것이다.

그렇지만 로이는 정상적인 상황이 아니었다. 뭐라도 해야 한다!

"저놈은 첩자가 분명합니다! 제가 잡아오겠습니다!"

"뭐? 뭐가 있다고? 아무것도 없는데?"

"로이야! 네 기가 허해서 헛것을 본 것……."

"아닙니다! 진짜 있습니다!"

'저 새끼 뭐야?!'

안심하고 도망치려던 도동수는 갑자기 늑대를 타고 미친듯이 속력을 내는 로이를 보고 기겁했다. 알아챈 것도 알아챈 거지만 저렇게 목숨을 걸고 쫓아올 거라고는 생각지 못했다. 설마 그의 정체를 알아챘나?

-소음 감소, 깃털 같은 발걸음, 후각 교란······.

도동수는 닥치는 대로 은신 관련 스킬을 사용했다. 그리고 나무 위로 올라가서 숨었다.

[<소음 감소> 스킬을 사용했습니다.]
[은신에 추가 버프가······.]

이 정도면 절대 찾지 못한다!
도동수의 생각대로, 로이는 도동수를 찾아내지 못했다.

-은신 감지, 은신 감지!

로이는 이를 질끈 악물었다. 스킬을 써도 숨은 놈이 보이지 않았다. 상대가 생각보다 스킬 레벨이 높은 게 분명했다.
'아직 멀리 가지는 못했을 거다. 움직이면 은신 효과가 약해지니까 분명 이 근처 어딘가에 버티고 있을 텐데······.'
궁지에 몰린 로이의 머리는 평소보다 몇 배는 빠르게 굴러갔다. 잡아야 한다!
로이가 머뭇거리자 뒤에서 오크 아저씨들의 목소리가 들려왔다.
"로이야! 네가 잘못 본 것 같다니까?"
"그냥 와! 내가 한약 한 첩 해줄게!"

꿀꺽-

로이는 각오한 눈으로 가방에서 무언가를 꺼냈다. 도동수는 눈을 가늘게 뜨고 쳐다보았다.

'뭐야? 뭘 꺼낸 거야?'

치이익-

어디서 많이 들어 본, 섬뜩한 소리!

콰쾅!

'폭탄이다!'

도동수는 경악했다. 저런 미친놈 같으니!

콰쾅! 콰쾅! 콰콰쾅!

로이는 닥치는 대로 폭탄을 집어 던졌다. 근처에 숨을 곳 같아 보이면 일단 던지고 봤다.

[폭탄이 폭발합니다!]

[폭탄이 오작동했습니다! 당신에게 대미지를 입힙니다!]

[폭탄이 불발했습니다!]

[폭탄이 폭발합니다!]

[폭탄의 폭발이 불안정합니다. 폭발 범위가 달라집니다!]

[장비의 내구도가……]

"큭!"

몇 발은 로이한테도 대미지를 입혔지만, 로이는 참고 견뎌냈다. 어차피 뒤에는 길드원들이 있으니 위험해지면 도와주리

라. 지금 중요한 건 숨은 첩자를 찾아내서 그의 기가 허하지 않다는 걸 증명하는 것!

도동수는 결국 견디다 못해 은신을 풀고 나타나 욕설을 퍼부었다.

"이런 미친놈아! 나한테 뭔 원한 있냐! 이게 뭐 하는 짓이야!"

"찾았다! 찾았다고! 아저씨들! 보셨죠!? 제 기는 안 허합니다! 전 멀쩡하다고요!"

뒤에서 탄식이 들려왔다.

"정말 있었잖아?"

"기가 허한 줄 알았는데……."

"근데 쟤가 누군데 이 난리를 친 거냐?"

오크 아저씨들의 말에 도동수는 당황했다. 그가 누군지도 모르고 이 짓을 한 거란 말인가?

그러나 로이는 단호하게 말했다.

"첩자입니다!"

움찔!

'들켰나?!'

당황한 도동수와 달리, 오크 아저씨들은 아직 이성의 끈을 놓지 않고 있었다.

"어…… 왜 첩자인 건데? 뭐 수상한 짓이라도 했냐?"

너무 당연한 질문! 오크 아저씨들은 일반 플레이어들에게 피해를 끼치고 싶지 않았던 것이다.

"너 혹시 생사람 잡는 거 아니지?"

"아…… 아니에요!"

로이는 말을 더듬었다. 생각해 보니 증거가 없었다.

그렇다고 여기서 물러나면 분명히 한약이다!

이렇게 된 이상 로이는 이판사판이라고 생각했다.

"저놈! 제가 저놈 얼굴을 알아요! 저놈 분명히 본 적이 있어요!"

도동수는 진짜로 놀랐다. 복면 쓰고 있는데 뭘 어떻게 뚫어 본 거야? 오크 아저씨들도 그렇게 생각했는지 의아해했다.

"잠깐만, 로이야. 저놈 얼굴 안 보이는……."

"죽어라 첩자 놈!!"

더 이상 말해봤자 불리하다는 걸 깨달은 로이는 도동수에게 고함을 지르며 덤벼들었다. 변명하기 전에 죽여서 증거를 없애 버리겠다!

김태산에게 붙잡히기 전에는 로이는 나름 PVP에서 이름 날리던 랭커였다. 최상위권 랭커는 아니었어도 지금도 자신감이 어디 가지는 않았다.

카캉!

"읏?!"

"이 자식. 뭘 잘못 먹고 이리 나대?!"

도동수는 분노해서 마주 보고 덤벼들었다. 잘 빠져나갈 수 있었는데 웬 미친놈한테 붙잡히다니!

"죽어라! 첩자!"

"내가 누군지 알고 덤비는 거냐! 이 자식!"

샥-

로이는 도동수의 급소가 아닌, 복면을 노렸다. 일단 복면만 벗기고 난 다음에는 모르는 얼굴이어도 아는 얼굴이라고 우길 작정!

[<일회용 가죽 복면> 장비가 파괴됩니다.]

로이의 공격에 복면이 파괴되었다. 도동수의 얼굴이 그대로 드러났다. 어디서 본 것 같은 얼굴에 오크 아저씨들은 다들 놀랐다.

"저놈은……."

"후. ××……."

도동수는 욕설을 내뱉으며 도망칠 준비를 했다. 상대가 그의 정체를 알아챘다면 놔주지는 않을 것이다.

"……누구였지?"

"누구냐?"

"아는 사람?"

"도동수!! 도동수!! 이 새끼들아!!"

울컥한 도동수는 저도 모르게 평정심을 잃고 외쳤다. 그제야 오크 아저씨들은 이마를 탁 치며 깨달은 얼굴로 말했다.

"아! 그 태현이한테 당한 놈!"

"접은 줄 알았는데!"

"이야! 반갑다! 아직 안 접었구나. 그래, 그래. 아직 젊은 놈이 그런 걸로 접으면 안 돼! 힘내라! 네가 못한 게 아니라 태현이가 너무 잘한 거야!"

이쯤 되자 도동수도 상대가 누군지 깨달았다. 김태현의 아버지가 이끄는 '그' 길드! 이제는 살다 살다 김태현 놈의 아버지 길드에 발목을 잡혀야 하나!

도동수는 탄식했다.

'아니, 아니지!'

생각해 보니 여기는 김태현이 없었다. 관련이 있다고 해서 순간 겁부터 먹고 시작했는데, 잘 생각해 보니 겁을 먹을 이유가 없었다. 오히려 이건 기회!

얄미운 김태현 놈의 아버지와 그 길드를 전부 짓밟아 버리면, 김태현에 대한 복수가 될 수 있었다.

'아주 좋아!'

꿈틀-

도동수의 손가락이 굽혀지며 다시 무기를 잡았다. 이렇게 된 이상 도망치지 말고 전부 다 짓밟아주마!

대회 때문에 저평가되는 일이 많기는 했지만, 도동수도 상위권 랭커 중 한 명이었다. 그렇지 않았다면 애초에 그 쟁쟁한 한국 팀 멤버에 뽑히지 않았을 것!

"어. 저놈 보게. 눈빛 흉흉한 거 봐."

"누구 하나 죽일 눈빛 같은데? 왜 저런 눈으로 우리를 보지? 우리가 뭘 했다고?"

"아마 태현이한테 쌓인 원한을 우리한테 풀려는 게 아닐까? 원래 종로에서 뺨 맞으면 한강에서 화풀이하는 게 전통이잖냐."

"허허. 아무리 그래도 그렇지 더 추해지려고 하다니. 이미 충분히 추한데."

오크 아저씨들은 딱히 들으라고 떠드는 게 아니었다. 정말 순수하게 자기들끼리 떠드는 것! 물론 그렇다고 해서 도동수의 귀에 안 들어가는 건 아니었다.

"죽여 버린다!"

"앗. 저놈 화났나 봐."

"네가 그런 소리를 해서 그렇지."

도동수는 재빨리 로이를 제치고 앞으로 달려들었다. 그도 바보는 아니었다. 이렇게 많은 인원을 상대로 싸우면서 아무 계산도 없이 싸우지는 않았다.

도적 계열 영웅 직업, 〈그림자 춤꾼〉은 이렇게 숨을 곳이 많은 숲에서 치고 빠지기 좋은 직업이었다. 은신 상태로 숨었다가 상대가 등을 보이면 공격, 그 후 다시 은신. 이 과정을 꾸준히 반복하면 상대는 계속해서 당할 수밖에 없었다.

'전부 다 잡지는 못해도 상관없다. 어차피 한 대여섯 명만 로그아웃당해도 튈 테니까!'

도동수도 다 잡을 생각은 없었다. 흩어져서 도망치면 그럴 수도 없었고. 그냥 따끔한 교훈만 내려줄 생각!

-그림자의 교훈, 사악한 은신!

도동수의 몸이 그림자로 뒤덮이더니 허공으로 사라졌다.

오크 아저씨들은 그걸 보고 투덜거렸다.

"아. 도적 새끼들은 이래서 짜증 나. 맨날 은신이야, 은신."

"이상하게 도적 고르는 애들은 다 한국 애들인 거 같지 않냐?"

"기분 탓이겠지. 그보다 로이는 저놈 못 잡고 놓친 거야? 역시 기가 허한……."

"지금 당장 찾겠습니다!"

말은 그렇게 꺼냈지만 로이는 당황했다.

어떻게 찾아야 하지?

'또 폭탄을 던져야 하나? 몇 개 남지도 않은 데다가 아까랑은 달리 놈도 멀리 떨어진 것 같은데…….'

"안 보이나 보군!"

두리번거리는 로이의 등짝을 향해, 도동수는 호쾌하게 달려들었다. 순간 허공에서 검은 연기와 함께 모습이 드러났다.

"큭!"

[치명타가 터졌습니다! 상대의 검에 독이 발려 있습니다. <바요른 맹독>에 중독됩니다.]

[출혈 상태가……]

로이는 바로 반격하려고 했지만 도동수는 이미 예측하고 거리를 벌리고 있었다. 그리고 다시 스킬을 사용했다.

숙련된 움직임이었다.

"역시 안 보이나 보군. 하나 알려주지. 은신 스킬 시간을 올려주는 〈그림자의 교훈〉. 그리고 사기적인 은신 스킬 〈사악한 은신〉. 이 두 가지를 합치면 너처럼 은신 대비책을 안 세운 놈은 갖고 놀 수 있다. 원래 너 같은 놈한테는 안 쓰는 귀한 스킬이지만 써주지!"

한 번 쓰면 쿨타임이 너무 길어서 아껴두고 있었는데 여기서 쓰게 될 줄이야. 도동수는 대가를 톡톡히 받아낼 생각이었다.

"큭!"

물론 로이도 가만히 있지는 않았다. 아까처럼 있을 법한 곳에 폭탄을 던져댔다. 그렇지만 아까와는 달리 움직일 수 있는 도동수는 폭탄이 던져지는 순간 바로바로 피해댔다.

퍽, 퍽!

그럴 때마다 로이는 나타나서 한 대씩 정확하게 맞았다.

포션으로 회복하고 있었지만 밑 빠진 독에 물 붓는 것이나 마찬가지. 계속 이렇게 버틸 수는 없었다.

'크윽……!'

'저 인간들은 안 도와주나?'

도동수는 로이를 농락하면서 힐끗 시선을 돌렸다. 오크 아저씨들이 덤비면 피하고 숨으려고 신경을 집중하고 있었는데, 그냥 가만히들 서서 구경하고 있었다.

마치 놀러 온 것처럼!

"저 녀석 역시 기가 허한 게 맞군. 도와줘야겠다. 내가 그러니까 한약을 먹으라고 했는데."

"맞아, 맞아."

말과 함께 오크 아저씨들은 다들 주섬주섬 품속에서 무언가를 꺼냈다. 화려하게 금과 보석으로 장식된 포션 병이 뭔가 딱 봐도 비싸고 좋아 보였다.

　'위험!'

　도동수는 급하게 달려들어서 공격했지만 워낙 아저씨들의 숫자가 많았다. 기껏해야 두 명만 방해했을 뿐이었다.

　"이 자식이!"

　"꽤 비싼 건데! 네가 물어줄 거냐!"

　"쌍!"

　도동수는 욕설과 함께 다시 은신 상태로 들어가려고 했다. 그러나 묵직한 오크식 망치 공격이 들어왔다.

　몸이 크게 흔들리고 눈앞에 별이 보일 정도의 충격!

　"커헉!"

　"이 자식이 어디 숨으려고. 너 인마, 그렇게 도둑질 좋아하면 나중에 도둑놈 된다!"

　[<오크 포효 강타>에 맞았습니다. 한동안 움직일 수……]

　'위험!'

　ㅡ춤꾼의 도ㅈ…….

　ㅡ사냥꾼의 시야, 은신 방지 저주, 사냥꾼의 시야, 은신 방지 저주, 사냥꾼의 시야, 은신 방지 저주…….

도동수는 주변에서 들리는 스킬 소리에 기겁했다. 오크 아저씨들이 주문서 스크롤을 하나씩 꺼내서 찢고 있었다. 저 비싼 아이템들을 무슨 과자 봉지 까듯이 하나씩 까는 그들!

　[은신 방지 저주로 인해 은신 스킬 성공률이 하락합니다.]
　[은신 방지 저주로 인해……]
　[사냥꾼의 시야로 인해 상대방의 시야가 향상됩니다.]
　[사냥꾼의 시야로 인해……]

　주문서 스크롤을 각각 하나씩 뜯는 게 아니라 무슨 몇 개를 꺼내 계속해서 뜯고 있으니 그 효과가 장난이 아니었다.
　도동수는 어떻게 막으려고 해봤지만 머리가 돌아가지 않았다. 경험 많은 그도 처음 당해보는 기막힌 상황!
　이 많은 인원들을 상대로 어떻게 한단 말인가.
　로이는 뒤에서 큭큭대며 웃었다.
　"이 자식…… 너도 한번 당해봐라……."
　그러는 사이 준비가 끝난 오크 아저씨들이 우르르 무기를 들고 접근하기 시작했다.
　"야! 몰아서 패!"
　"그물 꺼내! 저놈 못 튀게 해라!"

　싸움은 끝났다. 매우 평범한 싸움이었다. 화려한 컨트롤이고 뭐고 없이 그냥 포위해서 두들겨 패기!

거기에 도동수는 패배했다. 그것도 굴욕적으로. 그물 아이템에 잡혀서 묶인 다음 두들겨 맞다니. 초보자 시절에도 겪어본 적 없는 굴욕이었다. 은신이 막히고 움직임도 막혔지만 그래도 도동수는 끝까지 저항했다.

-그림자 맹독의 칼춤!

[상대가 <연금술사가 만든 상급 불사의 비약>을 먹고 있습니다. 공격이 대부분 흡수됩니다.]

"야 이 치사하고 비열한 놈들아!"

평소라면 이런 소리를 안 하는 도동수도 입을 열게 만드는 현질! 대체 한 번 싸울 때 아이템을 얼마나 쓰는 거야!

"너도 써 인마!"

"너도 사서 쓰려는 노력을 해!"

"하여튼 요즘 젊은것들은 노력을 안 해!"

최후의 발악도 막히고, 두들겨 맞던 도동수는 결국 HP가 0으로 떨어져 사망했다.

"김태현도 아닌 것들한테! 으헉!"

"특이한 유언인데?"

"얘 때문에 시간 낭비했다. 빨리 가자. 태현이가 스타우 안 내줄라."

오크 아저씨들은 아무 일도 없었던 것처럼 다시 움직였다.

로이는 그 모습에 새삼 감탄했다.

컨트롤이야 평범하고 겉모습은 이상했지만 이 아저씨들만큼 무서운 파티도 찾기 드물었다.

"김태현 나온다!"

-포선 쓸까요?

-대기해. 놈이 포선만 낭비하게 하는 걸 수도 있으니까.

-예!

김태현 척살 부대는 긴장한 눈으로 태현을 쳐다보았다.

이번에는 또 무슨 수를 쓸 것이냐?

폭탄이라면 버틴다!

-크르륵…….

"응?"

-산 자에게 죽음을…… 산 자에게 죽음을!

"으…… 응?"

태현의 뒤에서 뭔가 엄청나게 거대하고 희끄무레한 무언가가 터져 나오고 있었다. 처음에는 무슨 마법인 줄 알았는데, 아니었다.

-산 자에게 죽음을!!

파아아아앗!

엄청난 규모로 뭉쳐 있던 언데드 망령들! 나중에 플레이어들에게 <여섯 봉우리 산맥 전투>라고 불리는 이 싸움은 언데드 망령 군세의 공격으로 시작되었다.

"뭐…… 뭐야!"

"어, 어떻게 할까요?"

-모두 진정해라! 아무리 김태현이라도 저렇게 많은 언데드들을 다 부릴 수는 없어. 그중 대부분은 약한 언데드들일 거다. 겁먹지 말고 진형을 유지해! 그리고 발사해라!

척척척-

쑤닝의 말에 척살 부대는 재빨리 활을 들어 대규모 망령 군세를 겨냥했다. 그리고 발사했다.

파파파파파팟!

전문적으로 태현을 상대하기 위해 키운 보람이 있었다. 부대의 궁술 솜씨는 제법이었다.

[<최하급 언데드 망령>이 화살에 쓰러집니다.]

[<최하급 언데드 망령>이 화살에……]

"와아아아!"

"놈들이 다가오지도 못한다!"

태현의 군세 숫자도 어마어마했지만, 척살 부대 인원도 인원이었다. 그 인원이 전부 활을 들고 닥치는 대로 쏘아 대니 최하급 망령은 붙지도 못하고 녹아내렸다.

"계속, 계속 쏴!"

"잠깐. 적당히 쏴라! 스킬은 아껴!"

조장들이 당황할 정도로 척살 부대는 아낌없이 화살을 쏘아댔다. 그러는 사이 던전 입구에서는 무시무시한 언데드 부대들이 모습을 드러내고 있었다.

-크르륵, 크르륵…….

-내 검이 피를 원한다!

데스 나이트, 썩은 살덩이 골렘, 한계까지 강화된 구울 전사들…… 언데드 몬스터로 변신한 태현이 직접 끌고 나온 어마어마한 전력이었다.

대부분이 궁수인 척살 부대를 상대로는 붙기만 하면 학살이 가능! 상대방의 원거리 공격도 처음에 보낸 최하급 언데드 부대로 막아내고 신경을 돌리는 데 성공했다.

'됐군.'

태현은 속으로 확신했다. 이 싸움은 이겼다!

상대는 뒤집을 수가 없을 것이다.

"선수들! 전부 들어가! 저거 못 막으면 터진다!"

쑤닝의 다급한 말에 선수들은 모두 고개를 끄덕였다.

그들도 상황은 이해하고 있었다. 거기에다가 팬들이 보는 상황에서 활약까지 가능하니, 거절할 이유가 없었다.

"가자!"

"간…… 컥!"

"어?"

-와아아아아아아아아!

뒤에서 들려오는 귀를 찢는 듯한 오크 전투 함성!

[<타오르는 오크 전투 함성>을 들었습니다. 전체 능력치가 조금 하락합니다.]

"어떤 미친놈이 여기를 공격…… 저 새끼들은 왜 여기 있어!?"

쑤닝은 뒤에서 치고 올라오는 오크 떼들을 보며 경악했다. <최강지존무쌍>을 못 알아볼 리 없었다. 한동안 오스턴 왕국에서 계속 길드 동맹을 짜증 나게 만들었던 그 길드 아닌가!

'우르크 지역으로 꺼진 줄 알았는데? 아니, 이 자식들 설마 내 정체를 알아챘나?'

쑤닝 입장에서는 복수를 위해 왔다고밖에 생각되지 않았다. 물론 오크 아저씨들은 앞에 있는 게 누구인지 몰랐다.

"쳐라! 쳐라!"

"저놈들 목만 따면 스타우다!"

거칠게 외치며 들이박는 오크 아저씨들! 그 기세에 선수들이 있던 곳은 그대로 박살이 났다. 지루하게 기다리던 플레이어들은 그야말로 신이 났다.

"드디어 싸움 났다!"

"그래! 이래야 김태현이지! 이런 걸 기다리고 있었어!"

"장하다 김태현! <베이징 파이터즈>를 네 손으로 멸망시켜 버리렴!"

그렇지만 〈베이징 파이터즈〉 팬들은 애가 탈 뿐이었다.

"안 돼! 일어나요! 지면 안 돼!"

"근데 스타우가 뭐지?"

"상인가?"

-광포한 돌격, 늑대의 분노, 강철 발톱 갈기!

늑대 위에 탄 오크 아저씨들은 늑대 스킬들까지 사용해가며 돌격해 왔다. 완전히 허를 찔린 선수들은 완전히 두들겨 맞으며 녹아내렸다.

"이익!"

선수 한 명은 오크 아저씨 한 명을 충분히 이길 수 있었지만……

"도와줘라!"

"오케이! 지금 간다!"

오크 아저씨들은 밀린다 싶으면 아이템을 쓰고 친구들을 불러왔다. 네다섯이 한 명을 밟으려고 덤비면 아무리 선수라도 손발이 어지러워졌다.

"젠장, 튀어!"

"일단 물러서!"

선수들은 하나둘씩 등을 돌리고 도망치기 시작했다. 쑤닝도 그 사이에 껴서 도망쳤다.

'두고 보자!'

-쑤닝 님! 김태현이 이끌고 앞에 오는데 어떻게…….

조장의 귓속말은 도중에 끊겼다. 언데드로 변한 태현이 앞에 나타난 것이다.

"안녕?"

"안, 안녕하십니까?"

무의식적으로 튀어나오는 존댓말!

태현은 흐뭇하게 고개를 끄덕였다.

"그래. 안녕하다."

"하…… 하하…….'"

"그리고 고맙다."

"……네? 뭐가 말입니까?"

"네 언데드는 내가 잘 쓸게."

"잠깐…… 잠깐?!"

"전원 공격!"

태현이 손을 들고 외치자 뒤에서 기다리고 있던 언데드 군대들이 함성을 지르며 덤비기 시작했다.

-죽음, 죽음, 죽음!

데스 나이트를 필두로 언데드 전사들이 덤벼드니, 척살 부대는 진형이 완전히 박살 났다.

"은화살! 은화살 꺼내!"

"사제들 활에 버프 좀 걸어줘!"

"그럴 시간 없어! 바로 턴 언데드 주문 날려!"

"너, 너무 많아서…… 무리입니다!"

파파파팍!

-크아악…… 아프다! 아프다!

그 와중에도 척살 부대는 삼삼오오 모여서 덤벼드는 언데드들을 쏘아냈지만 거기까지였다.

"흩어져서 싸워! 거리를 벌려!"

"놈들이 너무 많습니다! 옆에도 뒤에도 있어요!"

콰직!

"으악! 물렸어!"

-나도 있다!

"크아악!"

구울 전사들이 닥치는 대로 물어뜯고, 데스 나이트들은 검을 휘둘러 갑옷째로 부숴버리고…….

한번 파고들자 플레이어들은 닥치는 대로 무너지기 시작했다.

"도망쳐! 도망!"

-어디를 도망치려고! 크아악!

척살 부대는 대부분이 로그아웃 당했고 발 빠른 몇몇 조만 도망칠 수 있었다.

[플레이어를 쓰러뜨렸습니다. 악명이 크게……]

'아니. 먼저 선공 갈긴 놈들인데!'

태현은 불평했지만 그렇다고 오르지 않을 악명이 안 오르지는 않았다.

[레벨 업 하셨습니다.]

그나마 다행인 건 이번 싸움으로 레벨 업을 했다는 것!

망령으로 변신했고, 수많은 언데드들을 불러일으킨 데다가 여기 있는 플레이어들을 전부 쓸어버렸으니 레벨 업 할 만했다.

'기껏 1 오른 게 서글프지만…….'

이제 와서 새삼스럽게 따져서 뭘 하겠는가. 태현은 언데드들을 시켜 장비들을 줍게 했다.

[강력한 언데드들은 이런 잡일을 모욕으로 받아들입니다.]

[그들은 더 피를 보고 싶어 합니다. 계속 이런 명령을 내렸다가는 반항할…….]

-산 자에게 죽음을 더…….

"아. 시끄럽고. 줍기나 해."

-저기에 살아 있는 심장이…… 컥!

"일하라고. 인마. 일하라니까?"

말을 듣지 않으면 가차 없이 휘둘러지는 공격!

화르륵!

사디크의 화염까지 써서 태우려고 하자 언데드들은 재빨리 시선을 피했다.

[언데드들이 공포에 질려서 더더욱 복종합니다.]
[당신의 지휘력에 보너스를 받습니다.]

뒤에서 막 싸움을 끝낸 오크 아저씨들은 태현이 언데드들을 부리는 걸 보고 감탄했다.

"태현이 녀석 사람을 제대로 부릴 줄 아는군."

"한두 번 해본 솜씨가 아닌데?"

"용케 저 인원을 다 데리고 다니네."

뒤에서 일어난 오크 아저씨들의 습격보다 몇 배는 더 많은 물량 작전! 그만한 언데드들을 데리고 다닌다는 것 자체가 대단한 능력이었다.

"진짜 대단하네. 나도 언데드 부리는 직업 해볼 걸 그랬나?"

"에이, 네크로맨서처럼 허약하게 뒤에서 깔짝깔짝대는 직업이 뭐가 재밌다고. 남자는 역시 힘! 힘 아니겠어?"

"하긴 그것도 그래."

그래도 오크 아저씨들의 부러운 눈빛은 사라지질 않았다.

저런 언데드 부대를 부릴 수 있다면 얼마나 좋을까!

나도 언데드 한 마리 기르고 싶다!

길드 동맹과의 싸움에서 숫자로 깨진 아저씨들은 선망의 눈길로 태현의 언데드 부대를 쳐다보았다.

[데스 나이트가 <수많은 화살 공격을 받고 살아난 데스 나이트>로 진화합니다.]

[최고급 구울 전사가 <독이빨을 가진 구울 전사>로 진화합니다.]

[최하급 망령이 하급 망령으로……]

전투가 끝나자 공을 세운 언데드들이 진화하는 메시지창이 나왔다. 추가 개성을 달거나, 아니면 몬스터 자체가 진화하거나. 원래라면 안 그래도 강한 언데드 군대를 더 강하게 만드는 보상이었지만, 태현은 아쉬워서 입맛을 다셨다.

'저거 망령 상태 풀리면 대부분 역소환될 텐데……'

태현의 능력으로는 이 언데드 군대의 대부분을 유지하지 못할 테니 그림의 떡이었다.

'한둘만 챙겨봐?'

어떻게든 한둘 정도는 데리고 있을 수 있을 테니, 가장 쓸 만한 언데드를 골라서 데리고 다니는 건 나쁘지 않을 것 같았다.

'뭐가 좋을까……'

태현은 언데드 목록을 훑어보며 가장 쓸 만한 놈들을 찾아보았다.

[데스 나이트가 <깃발을 든 데스 나이트 지휘관>으로 진화합니다.]

'이거다!'

태현은 이거다 싶었다. 데스 나이트 지휘관이라면 데스 나이트 몬스터가 진화한 형태. 무엇보다 본인이 언데드 몬스터를 이끄는 언데드 몬스터라는 게 좋았다.

네크로맨서 직업이 아닌 태현이 언제나 언데드를 소환해서 데리고 다니려면 페널티가 심했던 것이다.

"좋아. 너는 앞으로 나와라."

-예, 주인님.

"너 빼고 나머지는……."

역소환하려던 태현은 수많은 언데드 군세를 보고 잠시 생각에 잠겼다. 그냥 역소환하면 너무 아까운데 방법이 없을까?

"아. 좋은 방법이 생각났다."

순진무구한 눈동자로 태현을 쳐다보는 언데드 전사들. 태현은 아랑곳하지 않고 말했다.

"이다비, 커다란 솥 좀 가져다줄래?"

"흑흑아. 불이 약한 거 같은데."

"흑흑아. 불이 약한 거 같다니까."

"흑흑아. 자꾸 불이 약하면 널 연료로 태운다?"

-최선을 다하고 있습니다! 주인님!

흑흑이가 황급히 말하며 솥의 불을 지폈다. 척살 부대가 있었던 자리에는 거대한 솥이 설치되고, 그 밑에는 흑흑이가 지핀 강력한 화염이 끓어올랐다.

"뭐 하려고?"

다른 사람들은 고개를 갸웃거리며 물었다. 태현이 저러는 걸 보니 요리를 하려는 것 같은데…….

지금 요리할 게 있나?

"곧 알게 될 거야. 흠. 팔팔 잘 끓는군. 자, 너부터 들어가라."

-뭐라고 했나?

"들어가라고."

태현은 구울 전사를 잡아서 솥 안으로 던져 버렸다. 그리고 스킬을 사용했다.

-비장의 몬스터 정수 만들기!

자리에 있던 플레이어들과, 태현이 데리고 있던 언데드들은 지금 태현이 뭘 하려는지 깨닫고 경악했다.

일종의…… 재활용! 어차피 역소환할 놈들이니, 통째로 몬스터 정수를 만들려는 것이다.

귀찮아진 태현은 각종 스킬을 사용해서 언데드들에게 강하게 명령을 내리기 시작했다.

"자. 최하급 망령 놈들은 다 들어가라!"

[고급 전술 스킬을 갖고 있습니다. 보너스를……]

[명성이 오릅니다.]

'응? 왜 명성이 오르지?'

이해는 안 갔지만 일단 주니 잘 받았다.

[<영혼 착취> 스킬의 레벨이 오릅니다.]

-끄아아…… 끄아아아…….

-원망할 것…….

태현은 먼저 주변을 완전히 뒤덮고 있던 망령들부터 처리했다.

[명성, 신성이 오릅니다.]

[언데드들을 퇴치하는 것으로 인해……]

[카르바노그가 감탄합니다.]

'그러고 보니 최하급 망령의 정수를 모아서 <망령의 정수>를 만들 수는 없으려나?'

최하급 망령의 정수:

최하급 망령이 가진 미약한 힘을 받아들일 수 있는 정수입니다. 그렇지만 워낙 약한 정수라, 이걸 모은다고 망령의 정수를 만들 수는 없습니다.

만들고 싶으면 <최고급 망령의 원혼>을 갖고 와라! 라고 말하는 것 같은 메시지창이었다.

태현은 시무룩해져서 메시지창을 껐다. 이런 최하급 몬스터 정수 아이템은 쓸 곳이 애매했다. 태현 수준에서 버프용으로 쓰기도 그렇고……

"아. 네가 마시면 되겠군."

태현은 <깃발을 든 데스 나이트 지휘관>을 불러서 줄줄이 나오는 하급 정수들을 건넸다. 어차피 쓰기 애매한 아이템이라면 하나 남길 언데드한테 다 투자하는 게 가장 좋았다.

-주인님. 이건 명예롭지 않…….

데스 나이트는 기사 출신 언데드답게, 언데드들 중에서도 나름 명예를 따지는 별종 몬스터! 물론 태현 앞에서는 그런 게 의미가 없었다.

"네가 들어갈래?"

-주인님의 은혜에 감사할 뿐입니다!

꿀꺽꿀꺽!

태현은 중저가, 아니, 중하급 언데드 몬스터들에게서 나오는 정수들은 모조리 데스 나이트 지휘관에게 마시게 했다.

[요리 스킬이 오릅니다.]

[최고급 구울 전사의 정수를 만들었습니다.]

[<깃발을 든 데스 나이트 지휘관>이 정수를 마셨습니다. 몬스터의 전체적인 스탯이 증가합니다. 계속해서 언데드의 정수를 마시게 한 것으로 인해 <깃발을 든 데스 나이트 지휘관>이 진화합

니다.]

'역시!'

계속해서 정수를 마시게 하면 어떤 변화가 있으리라고 예상했는데, 예측이 맞아떨어졌다.

[<깃발을 든 데스 나이트 지휘관>은 소환자의 MP를 더 이상 소모하지 않습니다. 언데드 관련 버프를 더욱 강하게 받습니다.]
[<깃발을 든 데스 나이트 지휘관>의 물리 공격력이 더욱더 강력해집니다.]
[강해진 <깃발을 든 데스 나이트 지휘관>은 더 이상 마계에 혼이 묶이지 않습니다. 몬스터에게 이름을 붙여줄 수 있습니다.]

'오. 이런 효과가.'

태현은 데스 나이트를 쳐다보았다. 다른 데스 나이트보다 큰 덩치에, 더 질 좋은 갑옷. 위압적인 푸른 안광까지.

특징이라면…….

"넌 골골이로 하자."

-아니 그건 좀…….

"흑흑이랑 잘 어울리겠군."

흑흑이 위에 골골이를 태우고 싸우게 하면, 드래곤 라이더 데스 나이트 비스무리한 게 되겠지!

-주인님! 언데드잖습니까!

흑흑이가 기겁했다. 태현은 의아하다는 듯이 물었다.

-언데드면 안 되냐?

-저는 사디크 신의 마수잖습니까! 언데드는 당연히 싫습니다!

-아. 사디크면 뭐 언데드랑 친한 그런 거 아닌가? 나야 그런 줄 알았지.

사디크가 악신이어도 일단은 신이었다. 언데드와 사이가 좋을 이유가 없는 것!

-그래도 알아주시니 다행입니다.

-그래. 앞으로는 기억할게.

-……그래도 태우실 거죠?

-응.

흑흑이도 이제 태현이 어떻게 행동할지 짐작하고 있었다.

"골골아."

-저는 그냥 데스 나이트가 좋은 것 같은데…….

"넌 쟤 위에 타도 별문제 없지?"

-명령이라면 따르겠습니다. 정수를 먹은 탓에 견딜 수 있습니다. 정수에서 신성력이 느껴지더군요.

"그래. 잘됐…… 응? 뭔 소리야?"

[<골골이>의 신성 저항력이 증가합니다.]

이런 메시지창을 봤을 때는 그냥 전체적인 능력이 향상하는 상태라 그런 줄 알았다. 그런데 듣고 보니 정수에 신성력이 들어간 탓에 저항력이 증가한 것 같았다.

태현은 고개를 돌려 솥을 쳐다보았다. 지금 솥의 화염은 흑흑이가 붙인 사디크의 화염이었다.

-제 잘못 아닙니다!

태현이 빤히 쳐다보자 일단 발뺌부터 하고 보는 흑흑이!

"아니. 널 탓하는 거 아니거든?"

계산 착오였지만 좋은 계산 착오였다. 언데드 몬스터한테 신성 저항은 높으면 높을수록 좋았으니까.

"잘됐네. 골골아. 계속 마셔라!"

얼굴에는 뼈밖에 없는 골골이였지만 왠지 모르게 '정말 싫다'는 표정이 느껴졌다. 결국 최하급 망령들을 포함해서 근처에 있던 중하급 언데드들은 모조리 싹이 말랐다.

정수가 되어 골골이의 뱃속으로!

'시간이 없으니 빨리빨리 해야지.'

태현은 남은 고급 언데드들도 빨리 집어넣으려고 했다. 이러다가 망령 상태가 풀리면 언데드들이 역소환되거나 저항할 수 있었다.

"흠흠……."

"태현아."

뒤를 돌아보니 오크 아저씨들이 멋쩍은 얼굴을 하고 서 있었다. 이건 뭔가 바라는 게 많은 얼굴!

태현은 그들이 뭘 원하나 생각했다. 답은 하나였다.

"스타우는 바로 보내겠습니다. 특급 배송으로 보내 드리죠."

태현도 원하는 바! 그렇지만 아저씨들이 원하는 건 다른 거였다.

"그…… 저렇게 다 솥에 넣을 거면 우리한테 하나씩만 주면 안 되냐?"

"그래, 그래. 데려가서 잘 키울게."

태현이 어이없어하는 도중 아저씨들 중 한 명이 손을 들었다.

"뭡니까?"

"난 좀 다른데…… 저거 다 끓이면 나도 좀 먹을 수 있나? 몸에 좋을 것 같은데."

아저씨가 조심스럽게 말하자 다른 아저씨들이 옆에서 구박했다. 이미 그들도 한 번씩 해본 생각이었던 것이다.

그렇지만…….

"아니, 저게 몸에 좋을 리가 없다니까! 언데드잖아!"

"원래 뼈에 붙은 살이 진국이잖아! 저 언데드들도 그럴 수 있다고!"

"이런 미친놈이 보약 찾다가 훅 갈 소리를 하고 있네. 너 저번에도 뱀 잘못 먹어서 끙끙 앓아놓고 저런 소리를 하냐! 보약은 무엇보다 재료 확인이 중요하다고!"

추하게 싸우는 아저씨들은 본 태현은 고개를 돌렸다.

그리고 다시 구울 전사를 집어 던졌다.

풍덩!

"태현이 이 녀석! 무시하지 마!"

"아니. 무시할 만한 이야기를 하고 있으니까 그렇죠."

풍덩!

고급 언데드들이 솥에 던져질 때마다, 아저씨들은 자기 일처럼 아쉬워했다.

"저놈 보양식 소리는 무시하고……."

"아니 왜! 내 말 좀 들어봐!"

"쟤 좀 닥치게 해라."

'언데드도 잘 먹으면 보약이다'라는 독특한 이론을 펼친 아저씨는 다른 아저씨들에게 제압당했다.

오크 아저씨들도 눈이 있었다. 망령으로 변한 태현이 별로 좋아 보이지는 않았던 것!

"어쨌든 데려가고 싶은 건 진짠데, 안 되냐?"

"돈 주고 살게! 얼마면 돼!"

골드 주머니를 흔드는 아저씨들!

"앗. 얼마 정도 생각하고 계신데요?"

옆에 있던 이다비가 솔깃한 얼굴로 물었다. 언제나 새로운 시장을 찾고 있는 그녀였다. 판온의 새로운 시장, 언데드 애완동물!

'……잠깐, 안 될 것 같은데?'

이다비의 이성이 다시 돌아왔다. 태현은 고개를 저으며 말했다.

"아니, 제가 안 주려는 게 아니라…… 데리고 갈 능력이 있어야 데리고 가죠. 여러분들 중에 네크로맨서가 하나도 없잖아요. 이런 데스 나이트 정도면 기본적으로 흑마법 스킬 고급은 찍은 네크로맨서여야 원활하게 부려먹을 수 있는데……."

갖고 있는 마법 스킬은 적어도, 태현은 기본 마법 스킬 자체는 레벨이 높았다. 그런데도 태현은 망령 상태가 풀리면 대부분을 역소환해야 했다. 그만큼 고급 언데드들은 부리기 힘들었다.

"거봐. 태현이도 저렇게 말하잖아."

"으음……."

"그러니까 푹 고아서 먹…… 읍읍! 읍읍읍읍!"

"정말 방법이 하나도 없나?"

양성규는 아쉬운 얼굴로 물었다. 아쉽지만 판온에 대해서 가장 잘 아는 건 태현이니, 태현이 방법이 없다고 하면 어쩔 수 없었다.

"아니…… 하나도 없는 건 아니긴 한데요."

"뭐?"

"방법이 있다고?"

"언데드들을 다 데리고 갈 수 있는 완벽하고 좋은 방법이 있다고?!"

"아무도 그렇게 말 안 한 것 같은데."

뒤에서 케인이 중얼거렸다. 저 아저씨들은 자기들 좋은 대로 듣는 재주가 있었다.

"일단 아저씨들한테 언데드 하나씩 받으세요."

"그러면 바로 반란 일으키지 않나요?"

이다비가 고개를 갸웃거리며 물었다. 흑마법 스킬이 부족한 플레이어가 언데드를 부리면 언데드가 바로 도망치거나 반란을 일으키는 경우가 많았다.

"응. 아마 그러겠지."

"?"

"그러면 힘으로 제압해야죠."

주변에 있던 일행의 입이 벌어졌다. 세상에 그런 무식한 방법을!

"반란 일으키면 패서 제압하고, 도망치려고 하면 패서 잡고……계속하다 보면 공포심 올라서 어느 정도 말을 들을 텐데……."

판온에서 부하 NPC를 데리고 다닐 때에는 여러 스탯, 스킬이 관련되었다. 기본적으로 지휘 스킬에, 언데드 NPC라면 마법, 흑마법 스킬. 거기에 부하 NPC에게 친절하게 대하면 충성도, 엄격하고 무섭게 굴면 공포심이 올랐다. 충성도나 공포심이나 둘 다 말을 잘 듣게 하는 데에는 도움이 되는 스탯이었다.

태현이 말하는 건 이 공포심을 힘으로 올리라는 것!

"엄청 좋은 방법이잖아!"

"맞아! 그거라면 할 수 있겠어!"

아저씨들은 기뻐하며 고개를 끄덕였다. 그러나 태현의 말은 아직 끝나지 않았다.

"아니, 말 다 안 끝났거든요. 어쨌든 이게 엄청 비효율적인 방법이라서…… 일단 팰 때 죽이면 안 돼요. 여러분들은 잡으면 다시 소환할 능력이 없으니까. 그리고 공포심 스탯으로 말 듣게 하려면 엄청 올려야 할 텐데 그러려면 한두 번 패는 걸로는 부족할걸요. 한 몇십 번은 패도 모자랄 텐데…… 그냥 흑마법사를 불러요."

"아냐! 잘 키워볼게!"

"맞아! 내가 세 끼 꼬박꼬박 주고 산책도 시킬 테니까!"

갑자기 어렸을 때의 동심이 살아난 아저씨들! 솥으로 들어가기 직전의 언데드들 앞에 서서 필사적으로 태현을 막았다.

귀찮아진 태현은 손을 흔들며 말했다.

"뭐 그러면…… 하나씩 데려가세요."

'내 일 아니니까.'

아저씨들이 언데드 부하한테 칼침을 맞든 뺑소니를 당하든 사실 태현이 알 바 아니었다. 자기 일은 자기가 알아서 하자!

번뜩!

태현의 허락이 떨어지자 아저씨들은 우르르 달려 들어와 언데드들을 하나씩 골라 가지기 시작했다.

"시간 없으니까 빨리 고르세요."

"난 얘로!"

"난 얘가 좋아 보여! 덩치가 크잖아!"

냉정하고 논리적인 분석이 아닌 단순히 겉모습으로 언데드들을 하나씩 골라 가지는 아저씨들.

[흑마법 스킬이 극도로 낮습니다. 언데드 몬스터가 당신의 말을 듣지 않습니다.]

-흥! 날 구해준 건 고맙지만 자격이 없는 자의 명령 따위는

듣지 않는 컥!

"내 말 들어! 내 말 들으라고!"

-잠…… 잠끼…….

"내 말을 들어!"

다짜고짜 몽둥이부터 휘둘러대는 아저씨들!

-무슨 말을…….

"들으라고!"

-아니, 말을 해야 알지!

퍽퍽퍽퍽!

단순하게 '패다 보면 공포심이 오르겠지'라고 생각한 아저씨들! 덕분에 언데드 하나씩을 맡아 쫓아다니면서 두들겨 패는 오크들이라는 기묘한 상황이 완성되었다.

-거기 서! 거기 서란 말이야!

-저는 명령을 듣겠습니다!

-아니야! 네게는 공포심이 부족해!

"……초현실적이야."

"남은 거 빨리 다 쓸어 넣고 가자."

태현은 무시하고 남은 언데드들을 쓸어 넣고 정수로 만들었다. 그리고 골골이에게 먹였다.

"골골이 녀석 잘 먹네. 좋지? 응?"

골골이는 포기하고 정수를 마셨다. 저 멀리서 두들겨 맞는 언데드들을 보니 자신의 처지가 상대적으로 좋게 느껴졌다.

[<골골이>의 힘이 오릅니다.]

[<골골이>의 체력이……]

[아이템을 얻었습니다.]

골골이의 반지:

내구력 50/50.

더 이상 마계에 혼이 묶이지 않은 데스 나이트 골골이는 역소환 당하더라도 시간이 지나면 이름을 붙인 주인의 부름으로 다시 대륙에 나타날 수 있습니다. 골골이를 부를 수 있는 반지입니다.

투박한 데스 나이트의 뼈로 되어 있는 반지. 아이템의 성능은 보잘것없었지만 골골이를 다시 소환할 수 있다는 점이 좋았다.

'확실히 용용이나 흑흑이는 죽으면 다시 똑같은 놈을 부를 수 없으니까 함부로 못 썼는데…….'

태현은 흐뭇한 눈으로 골골이를 쳐다보았다. 역시 언데드 종족은 이런 점에서 쓸모가 있다니까!

오싹-

골골이는 왠지 모르게 소름이 돋는 걸 느꼈다.

"그러고 보니 너희 지금 레벨이 어떻게 되지?"

용용이는 300을 갓 넘겼고, 온갖 언데드의 정수로 닥치는 대로 레벨을 올린 골골이는 330. 그리고 흑흑이는…….

혼자 340대에서 놀고 있었다.

-주인이여…….

용용이는 슬픈 눈빛으로 태현을 쳐다보았다. 그렇지만 태현도 이건 어쩔 수가 없었다. 딱히 흑흑이를 주도적으로 키운 건 아닌데, 악명을 올릴 플레이를 너무 많이 해서 어쩔 수가 없었던 것!

"태현아! 그러면 우리는 이만 가볼게!"

"언데드 고맙다! 잘 키울게!"

"스타우도 곧 보내겠습니다!"

"그래! 정말 고맙다!"

신이 난 아저씨들은 행복한 얼굴로 떠나갔다.

손에는 언데드 하나씩을 잡고서!

'과연 잘 풀릴지 모르겠군.'

태현은 속으로 생각했다. 흑마법 스킬도 없는 사람들이 언데드를 부리는 건 보통 일이 아니었다.

시시때때로 언데드들은 도망치고 반항하려고 할 것이다.

만약 돌아가는 길에 싸움이라도 난다면? 일이 몇 배로 꼬일 게 분명!

물론 태현은 굳이 그걸 지적하지는 않았다.

왜냐하면…… 자기 일 아니니까!

"좋아. 그러면 이제 돌아가서 던전 예선이나 뚫자고."

태현이 여기서 신나게 척살 부대를 쓸어버리고 선수들을 박살 내는 동안, 다른 멀쩡한 팀들은 대회 던전을 돌면서 전략을 세우고 있을 것이다.

"요즘 좀 이상하지 않습니까?"

"뭐가?"

"폭탄을 사는 사람이 좀 많아진 거 같아요."

"확실히 그래."

가브리엘은 고개를 끄덕였다. 일시적인 현상인 줄 알았는데, 확실히 폭탄 판매량이 늘었다. 골짜기에 있는 〈악마의 대장간〉에서 일하는 기계공학 대장장이들은 자기들이 만드는 걸 팔기도 했다.

물론 사는 사람은 극히 소수였다. 정말 절박하거나 정말 겁이 없는 사람들!

그렇지만 요즘 이상하게 폭탄 아이템들이 많이 팔려 나가고 있었다. 그것도 영지에서 처음 보는 사람들이 와서 사가고 있는 것이다.

"이건 혹시……."

"?"

"드디어 기계공학 붐이 온 거 아닐까?"

기계공학 대장장이들이 예전부터 말했던 기계공학 붐!

태현이 기계공학으로 맹활약을 펼칠 때부터 대장장이들은 기계공학 붐이 오는 걸 꿈꿨다. 물론 그런 건 오지 않았다. 대장장이 스킬 중에서 기계공학은 너무 불안정하고 극단적이었으니까.

그렇지만 대장장이들은 포기하지 않았다.

언젠간 붐이 온다!

그리고 지금. 이상할 정도로 많이 팔려 나가는 폭탄……

설마 이게 붐 아닐까?!

"드디어 온 건가?!"

"저번에 역병 지대 만들었을 때 사람들 반응이 뜨겁긴 했지!"

정확히 말하자면 '히익 저 미친놈들;;'이나 '진짜 가까이 다가가지 말아야겠다' 같은 반응이었지만, 대장장이들에게는 와닿지 않았다.

"얘들아! 더 열심히 일하자!"

"와!!"

"그런데 이번에 던전 공략 대회 열리지 않아요?"

"열리지. 그런데?"

"그냥 열린다고요. 일하러 가죠!"

"그래! 일하자!"

대장장이들에게 대회는 별로 관심이 없었다!

"저거 또 도망친다!"

"아오, 진짜 말 더럽게 안 듣네!"

오크 아저씨들은 투덜거리며 도망치는 언데드들을 쫓아갔다. 태현의 말대로, 언데드 하나씩을 끌고 가는 건 정말 고생 그 자체였다. 눈만 돌리면 도망. 뒤만 보이면 공격!

'사악한 언데드'란 말이 괜히 만들어진 게 아니었다. 언데드는 기본적으로 사악했다.

"으으…… 흑마법 마법서들 잔뜩 샀는데……."

"스킬 너무 안 오르는 거 아니냐?"

아저씨들은 투덜거리면서 흑마법 관련 마법서들을 꺼냈다.

경매장에서 파는 초급 흑마법 마법서들! 판온에서 상위 마법서들은 잘 팔지도 않고 구하기도 힘들었다. 애초에 직접 퀘스트를 깨서 얻는 게 대부분이었던 것이다. 평소에 마법을 전혀 쓰지 않던 아저씨들에게 흑마법을 시작하는 건 정말 어려웠다. 그래도 해야 한다!

"〈초급 실명 저주〉! 〈초급 실명 저주〉!"

"아니, 왜 나한테 쏘냐!"

"맞아도 안 다치잖아. 좀만 연습하자!"

양성규는 아저씨들을 데리고 가면서 불안해졌다. 올 때와 달리 속도가 확 느려진 지금. 공격을 받으면 일이 귀찮아졌다. 게다가 〈최강지존무쌍〉 길드는 은근히 적이 많았다. 오스턴 왕국에서 싸울 때 이를 갈던 건 길드 동맹만이 아니었다. 아까 있었던 일은 방송을 타고 바로 퍼져 나갔을 거고…….

'태현이 녀석 나온 일이니까 대부분 다 봤겠지?'

양성규의 추측대로였다. 판온 제일가는 이슈메이커답게 관련 글들 대부분이 태현 분석글이었다.

[김태현vs〈베이징 파이터즈〉]
[김태현을 상대하던 플레이어들의 정체는?!]

[김태현, 새로운 카드를 꺼내 들다! 충격과 공포의 언데드 군대!]

[싸움만 터지면 나타나서 바가지를 씌우는 정체불명의 상인들을 고발합니다!]

[네크로맨서 경력 10년 차가 김태현의 언데드 군대를 분석해 봤다.]

[〈베이징 파이터즈〉는 어떻게 약팀이 되었나?]

던전 공략 대회의 예선 던전이 열렸는데도 그걸 덮어버리는 수준! 정말 시작부터 화끈하게 관심을 끌어모으고 있었다.

양성규의 불안은 현실이 되었다.

"이 자식들!"

앞의 언덕에서 〈베이징 파이터즈〉의 남은 선수들과 척살 부대들이 나타난 것이다.

"감히…… 감히 그런 짓을 하다니! 우리가 그냥 넘어갈 줄 알았냐!"

'숫자가 좀 적은데…….'

아까 깨진 덕분에 숫자가 너무 볼품없어 보였다. 20~30명 정도 되는 숫자. 그렇다면 다른 곳에 매복하고 있나?

"태현이 녀석이 시킨 일이다! 불만이 있으면 태현이한테 가서 따져라! 아직 저기 있으니까!"

"시끄럽다! 김태현은 나중에 상대하고, 일단 너희부터다!"

"너희 설마 태현이는 무서우니까 우리를……."

뜨끔!

정곡을 찔린 선수가 입을 다물었다. 그러자 뒤에 있던 아저씨들이 분노했다.

"이런 ×××들이!"

"마빡에 피도 안 마른 놈들이 어디서 우리를 얕봐!"

"야! 너 몇 살이야!"

"에이! 시끄럽다! 공격! 공격해!"

길게 말싸움해 봤자 자기들 이미지에 도움이 안 된다는 걸 깨달은 선수가 신호를 보냈다.

퍽!

그리고 멀리서 날아온 화살에 맞고 떨어졌다.

양성규는 뒤를 돌아보았다. 오크 아저씨들 중 활을 쏜 사람이 있나 싶었다. 그러나 오크 아저씨들도 당황한 얼굴이었다.

"네가 쐈냐?"

"아니. 나 활 안 쏘는 거 알잖아."

"헉, 설마 언데드가! 이런 기특한…… 아니, 저 새끼 또 도망치네! 잡아! 잡아!"

호다닥 도망치다가 두들겨 맞는 언데드들! 아저씨들은 아예 빙 둘러싸는 형태로 언데드들이 못 도망치게 감시하고 있었다. 그런 절호의 기회였는데도 선수들과 기타 플레이어들은 기회를 잡지 못했다.

파파파파파팍!

미친 듯이 화살비가 쏟아지기 시작한 것이다. 아까 척살 부대도 나름 궁수로 구성된 강한 부대였지만, 지금 날아오는 공격은 그 척살 부대의 공격보다 훨씬 더 매섭게 느껴졌다.

"으아아악!"

"바위 뒤로 숨어! 일단 피해!"

'저기 숨어 있었군!'

언덕 뒤에서 숨어 있던 플레이어들이 뛰쳐나오자 양성규는 안도의 한숨을 내쉬었다. 딱 보니 그들이 지나가길 기다렸다가 멈추는 순간 사방에서 튀어나와 공격할 생각 같았다.

계획대로 흘러갔으면 언데드 신경 쓰느라 천천히 가고 있던 그들에게는 재앙 그 자체였을 것!

'그런데 쟤네는 누구냐?'

양성규는 눈을 가늘게 뜨고 저 멀리에 시선을 집중했다.

처음 보는 플레이어들 몇 명과, 그 플레이어들이 끌고 온 사냥꾼 NPC들! 한눈에 봐도 플레이어 수준부터 사냥꾼들까지 범상치 않았다. 플레이어들은 랭커 같았고, 사냥꾼 NPC들도 전원 정예로 보였다.

파파팍! 파파파팍!

계속해서 무자비하게 화살이 쏟아져 내리자, 결국 선수들은 하나둘씩 포기하고 도망치기 시작했다. 기습이 시작부터 막힌 이상 저 오크 아저씨들까지 합류하면 역으로 당할 수 있는 것이다.

"거 잘 도망치네. 로이야. 찍고 있지? 저거 잘 찍어서 올려봐라."

양성규는 도망치는 이들을 가리키면서 말했다. 양성규도 나름 괘씸했던 것이다.

태현이는 내버려 두면서 그들은 건드리다니. 한마디로 그들은 비교적 만만해 보인단 것 아닌가!

따끔한 교훈을 내려야 했다.

"어? 사진 찍는 건가?"

"사진이 아니라 영상. 영상 찍어서 올리나 봐. 젊은 애들이 그 많이 보잖아."

"어험. 잠깐만. 나 장비 좀 갈아입고……."

"동영상도 포토샵이 되나? 나 좀 잘생기게 해줄 수 있지? 뱃살도 좀 없애주고. 내가 원래는 이런 몸이 아닌데 오크 종족을 골라서……."

로이는 무시하고 도망치는 선수들을 찍었다. 아저씨들을 상대하다 보면 끝이 없었다.

"안녕하세요!"

"어…… 고마워요. 그런데 그쪽은 누구……?"

"저는 유지수고, 이쪽은 파이드 길드, 그리고 저 뒤에 있는 사람들은……."

유지수는 힐끗 고개를 돌려 사냥꾼들을 쳐다보았다. 오크 아저씨들도 패션 센스가 괴악한 편이었지만, 그녀가 데리고 있는 사냥꾼들도 만만치 않았다. 머리부터 발끝까지 전부 가죽 아이템으로 깔맞춤은 기본이고, 가죽 위에는 화려한 물감을 덕지덕지 그려놓았다.

"……별로 신경 안 써도 되는 NPC들이에요. 그냥 사냥꾼이에요."

"아니! 유지수 님! 너무한 거 아닙니까!"

"저희도 제대로 소개해 주십시오! 잘츠 왕국에서도 인정받은 명예로운 타이럼 사냥꾼들인데!"

뒤에서 사냥꾼들이 아우성치며 항의했다. 유지수는 머리가 아프다는 표정으로 이마를 짚었다.

그걸 본 양성규는 어디서 많이 본 기분이 들었다. 저건 아저씨들을 데리고 다니며 고생하는 그의 모습!

'세상일은 다 똑같군그래.'

"저 녀석들 패션이 제법인데?"

"흠흠. 우리만큼은 아니지만."

오크 아저씨들이 수군거리는 소리가 뒤에서 들려왔다. 양성규는 한 대 때리려다가 말았다.

"그런데 김태현 형…… 오빠…… 씨…… 아니, 선수는 어디 계신가요? 도와주러 왔는데."

유지수가 기대 가득한 눈빛으로 물었다.

"저기 있는데…… 그보다 싸움 끝난 건 알죠?"

"……네?"

유지수는 당황한 표정을 지었다. 그 많던 인원들이 있었는데 벌써 끝났다고?

그 말을 들은 길드원들이 수군거리기 시작했다.

"싸움이 벌써 끝났다고? 아니, 그 인원을 어떻게 벌써 다 끝냈지?"

"지금 그게 중요한 게 아니야. 그러면 지수는 어떻게 되는 거야? 지수 불쌍해서 어떡해?"

"수능 때문에 접속도 못 하고 그래서 임팩트 있게 나타난다고 이렇게 왔는데······."

부들부들!

유지수의 꼭 쥔 주먹이 파르르 떨렸다.

"모두 조용히 해주세요!"

"쉿. 지수 화났다. 모두 모르는 척해주자. 따뜻한 눈으로 쳐다보자."

"다 들리거든요!"

유지수는 다시 고개를 돌렸다.

"그, 그래도 저기 있을 테니까 일단 가서 얼굴이라도······."

"어. 지수야. 김태현 선수 벌써 영지 갔다는데?"

뒤에서 길드원 한 명이 게시판을 보고 말했다.

"······네?"

"지금이라도 따라갈래?"

"그건 좀 스토커 같은데."

"이미 충분히 스토커 같으니까 괜찮지 않을까?"

"모두 다 닥쳐주세요······."

유지수는 얼굴을 감싸고 한숨을 내쉬더니 다시 일어섰다.

"그냥 퀘스트나 하러 가죠."

결국 포기! 이제 와서 영지로 찾아가 봤자 너무 늦었다는 걸 깨달은 것이다.

"그래, 그래! 김태현 그거 별거 아냐! 게임 엄청 잘하고 얼굴도 잘생겼지만 찾아보면 다른 사람도 많을 거야!"

오크 아저씨들은 태현이 잘생겼다는 소리를 듣고 귀를 의심했다. 잘못 들은 거겠지?

"맞아! 애인이랑 헤어져도 캐릭터는 남으니까 게임을 하는 게 더 이득이라고. 퀘스트 하러 가자!"

"됐거든요."

"지수가 요즘 좀 차가워진 거 같지 않아?"

"우리가 많이 놀려서 그래."

길드원들은 수군거리며 유지수의 뒤를 따라갔다. 예전에는 훨씬 더 순진했었는데……

서로 인사하고 갈라지려던 두 무리는 각자 가는 길이 겹치자 서로를 다시 쳐다보았다.

"어…… 이쪽으로 가세요?"

"어? 그쪽도?"

판온의 온갖 대륙을 돌아다니며 아키서스의 조각을 찾아 헤매야 했던 태현과 달리, 〈타이럼 레인저〉인 유지수는 주로 잘츠 왕국에서 활동했다. 그만큼 잘츠 왕국에서 쌓은 공적치 포인트와 NPC들과의 친밀도는 대단했다. 유지수의 직위는 올라가고 올라가 결국 〈타이럼 사냥꾼 지휘관 후계자〉가 되었다. 명백한 2인자!

타이럼 사냥꾼들을 마음대로 동원해서 부려먹을 수 있는, 태현이 들었다면 '아니 그런 좋은 자리가 있어?!' 하고 감탄했을 직위!

물론 유지수는 태현이 아니기에 그런 짓은 하지 않았다. 애초에 필요한 게 있으면 길드원들이 도와줬기에 사냥꾼들을 전부 동원할 일도 없었고. 그렇지만 저 자리에 오르자, 나오는 직업 퀘스트가 완전히 달라졌다.

<타이럼 사냥꾼 신규 모집>

잘츠 왕국에서도 타이럼 사냥꾼은 3D 직업에 들어간다. 늙은 타이럼 사냥꾼들은 '요즘 젊은 사람들이 타이럼 사냥꾼을 안 하고 마법사 같은 거나 한다니까'라며 걱정하고 있다.

뛰어난 자질을 가진 이들을 모집해 타이럼 사냥꾼으로 훈련시켜라!

<타이럼 사냥꾼 훈련 1>

새로 모집한 타이럼 사냥꾼들은 아직 풋내기에 불과하다. 타이럼 사냥꾼들을 키우는 건 시련과 고난! 새로 모은 타이럼 사냥꾼들을 데리고 잘츠 왕국의 산맥을 돌며 보스 몬스터 다섯 마리……

<타이럼 사냥꾼 훈련 7>

타이럼 사냥꾼은 잘 가꿔진 왕국에서만 있을 수 없다. 왕국의 세력이 없는 미개척지로 가서 새로운 땅을 개척하라.

우르크 지역의 다음 지역을 개척하고 요새를 건설하라.

이제까지는 혼자, 혹은 소규모 파티로 돌아다니면서 몬스터만 사냥하면 됐다. 타이럼 레인저의 퀘스트들은 대부분 그랬던 것이다. 그렇지만 자리에 오르자 NPC들을 뒤져가면서 찾고 고용하고 훈련시키고…….

평소에 안 해본 퀘스트를 한 유지수는 꽤 많은 시행착오를 겪어야 했다. 안 그래도 사람을 대하는 데 어려움이 많았던 유지수였다. 대부분이 이상한 NPC인 타이럼 사냥꾼들을 관리하는 건 몇 배로 힘들었다.

'수능이 끝나서 다행이야.'

사실 수능이 끝나자마자 캡슐에 들어가는 걸 보고 아버지, 유성우 사장은 걱정하며 말리려고 했다.

"아무리 다 끝났다지만 너무 게임만 하는 거 아니니? 아버지, 어떻게 생각하세요?"

"저……저 정도면 별로 많이 하는 거 아니지 않으냐? 크흠. 크흠."

그리고 현재 깨고 있는 퀘스트는 우르크 지역 퀘스트!

딱 봐도 오래 걸리고 난이도 높은 퀘스트라 사냥꾼들을 모아 준비를 하고 가려고 하는데……. 잘츠 왕국 근처에 태현이 나타났다는 정보가 날아온 것이다. 그것도 대규모 전투를 앞두고!

-도와주고 가죠! 도와주고 갈래요! 도와주고 갈 거예요!

-도, 도와주고 가. 아무도 안 말렸어. 진정해. 지수야.

-네. 진정했어요.

-그렇다고 갑자기 진정하지는 말고! 무섭잖아!

그게 무산된 지금 눈물을 머금고 일단 우르크로 가려고 했는데…… 이렇게 우르크에 돌아가는 〈최강지존무쌍〉 일행을 만나게 된 것이다.

"잘됐네! 우리도 주로 우르크에서 활동하는데, 필요한 게 있으면 말해요. 도와줄 테니까."

"앗. 그러고 보니……"

유지수는 지금 〈최강지존무쌍〉라는 길드가 우르크 지역에서 새로 영지를 개척하기 시작했다는 걸 떠올렸다.

생각해 보니 〈최강지존무쌍〉 길드의 길마는…….

태현의 아버지!

"……잘 부탁드릴게요!"

"우리가 신세를 졌는데 뭘 그 정도야. 땅은 넓으니까 쓰고 싶은 곳 있으면 얼마든지 써요. 앗! 저 언데드 놈 또 도망치네. 잡아! 잡아!"

투기장 리그와 달리, 판타지 온라인 던전 대회는 예선 순위만 뚫으면 어떤 팀이든 참가가 가능했다. 즉 아마추어팀이 프로팀 대신 본선 대회에 나갈 수도 있다는 것!

덕분에 던전 대회의 반응은 뜨거웠다. 수백 개가 넘는 파티가 던전 입구를 들락날락하며 계속해서 대회 던전을 도전했다. 게시판에는 하루가 멀다 않고 대회 던전 공략 글들이 올라왔고······.

"그렇지만 쓸 만한 건 별로 없는 것 같아요."

이런 분석에 가장 능숙한 건 역시 이다비였다.

현재 태현 팀의 목적은 예선 돌파!

판온을 아는 모든 사람들이 '설마 김태현이 있는 팀이 예선을 못 뚫겠어?'라고 생각했지만, 태현 팀은 아니었다.

우리 진짜 까딱하다가는 못 뚫을지도 몰라!

그만큼 훈련과는 담쌓고 지냈던 그들! 태현이 받아온 퀘스트가 워낙 어마어마하고 많이 돌아다녀야 했던 퀘스트라 어쩔 수 없는 일이었다. 덕분에 팀원들은 매우 진지하고 열정적이었다. 특히 케인이.

"왜? 좀 참고하려고 했는데."

"그야 프로팀들은 이런 게시판에 글을 안 올리거든요."

그랬다. 지금 게시판에 '나는 이렇게 던전을 공략했다', '이 던전은 이렇게 공략해라' 같은 글을 올리는 건 대부분 아마추어들! 프로팀은 자기들의 전략을 철저하게 감췄다. 본선 전까지 괜히 자기들의 전략을 공개해서 좋을 게 없었으니까. 남들이 보면 참고해서 그들의 기록을 깰 수도 있는데 조회수 좀 올리자고 공개하는 팀은 없었다.

"아마추어팀들 전략은 엄청 다양하고 격차가 커서······."

태현과 같이 다니면서 이다비를 포함해 다른 일행은 엄청나게 눈이 높아진 상태였다. 대부분의 공략 영상을 보면 '웅? 이게 공략이라고? 너무 못하는데?'란 반응이 나오는 수준!

"그리고 한 가지 더. 이건 유행이라고 볼 수 있는데요."

"대회니까 유행이 있겠지. 무슨 유행인데?"

어느 곳이든 간에 유행이 있게 마련. 투기장에는 투기장 전략의 유행이, 필드 사냥에는 필드 사냥 전략의 유행이…….

최상윤과 태현은 추측하기 시작했다.

"포션 조합 같은 건가?"

"아니면 도는 순서? 벌써 몬스터 잡는 순서가 나왔나?"

"아뇨. 폭탄이요."

"……웅?"

"가지고 들어갈 수 있는 아이템으로 폭탄을 갖고 들어가는 게 유행이에요. 지금 보면 폭탄 쓰는 팀들이 되게 많아요."

"말도 안 돼! 그런 쓰레기 아이템이 유행한다니!"

케인은 격하게 반응했다. 당한 게 많은 그였기에 폭탄에 맺힌 게 많았다.

"죽을래?"

"아, 아니. 너 욕한 게 아니라……."

그러는 사이 최상윤은 혼자 고개를 끄덕이며 납득했다.

"확실히 폭탄이 유행할 법도 하겠네."

"네. 영상 몇 개만 봐도 알겠어요. 폭탄의 위험을 감안하더라도 쓸 만하겠더라고요."

폭탄 아이템이 잘 안 쓰이는 이유는 그 불안정성 때문이었다. 안 터지는 건 기본이고 재수 없으면 들고 있는 사람까지 날려 버리는 그 특유의 불안정성!

비싼 골드 들여서 잔뜩 준비하고 던전에 들어갔는데 폭탄 잘못 써서 죽으면 하소연할 곳도 없었다. 기계공학 대장장이들이 욕먹는 게 괜히 욕먹는 게 아니었다.

그렇지만 던전 공략 대회는 별개였다. 최대한 빨리 클리어해야 하는 대회!

거기에 일단 안에서 죽어도 캐릭터에는 사망 페널티가 없었다. 제한시간만 줄어들 뿐. 게다가 예선은 몇 번이고 도전이 가능했다. 이런 요소들이 합쳐지니, 폭탄 아이템의 단점은 사라지고 장점만이 나타났다.

잡몹을 처리할 때 광역기 스킬을 아낄 수 있고, 준 보스 몬스터나 보스 몬스터와 싸울 때에도 대미지 딜링 역할을 톡톡히 해주었다. 어디서든 쓸 수 있는 약방의 감초 같은 아이템! 그게 바로 이번 대회에서 폭탄 아이템의 위치였다.

"지금 영상 보면, 다들 어떻게 폭탄 아이템을 효율적으로 써서 던전을 공략할지 연습하는 거 같아요. 어느 구간에서 어떤 식으로 몹은 다음 폭탄을 터뜨릴지……."

이다비가 킨 영상에는 다양한 방식으로 폭탄을 쓰는 파티들의 모습이 있었다. 태현도 '오, 저렇게 폭탄을 쓰나?' 싶은 영상도 몇 개 있었다.

"얘네는 화살에 매달아서 쏘네. 윽. 터졌다. 아프겠군."

콰쾅!

궁수 중 한 명이 폭탄을 꺼내 화살에 매달아 쏘려다가 터져서 사망하는 걸 보고, 최상윤은 얼굴을 찡그렸다.

남 일 같지가 않았던 것!

"보면 알겠지만 보통 세 번에 한 번꼴로 터지는 것 같아요."

"던전 공략할 용도로 산 폭탄이라면 싸구려는 아닐 텐데도 저 정도야?"

"원래 기계공학 아이템은 기계공학 스킬 낮은 놈들이 쓰면 더 위험해."

"앗. 잠깐만요."

이다비가 뭔가 깨달았다는 듯이 말했다.

"지금 생각해 보니 폭탄류 같은 기계공학 아이템은 전부 태현 님 영지에서 파는 거 아니에요?"

"그러게?"

생각해 보니 그랬다. 물론 판온은 넓고 플레이어는 더 많았으니 태현의 영지 밖에서도 기계공학을 올리는 플레이어는 있을 것이다. 그렇지만 태현의 영지에 있는 대장장이들만큼 뛰어나지는 못할 게 분명했다.

그건 확실했다. 태현은 자신할 수 있었다.

'밥만 먹고 폭탄만 만드는 놈들보다 밖에서 다른 거 하는 놈들이 폭탄을 잘 만들진 않겠지.'

그렇다면 대회에 참가할 정도의 플레이어들이 살 폭탄은 확실히 태현의 영지에 있는 대장장이들의 폭탄밖에 없었다.

"막으면 되는 거 아냐?!"

케인은 신이 나서 외쳤다. 손 하나 안 대고 날로 먹을 수 있는 기회가 찾아온 것이다. 그렇지만 다른 사람들은 '뭔 소리를 하는 거야' 하는 표정으로 쳐다보았다.

"아니…… 늦었지, 임마. 지금 개나 소나 다 쓰고 있잖아."

"벌써 대회에서 쓸 만큼은 사지 않았을까요?"

"풀린 양이 얼마인데, 막는다고 되는 건 아닌 것 같습니다."

"……알겠는데 다 같이 입을 모아서 구박할 필요는 없잖아……."

시무룩해진 케인은 내버려 두고 태현은 다시 입을 열었다.

"굳이 그런 방법을 쓰지 않아도 돼. 폭탄이 유행이면 가장 유리한 건 우리니까."

태현은 다른 영상 몇 개를 틀어보았다.

-으아앗! 죽어라!

창에 폭탄을 달고 달려드는 창술사 플레이어.

-〈소규모 공중 부양〉!

공중에 폭탄을 띄워서 몬스터를 정리하려 드는 마법사 플레이어.

-〈구덩이 함정 파기〉!

바닥에 판 함정에 폭탄을 재빨리 넣고 몬스터를 끌어들이는 도적 플레이어까지! 확실히 사람들이 여럿 모이니 이런저런 재미있는 아이디어가 많이 나왔다.

그렇지만 태현이 보기에는 근본적인 문제점을 해결하지 못한 방법들이었다.

-으아악! 죽는다!

창에 폭탄을 달고 달려드는 창술사 플레이어는 폭발 사고에 피가 절반 이상 날아갔고.

-폭탄! 폭탄 조종 똑바로 해!
-나, 나는 똑바로 하고 있는데……!

공중에 폭탄을 띄우려던 마법사 플레이어는 폭탄이 공중에서 멋대로 폭발하거나 방향을 틀자 울상을 지었다. 그나마 그건 나은 편이었다. 재수 없으면 폭탄 작동시키는 순간 사고가 났으니까. 그럴 경우에 마법사처럼 HP 낮은 직업은 정말 위험했다.

-이건 무슨 소리냐? 쿵!

함정에 폭탄 넣고 튀는 방식은 그나마 덜 위험하긴 했지만,

몬스터들이 폭탄 때문에 눈치를 채는 경우가 더 많았다.

소리부터 시작해서 안 들키기가 힘든 것이다.

'역시 근본적인 문제점을 해결한 팀들이 안 보이는군. 프로 팀들도 마찬가지 아닐까 싶은데.'

영상을 모두 둘러본 태현은 곰곰이 생각에 잠겼다. 확실히 미친 행운 스탯과 높은 기계공학 스킬을 가진 태현만큼 폭탄에 부담 없는 사람도 없었다.

물론 판온 플레이어는 많으니 누군가는 태현이 떠올리지 못한 참신한 방법으로 폭탄을 쓸지도 몰랐다.

'뭐 그런 팀이 열 개 넘게 나오진 않겠지.'

옆에 있던 케인이 태현의 말에 안도한 듯이 외쳤다.

"그, 그래! 다들 폭탄을 쓰면 우리가 가장 유리하지!"

"맞아. 그리고 너도 있고."

"하, 하하. 그렇게까지 칭찬해 줄 필요는……."

케인은 멋쩍은 듯이 뒤통수를 긁적였다. 이렇게 칭찬을 해 주다니.

"믿는다. 케인."

"쑥스럽게 왜 이래? 하하하!"

태현은 케인의 어깨를 툭툭 치더니 앞으로 걸어가 버렸다. 최상윤은 케인의 어깨 위에 손을 올렸다.

"야……."

"여차하면 널 폭탄으로 쓰겠다는 소리 아니냐 저거?"

CHAPTER 6

대회 예선 던전은 총 18개. 그중 무작위로 하나가 골라지고, 또 무작위로 던전의 특성이 골라졌다.

'이제 무작위는 싫은데⋯⋯.'

무작위 스킬이 너무 많은 태현은 입맛을 다셨다.

던전 특성은 다양했다. 등장하는 일반 몬스터의 수 자체를 늘리는 특성, 몬스터가 죽을 때마다 다른 몬스터들이 강해지는 특성, 힐러가 힐 할 때 방해가 들어오는 특성, 보스 몬스터가 엄청나게 강해지는 특성 등.

굳이 분류하면 플레이어들이 좋아하는 쉬운 특성과 꺼려하는 어려운 특성으로 나뉘었다. 그리고 어려운 특성으로 분류되는 특성 중에는⋯⋯.

"역병이 있어?!"

몬스터 전원이 역병 저주에 감염되어 있어서 던전에 들어가면 기본적으로 역병에 걸리고 시작하는 던전! 물론 대륙을 휩쓸었던 저주만큼 강한 역병은 아니었지만, 회피 불가능하고 해독 불가능하다는 점에서 까다로웠다. 그 상태로 일반 몬스터를 쓸고 보스 몬스터를 잡아야 하는 것 아닌가.

'예선에서야 피하면 되겠지만 본선에서 걸리면 귀찮긴 하겠군.'

예선 던전은 좋은 기록이 나올 때까지 몇 번이고 도전할 수 있었다. 까다로운 던전이나 특성이 걸려도 다시 시도하면 그만!

그렇지만 본선에서는 그게 안 됐다. 어떤 던전이 나오든 간에 상대 팀과 승부를 봐야 했다.

"좋아. 도전해 볼까."

뭐든지 직접 해봐야 아는 법. 태현은 일행을 이끌고 가장 가까운 던전의 입구로 향했다.

"윽. 사람이 많긴 많군."

던전 안에서는 안 만난다고 해도 던전 입구 근처에는 사람들이 엄청나게 많았다. 진지하게 대회 본선을 노리지 않더라도 궁금해서 온 사람들도 많았던 것!

"귀찮으니까 시간 낭비하지 말고 얼굴 가리고 바로……."

"쟤 벌써 사인해 주고 있는데?"

태현은 최상윤의 말에 한숨을 쉬며 케인을 쳐다보았다. 신이 나서 사인을 해주던 케인은 뒤의 시선을 느끼고 움찔했다.

"왜, 왜? 여기는 아탈리 왕국이라서 안전하잖아! 암살자 없을 거야!"

케인이 말하자마자 인파 사이에서 한 명이 튀어나왔다.

"죽어라! 케인! 〈베이징 파이터즈〉의 원수!"

"힉! 〈노예의 쇠사슬〉!"

-행운의 일격, 행운의 일격, 행운의 일격······.

푹찍푹찍!

케인이 잡고 태현이 찌르고, 튀어나온 플레이어는 순식간에 녹아내렸다. 환상적인 호흡!

주변에서 보고 있던 플레이어들이 함성을 터뜨렸다.

"와아아아아!"

"방금 봤어? 완전히 기습했는데 그걸 그냥 막아냈어!"

그러나 그런 멋진 플레이를 보여준 케인은 기가 죽어서 태현 앞에서 쩔쩔매고 있었다.

"······아, 아니. 없을 줄 알았지."

"말 좀 듣고 움직이자. 응?"

-저 둘 무슨 이야기 하는 거야?

-분명 서로 잘했다고 하고 있을 거야!

-그런 거 치고는 분위기가 좀 이상한······.

안 그래도 케인의 등장에 뜨거워진 분위기가, 나타난 암살자 플레이어의 제압에 더욱 뜨거워졌다.

"김태현! 난 네 팬이야! 사인 좀 해줘!"

"사인 좀 해주세요!"

최상윤은 태현이 무시하고 그냥 갈 줄 알았다. 판온 1 때는 그랬으니까!

'그나저나 판온 1 때도 그렇고 얘는 이상하게 아저씨 팬들이 많은 거 같아. 기분 탓인가?'

그러나 태현은 가지 않고 하나하나 사인을 다 해주기 시작했다. 최상윤은 충격을 받은 표정을 지었다.

"왜?"

"아, 아니. 그냥 갈 줄 알았는데. 너 이런 거 귀찮아하지 않았냐?"

"그건 판온 1 때고. 게임단 만들었는데 이 정도는 해줘야지."

태현은 그렇게 말하고 고개를 돌렸다. 그 모습에 최상윤은 감동했다.

'너 이 자식…… 성장했구나……!'

자리가 사람을 만든다고, 태현이 저런 모습을 보여주니 최상윤은 감동이었다.

"뭐라고 적어줄까요?"

"[나는 어제 〈베이징 파이터즈〉를 털었다. 내일은 〈길드 동맹〉을 박살 내줘야지!]라고 써주세요."

"……아, 네."

"저는 [나 말고 다른 선수들은 두 단계 아래다]라고 써주세요."

태현은 뭔가 떨떠름해졌다. 다들 왜 이렇게 과격해?

사실 이유는 간단했다. 길드 동맹이 오스턴 왕국에서 엄청나게 세력을 늘려 나가면서, 그만큼 안티도 늘어나고 있었던 것이다. 대부분의 중국인들이 길드 동맹이나 산하 길드에 들어가고 있는 상황.

그 규모는 어마어마했다. 그런 이상 길드 동맹 길드원들과 다른 사람들의 충돌은 당연했다. 그렇지만 대부분 싸움을 피했다. 길드 동맹과 붙어서 좋을 게 없었던 것이다.

그러나 태현은 아니었다. 이득이고 뭐고 간에 시비 걸면 칼부터 날리고 보는 통쾌함!

"여기 우리가 먼저 왔어."

"그러니까 먼저 가고 싶다는 건가?"

푹찍!

"여기 우리 자리임."

"그래. 니들 못자리."

푹찍푹찍!

사람들이 환호하는 데에는 이유가 있었다. 최근 길드 동맹 길드원들한테 맺힌 게 많은 사람들은 기대하는 눈으로 태현을 쳐다보았다.

'김태현이라면 뭔가 보여줄 거다!'

"다음에는 어디에 불을 지르고 폭탄을 터뜨리실 건가요? 길드 동맹 수도?"

"아무 생각 없었는데."

"저도 케인 씨처럼 폭탄을 안고 싸울 수 있습니다! 시키실

일 있으시면 불러만……."

슬슬-

이쯤 되자 태현도 질려서 뒷걸음질 쳤다. 팬의 눈빛이 어디서 많이 본 눈빛이었다.

'가브리엘이랑 대장장이들 눈빛이랑 똑같잖아?'

상종하지 말아야겠다는 생각이 팍팍 들었다. 그러나 태현에게 온 팬들은 양반이었다. 케인에게 몰려든 팬들은 더 심했으니까.

"케인! 케인! 케인!"

"하하하! 여러분 하하하!"

냉정한 태현과 달리 케인은 띄워주면 띄워주는 대로 넙죽넙죽 받아먹었다.

"케인님! 길드 동맹과 다시 싸울 생각 있으십니까?"

"아, 시비 걸면 싸워야지!"

"어. 거기 랭커 한둘이 아니던데 자신 있으세요? 그리고 길드 동맹하고만 싸운 게 아니라 〈베이징 파이터즈〉하고도 싸웠잖아요. 다른 중국 팀들도 케인 님을 노리고 있을 텐데요."

"거기 있던 랭커들 중에 나 잡은 랭커 있냐? 없잖아!"

케인의 말에 사람들은 열렬하게 환호했다.

"그렇긴 해!"

"케인! 케인! 케인!"

"그렇다는 건 다 이길 자신이 있다는……?"

"그렇지!"

"저놈 말려야 하지 않냐?"

"냅둬. 지 인생인데."

태현은 무시했다. 팀 KL은 각자 알아서 자기 말을 책임지는 게임단!

케인은 여기 몰린 사람들이 얼마나 많은지, 그리고 이들 중에 방금 했던 말을 인터넷에 올릴 사람이 얼마나 많은지 몰랐다. 그리고 그게 올라가면 다른 팀들에게 어떤 의미로 와닿을지도!

-지금 케인이 아탈리 왕국에서 선전포고 중ㅋㅋㅋㅋㅋ

-너희 봤냐? 케인이 말한 거? 패기 넘치더라.

-케인이라면 그럴 만한 자격 있지!

-약탈이나 하고 다니던 놈이 폼은 더럽게 잡네. 흥.

-너 길드 동맹이지?

-반성했으면 됐지 뭘 그런 거 가지고 그래!

-근데 진짜 케인이 선수들 다 잡을 실력은 되냐?

-되지 않나? 대회 때도 그렇고.

-대회랑 상황이 같냐. 안 나온 선수들도 많고 장비에 레벨까지 계산해야지.

-어차피 이번 해에 1:1도 대회 열리잖아? 어디 한번 보자고.

실시간으로 퍼지고 있는 소식.

케인이 만약 봤다면 얼굴이 새파랗게 변했을 것이다.

"음. 근데 확실히 둘이 인기가 좋군."

최상윤은 뒤에서 그렇게 중얼거렸다. 사람들이 주로 몰리는 건 태현, 그리고 그다음이 케인이었다. 언제나 둘이 가장 앞에서 사람들에게 강한 인상을 남겨왔기 때문이었다.

"뭐 쟤네들은 워낙 활약을 많이 했으니 어쩔 수 없…… 응?"

그렇게 말하며 정수혁과 이다비를 보려던 최상윤은 당황했다. 정수혁과 이다비 앞에도 나름 사람들이 모여 있었던 것이다.

"정수혁 씨! 저는 마법사인데, 정수혁 씨 같은 컨트롤을 갖고 싶습니다! 어떻게 연습하면 될까요?"

"어…… 아키서스 교단에 가입하시면 될 것 같습니다."

"그렇군요! 그다음에는요?"

"기도를 하시면 됩니다."

정수혁에게 몰린 건 주로 마법사 플레이어였다.

화려한 마법 컨트롤에 반한 플레이어들!

"길마님! 저희 길드의 이름을 널리 알려주세요!"

"파워 워리어 길마! 상인 직업도 강하다는 걸 알려줘!"

이다비에게 몰린 건 파워 워리어 길드원들과 상인 플레이어들. 파워 워리어 길드원이야 당연히 하늘 같은 길마가 나간다는 점에서 기뻐했고, 상인 플레이어들은 대회에서 거의 유일한 상인 플레이어일 이다비에게 열광했다.

판온에서 제작 직업은 분명 대접이 나쁜 직업은 아니었다. 그렇지만 전투나 레이드 같은 상황에서는 확실히 활약하기 어렵기는 했다. 어쩔 수 없는 한계였다.

판온 1에서 태현이 대장장이로 다른 랭커들을 깨고 다닐 때 다들 괜히 열광한 게 아니었다. 평소에는 약한 직업 취급받던 직업이 한계를 뚫고 이기는 쾌감!

"길마님! 길마님! 길마님!"

"길마 파이팅! 파워 워리어 길마 파이팅!"

이다비는 슬쩍 고개를 돌렸다. 은근히 부담되었기 때문이었다.

"길마님?! 저희 모르는 척하는 거 아니시죠 설마?!"

"길드 문장 등에 달고 싸우셔야 해요!"

어쨌든 간에 정수혁도 이다비도 인기가 있자 최상윤은 살짝 서러워졌다.

'나…… 나도 여장만 하면 알아보는 놈들 많은데!'

지금 최상윤은 여장을 풀고 다니고 있었다. 다른 사람들 대부분이 얼굴을 모르니 자동으로 변장이 되는 데다가 현실에서 얼굴을 내밀 때도 이게 더 편했던 것이다.

"쟤는 누구지?"

"새로 들어온 팀원 같은데."

"본 적 없는 얼굴인데, 인맥으로 들어왔나?"

'크흑!'

사실 인맥으로 들어온 게 맞긴 했으니 반박하기도 어려운 상황! 최상윤은 두고 보자고 다짐했다. 대회에서 실력을 보여 주리라!

"야. 이제 그만하고 들어오자."

"크크크, 아무도 날 막을 수 없다! 〈베이징 파이터즈〉? 〈상하이 팬더즈〉? 〈뉴욕 라이온즈〉? 다 올 테면 오라고……."

퍽!

"야. 오라고."

태현은 케인의 뒤통수에 창을 집어 던졌다. 그러자 케인이 그대로 넘어졌다.

[카르바노그가 고소해합니다.]

[전설 던전-〈모래 괴물의 둥지〉에 입장하셨습니다.]

[시간 제한이 있습니다.]

[결과가 대회 예선에 기록됩니다!]

들어가자마자 간이 대장간 설치. 그 이후 창 발사대 조립.

'3분 정도인가. 벌충이 되어야 할 텐데…….'

3분. 짧다면 짧고 길다면 긴 시간.

물론 다른 대장장이들이 봤다면 기겁을 했을 것이다.

뭐 저런 속도로 만들어?! 밥만 먹고 저것만 했나?

대장장이가 만들어내는 아이템은 대장장이 캐릭터의 레벨과 직업, 스킬에 영향을 크게 받았다.

그렇지만 대장장이가 아이템을 만들어내는 속도는? 그건

플레이어의 컨트롤에 크게 영향을 받았다.

가상현실게임인 만큼, 얼마나 빠르게 재료를 꺼내고 스킬을 사용하고 망치를 휘두르느냐에 따라 달라지는 것이다. 그런 면에서 봤을 때 태현의 움직임은 완벽함 그 자체였다.

군더더기라고는 하나도 없이 재료를 꺼내서 스킬을 사용하고 바로 망치를 휘두르는 깔끔함!

'대장장이 스킬의 교본' 영상으로 팔아도 될 수준이었다.

이다비는 감탄했다. 상인 직업인 그녀는 대장장이 같은 제작 직업들과 어울릴 일이 많았다. 그렇기에 태현의 동작이 얼마나 깔끔하고 완성도 높은지 알 수 있었던 것이다.

'정말 볼 때마다 대단해……'

"으아암. 다 됐어?"

물론 그런 걸 모르는 사람도 있었다. 기다리면서 하품을 하던 케인은 다 된 것 같자 기지개를 켰다.

"응? 왜?"

"아무것도 아니에요."

"가자. 바로 움직인다."

태현은 발사대와 창들을 케인과 이다비에게 건넸다.

"으윽."

바로 튀어나오는 신음! 케인은 끙끙대며 태현의 뒤를 따랐다.

'김태현 발목에 모래주머니 몇 개만 몰래 달았으면……'

무거운 건 그인데 태현은 전혀 속도를 배려해 주지 않았다.

"던전 특성은 일반 몬스터가 죽을 때마다 다른 일반 몬스터들에게 버프가 들어가는 특성인가…… 함부로 잡았다가는 귀찮겠군."

"그렇지만 안 잡을 수도 없잖아?"

이 던전은 보스 몬스터들만 잡는다고 끝내는 게 아니었다. 보스 몬스터들은 무조건 잡아야 하고, 일반 몬스터도 일정 점수 이상 잡아야 했다.

[남은 시간-56:30]
[점수-0/1,000]

"한 번에 몰아서 잡아야겠지. 점수는 그걸로 채우고, 그다음에는 바로 보스 몬스터로 직행해서 보스 몬스터를 끝내면 돼."

처음 들어온 던전이었지만 태현의 입에서는 술술 전략이 튀어나왔다. 이미 머릿속에는 영상에서 본 이 〈모래 괴물의 둥지〉 지도가 잡혀 있었다.

이런 빠른 판단력과 계산은 태현의 장점 중 하나였다.

"어떤 식으로 몰려고? 지금 케인하고 이다비는 이동 속도가 느려졌잖아. 잘못 몰면 뒤에서 잡히는 수가 있어."

"음……."

"내가 앞으로 나서볼까? 여기서 이동 속도는 내가 제일 빠른 축에 들 테니까, 앞으로 달려서 일반 몬스터 몰고 보스 몬스터 방까지 달려볼게."

"나쁘지 않은 생각인데…… 너 근데 이상하게 의욕적이다?"

태현은 고개를 갸웃거리며 물었다. 최상윤이 원래 이랬었나?

"대, 대회잖아. 의욕이 솟구칠 수도 있지."

"그래? 뭐 잘됐네. 그렇지만 너한테 시킬 생각은 없어. 내가 맡아야겠다."

"왜?"

"전설 던전인 데에는 이유가 있지. 영상 보니까 일반 몬스터 수준이 높더라. 가다가 발목 잡히면 귀찮아져."

최상윤은 이동 속도는 빠르지만 HP는 그렇게 높지 않은, 유리몸이었다. 몬스터들이 발목을 잡는 데 성공한다면 최상윤도 죽고 케인-이다비도 길이 막히는 일이 생길 수 있었다.

그리고 또 하나.

'우직하게 정면에서 몬스터를 모는 건 위험할 것 같단 말이지.'

입구에서 보스 몬스터가 있는 방까지 가면서, 싸우지 않고 일반 몬스터를 몰고 가는 건 흔한 전략이었다. 보스 몬스터와 싸우는 난이도가 올라가긴 하겠지만 광역기 스킬을 한 번에 퍼부을 수 있었으니까!

문제는 이게 일반 던전에서는 잘 먹혀도 조금만 어려운 던전으로 가면 잘 안 먹힌다는 점이었다. 몬스터 수준도 수준이지만, 던전 구조 자체도 달라졌다. 길이 어려운 건 기본이고 각종 발을 묶는 함정에, 매복하고 있던 몬스터까지.

별생각 없이 몰고 가려다가는 큰코다치는 수가 있었다. 태현이 보기에 전설 던전들도 더하면 더했지 덜하지는 않았다.

'정면에서 무식하게 몰려고 했다가는 따라오는 몬스터 숫자

가 너무 늘어나서 위험할 거 같고…….'

"일단 일반 몬스터들은 내가 몰아서 치울게. 그리고 마지막 보스 몬스터 상대할 때 끌고 들어갈 테니, 한 번에 스킬을 퍼부어서 잡자고. 별생각 없이 잡았다가는 나중에 일반 몬스터들이 보스 몬스터만큼 강해질 수 있으니까."

"그게 가능하겠어? 아무리 너라도…….."

최상윤은 걱정이 됐다. 즉 태현은 혼자 앞장서서 몬스터들을 데리고 움직여서 따돌린 다음, 다시 빠져나와서 보스 몬스터 방까지 간다는 소리인데……. 아무리 태현이 컨트롤이 좋고 회피 능력이 좋다고 해도 버텨낼 수 있을까? 온갖 악조건을 덕지덕지 안고 싸우는 것이나 마찬가지인데?

"아니. 좋은 생각이 있어."

태현은 토끼 변신 스킬을 사용했다. 다른 사람들은 생각지도 못한 스킬에 깜짝 놀랐다.

여기서 이걸 왜?

그러나 그 의문은 금세 풀렸다. 태현이 앞으로 달려가다가 옆의 통로에 있는 작은 틈으로 쏙 빠져 버린 것이다.

정상적인 플레이어라면 들어갈 수 없는 크기의 작은 구멍으로 되어 있는 통로들. 그러나 태현은 영상에서 봤을 때부터 이 틈새에 주목하고 있었다.

저기를 이용할 수는 없을까?

빠른 던전 돌파를 위해서는 맵을 외우는 것으로는 모자랐다. 맵을 응용해야 했다. 그리고 태현에게는 마침 쓰레기……

아니, 좋은 스킬이 있었다.

타탁-

좁은 틈새 통로를 빠져나온 태현은 재빨리 위치를 확인했다. 이 풍경은 던전에서 어디더라?

그리고 다시 다른 통로로 들어갔다. 빠르게 움직여서 이 근처 좁은 통로들의 길을 다 파악할 생각이었다.

[카르바노그가 감탄합니다!]

[카르바노그가 우쭐해합니다.]

토끼로 변한 태현은 이리 뛰고 저리 뛰면서 떨떠름한 기분이 들었다. 물론 카르바노그가 준 스킬이니 좋아해도 되긴 하는데…… 왜 이리 떨떠름하지?

'좋아. 됐다.'

지름길들이 어디서 어떻게 이어지는지 대충 파악이 끝난 태현은 움직이기 시작했다.

타탓- 픽!

도도하게 달려오더니 폴짝 뛰어서 매콤하게 한 대 먹이는 토끼!

-크억?

-공격이다! 공격! 누구냐!

-……토, 토끼가 우리를 공격한다!

뿔이 잔뜩 나 있는 단단한 껍질로 몸을 감싸고 있던 두더지 같은 모래 둥지 전사들은 당황했다. 그렇지만 역시 전설 던전답게 그들은 재빨리 반응했다.

-잡아라!

-잡히면 구워 먹는다!

태현은 이리 뛰고 저리 뛰면서 주변에 있는 전사란 전사들은 모조리 끌어들였다. 그리고 뒤로 후퇴했다.

-길 만들었다! 이동해!

태현이 귓속말을 보내자 대기하고 있던 일행들은 일제히 움직이기 시작했다. 다른 팀은 흉내도 내지 못할 몬스터 몰이였다. 태현은 전사들을 이끌고 뒤로 빠지다가 적당히 시간이 됐다 싶자 좁은 틈새로 슬쩍 빠졌다. 그리고 지름길을 이용해 다음 목적지로 향했다.

그야말로 동에 번쩍 서에 번쩍!

토끼로 변신해서 던전의 온갖 지름길들을 이용할 수 있는 태현에게 있어서 몬스터를 원하는 대로 조종하는 건 손쉬운 일이었다.

'이놈들은 11 구역으로, 저놈들은 15 구역으로……'

그렇게 빠르게 움직이면서도 태현은 치밀한 계산을 놓치지 않았다. 그러는 사이 일행들은 손쉽게 첫 번째 보스 몬스터의 방까지 도착할 수 있었다.

"도착했다!"

"발사대 설치해! 내가 시선 끌고 있을 테니까!"

첫 번째 보스 몬스터, 독껍질거대전갈은 전갈의 모습을 한 거대한 곤충형 보스 몬스터였다. 최상윤은 재빨리 달려들어 어그로를 끌기 시작했다. 원래라면 케인의 역할이었지만 지금 케인은 발사대를 설치해야 했다.

탓, 타닷, 카카칵!

거슬리는 소리와 함께 전갈의 딱딱한 껍질을 칼로 긁어내는 소리가 나왔다.

-키익!

확실히 단단히 시선을 끌었는지, 전갈의 꼬리에서 독침들이 '타다닥'소리를 내며 발사되기 시작했다.

"윽!"

최상윤은 〈벨서스의 검막〉 스킬을 사용해 공격을 막아내려고 했다.

'다 막아낼 수 있을까? 중독되고 시작하면 골치 아픈데……!'

그때 뒤에서 귀여운 소리가 들려왔다.

"뀨뀨!"

-아차. 토끼 상태란 걸 잊고 있었군. 케인, 〈노예의 쇠사슬〉!

"아!"

케인은 알겠다는 듯이 최상윤에게 노예의 쇠사슬 스킬을 사용해서 앞으로 끌어당겨졌다.

팟!

최상윤이 돌아오는 것과 동시에 태현이 변신을 풀었다. 뒤에 따라오는 일반 몬스터들은 보이지 않았다.

"좋아. 잡는다!"

외침과 함께 태현은 바로 창 발사대에 폭탄을 장전시키고 앞으로 뛰어들었다.

"이다비. 장전되는 대로 쏴버려! 케인, 최상윤은 앞으로! 정수혁은 마음대로 딜 넣어라!"

일행은 일사불란하게 움직였다. 케인, 최상윤과 달리 태현은 전갈과 붙을 정도로 가까이 움직였다. 이대로라면 창을 쏴서 폭발시킬 경우 태현까지 휘말릴 상황!

그러나 이다비는 걱정하지 않았다. 태현이 저런 공격에 당하지 않는다는 건 이미 잘 알고 있었기 때문이었다.

쾅쾅쾅!

거대한 강철 창들이 연달아 폭음과 함께 발사되고 그대로 전갈의 몸통에 가서 꽂혔다.

-키이이익!

"잘 했다, 이다비!"

태현은 옆을 따라 달리면서 전갈의 몸통을 향해 꽂힌 창 위를 밟고 뛰었다. 미친듯이 요동치는 전갈을 상대로 보여주는 묘기!

-행운의 일격, 행운의 일격, 행운의 일격…… 아키서스 검법!

검으로 폭딜을 넣음과 동시에 태현은 한 가지 공격을 더 넣었다.

-폭탄 작동!

전갈의 몸통에 꽂힌, 거대한 강철 창끝에 달린 폭탄들!
한 번으로 끝나지 않는 악랄한 공격이었다.
콰콰콰콰콰콰쾅!

[회피에 성공했습니다.]
[회피에……]

무수히 많은 폭발 잔해 공격이 태현을 스치고 지나갔지만 태현은 다치지 않았다. 위험한 건 보스 몬스터의 공격이지 폭발이 아니었다.

[거대한 충격으로 한동안 독껍질거대전갈이 움직이지 못합니다. 독껍질거대전갈이 스킬 <전갈 부하 소환>을 사용합니다.]

키르륵!
섬뜩한 울음소리와 함께 천장에서 무수한 전갈 몬스터들이 튀어나오기 시작했다. 보스 몬스터가 불러낸 몬스터라 일반 몬스터 취급은 아니었지만, 그래도 지금 같은 상황에서는 상당히 까다로운 숫자였다.

"좋아. 내가 맡…… 너희 어디 가냐?!"

케인은 가슴을 탕탕 치며 어그로 끄는 스킬을 쓰다가 당황했다. 나타난 전갈 몬스터들이 케인은 눈길도 주지 않고 뒤로 달려갔던 것이다.

노리는 건…… 이다비!

"야!"

태현의 '야!' 한 마디에 케인의 가슴이 덜컥 내려앉았다.

이거 제대로 못 해서 이다비가 죽기라도 하면 1년은 계속 괴롭힘당한다! 반드시 막아야 해!

그러나 전갈 몬스터들의 속도는 엄청나게 빨라서, 케인이 다른 스킬을 쓸 시간을 주지 않았다.

'젠장, 이다비가 발사한 딜이 생각보다 너무 셌나 보군. 어그로가 다 그쪽으로 끌리다니.'

태현은 고개를 돌렸다. 시간에 맞출 수 있을까?

이다비 직업도 단순한 상인이 아닌, <죽음의 황금 상인>이니 이런 상황에서 어느 정도 버틸 수는 있으리라. ……골드만 사용한다면!

과연 이다비가 골드를 사용할까? 태현은 걱정이 됐다. 이다비 성격에 죽으면 죽었지 골드를 쓸 것 같지는 않은데…….

"으으…… 으으으!"

이다비는 울상이 되어서 골드를 꺼냈다. 쓰고 싶지 않았지만 쓸 수밖에 없었다. 〈죽음의 황금 상인〉은 강력한 스킬을 쓸 때마다 대부분 골드를 내야 했던 것이다. 여기서 죽으면 그녀뿐만 아니라 태현한테도 방해가 되리라. 쓴다! 쓸 수밖에 없다!

퍽!

그 순간 달려오던 전갈 몬스터 하나가 재빨리 침을 발사했다. 생각지도 못한 기습에 이다비는 한 대 맞았다. 그러자 〈아키서스 비전의 성스러운 갑옷〉의 패시브 효과, 피격 시 스킬 〈아키서스의 마법〉 발동이 작동되었다.

-지옥의 화염 구덩이!

"어?"

이다비 앞에 엄청난 기세의 화염 구덩이가 생겨나더니, 달려오던 몬스터들을 쓸어버리기 시작했다. 그걸 보던 정수혁은 깜짝 놀라 외쳤다. 아무리 봐도 자기랑 똑같은 스킬!

"헉! 마법사셨습니까?!"

"아니야……."

덕분에 일은 쉬워졌다. 독껍질거대전갈이 소환한 몬스터들은 쓸려 나갔고, 일시적으로 움직이지도 못하는 상황.

태현, 케인, 최상윤은 달려들어서 신나게 패기 시작했다.

퍽퍽퍽퍽퍽!

전갈의 껍질이 떨어져 나가고 약점이 드러나자 공격은 더욱 매서워졌다.

-용용이, 흑흑이, 골골이 전부 나와라!

새로 추가된 골골이까지 힘을 합쳐서 넣는 딜!

순식간에 전갈은 괴성을 지르며 무너져 내렸다.

[독껍질거대전갈이 쓰러졌습니다.]

[보스 몬스터-1/4]

[점수-0/1,000]

'2마리 더 잡고 마지막 잡을 때에는 일반 몬스터까지 몰아오면 되겠군.'

"좋아. 다시 움직인다! 낭비할 시간은 없어! 난 다시 변신해서 길을 만들어 줄 테니, 남은 놈들은 저거 다 챙겨서 따라와!"

후다닥!

태현은 먼저 뛰어가고, 남은 사람들은 강철 창들을 챙기고 발사대를 들어 등에 짊어졌다.

케인은 짊어지다가 용용이와 흑흑이를 보며 물었다.

"근데 너희들도 들어도 되는 거 아니야? 덩치도 큰 놈들이."

-나는 날아다녀야 해서 안 된다.

-나도다.

-나는 뼈밖에 없어서…… 흠흠…….

용용이와 흑흑이는 그렇다 치자. 태현과 같이 다닌지 오래됐으니 물들만도 하겠지. 그렇지만 골골이는 만난 지 얼마나됐다고 태현을 닮아간단 말인가!

'데스 나이트는 명예를 아는 기사 몬스터 아니었어?'

케인은 그렇게 생각하며 투덜거렸다. 안 된다는데 어쩌겠는가. 그냥 들어야지.

-우리가 지켜줄 테니 걱정하지 마라!

-기사의 명예를 걸고 지켜주지!

"몬스터는 김태현이 다 치워주는데 지켜주긴 뭘 지켜줘……."

케인은 꿍얼대며 발걸음을 옮겼다. 이다비는 더 많은 짐을 들었는데도 더 수월하게 움직이고 있었다. 평소에는 상인 직업을 부러워한 적 없었는데, 이때만큼은 정말로 부러웠다.

"음……."

"왜 그래? 뭐 문제라도 있어?"

"아뇨. 지금 생각하고 있었어요."

"뭔 생각?"

"굳이 이렇게까지 해야 하나 싶은 생각이요."

"무슨 소리야? 지금 말고 더 좋은 방법이 있어?"

"아뇨, 그 뜻이 아니라…… 지금 이렇게 복잡하게 몬스터 유인해서 치우는 건 던전 특성 때문이잖아요. 일반 몬스터 잡을 때마다 남은 애들이 강해지는."

"그렇지?"

"게시판을 보니까 다른 팀들은 이 특성 걸리면 그냥 다시 시도한다던데요."

케인은 충격을 받았다.

그러네? 왜 이제까지 그 생각을 못 했지?!

본선과 달리 예선은 다시 시도가 얼마든지 가능했다. 까다로운 던전 특성이 걸리면 그냥 쉬운 특성이 걸릴 때까지 다시 시도를 하면 됐다. 실제로 기록을 진지하게 노리는 팀들은 쉬운 특성만을 노리고 움직이고 있었다.

"김태현이 그걸 모를 리가 없는데? 왜 다시 시도를 안 하는 거지?"

그 질문에 옆에서 뛰던 최상윤이 말했다.

"그야 그 자식은 변태니까……."

"?!"

"던전 특성 좀 어렵게 걸렸다고 포기하고 물러설 놈이라면 이렇게 유명해지지도 않았지. 오히려 더 불타오르고 있을걸. 그리고 어차피 본선 가면 이런 특성도 만나게 될 텐데, 미리 연습하는 셈 치는 거 아니겠어?"

"아니…… 일단 예선부터 뚫고 생각해야지 그게 무슨 여유만만한 생각이야!"

"어차피 이거 한 번만 하고 끝낼 건 아니니까 상관없지 않나?"

"아. 그렇긴 하네."

케인은 납득했다. 다른 던전에서도 시도는 할 수 있으니까…….

'그래. 이번 특성은 그냥 연습이라고 생각하고, 진지한 기록은 다른 던전과 다른 특성에서 노려보는 거야!'

그러나 케인의 예상은 빗나갔다. 팀 KL의 최고 기록은 다른 쉬운 특성의 던전이 아닌, 지금 특성의 던전에서 나왔던 것이다.

36분 43초→32분 17초. 처음 클리어한 다음 다시 들어간 던전도 우연히 똑같은 던전에, 똑같은 특성이 나왔다. 덕분에 태현 일행은 처음이라 낭비했던 시간을 줄이고 4분이나 빠른 결과를 얻어낼 수 있었다. 신이 난 일행은 바로 다시 도전했다.

"좋아! 다른 던전도 돌자! 맵도 외울 겸!"

……그러나 앞과 같은 결과는 나오지 않았다.

33분, 34분, 36분, 33분…….

심지어 게시판에서는 쉬운 특성으로 분류되는 걸로 잡힌 던전인데도 32분대가 안 나오는 수준!

"어…… 어라?"

"생각해 보니 쉬운 특성이라고 해서 우리한테도 쉬울 이유는 없었어."

태현은 이유를 금세 깨달았다.

일반 몬스터 숫자가 많아지는 특성 같은 건 쉬운 특성으로 분류되었지만, 태현 같은 경우에는 몬스터를 모느라 시간을 더 많이 소모해야 했다.

차라리 일반 몬스터가 죽을 때마다 다른 몬스터에게 버프를 주는 특성이 더 처리하기 수월했다.

태현 일행의 경우 어차피 전부 다 몰아서 한 번에 처리하니까!

다른 파티는 몬스터를 몰아도 어쩔 수 없이 막히거나 포위

되면 싸워야 했지만 태현 일행은 아니었던 것이다.

"그런데 다른 팀들 기록은 못 보나?"

"볼 수 있어요. 던전 나와서 앞에 벽을 보면 현재 시간 순위 나와요."

"어느 팀이 낸 건지는 알 수 있고?"

"아니요. 그냥 시간하고 순위만 나와요."

어떤 팀이 냈는지는 익명 처리. 대신 몇 위가 몇 분에 끊었는지는 공개되는 시스템이었다.

'뭐…… 좋은 시간을 낸 팀이라면 알아서 밝히려나.'

자기 게임단이 낸 기록을 공개하지 않을 이유가 없었다.

"그러면 우리 순위 보러 가자."

태현 일행은 벽 앞으로 걸어갔다. 걸어가면서 그들은 생각했다.

'순위가 몇 위쯤 되려나?'

'30위권만 뚫었으면 좋겠는데. 너무 욕심이려나?'

'다른 사람들 순위가 몇 위쯤 될까…….'

'뭐 지금 낮아도 계속 연습하면 시간이 오를 테니까.'

[현재 1위. 32분 17초.]
[현재 2위. 45분 44초.]
……

"응?"

"으으으응?"

다들 눈을 깜박이며 순위를 확인했다.

1…… 위네?

"어…… 프로 팀들은 아직 도전 안 하고 있나?"

"아뇨, 그건 아닌 것 같은데요…… 보니까 지금 프로팀들은 대부분 다 던전 입구에서 얼굴 보이고 있어요. 베이징 파이터즈 빼고요."

"저런, 연습을 안 하고 뭐 한대?"

가증스러운 걱정을 해주는 태현이었다.

그나저나 도전한 첫날에, 1위를 찍다니. 그것도 2위와 10분 넘게 차이를 벌리면서. 만약 2위와 차이가 별로 안 났으면 '방심할 수 없겠는데?'라고 했겠지만, 이 정도로 차이가 나니 그런 말도 할 수가 없었다.

이건 태현 팀의 전략이 정말로 잘 먹혀들어 가고 있다는 뜻이었다. 다른 팀이 엄두도 내지 못할 정도로. 이 정도면…….

'방심하기는 싫어도 이 정도면 걱정할 필요가 없지 않나?'

태현도 그렇고, 다른 사람들도 마음이 놓이는 걸 느꼈다.

'혹시 견제 아냐?' '다른 프로 팀들은 마지막 날까지 시간을 끈다던가…….' 이런 걱정도 잠깐 들었지만, 전부 다 익명으로 처리되는데 그런 짓에 무슨 의미가 있겠는가.

"잘…… 된 거지?"

"그래. 잘된 거 같다. 이 정도면 너무 매달리지 않고 적당히 해도 될 거 같아."

"그래! 우리 예선 통과하면 회식하자!"

케인은 벌써 통과했다고 생각했는지 입가에 웃음이 걸려 있었다. 평소라면 구박을 했겠지만, 이 정도로 기록이 나오자 태현은 구박을 할 생각이 들지 않았다.

확실히 결과가 잘 나오긴 한 것이다.

-1위가 바뀌었네?

-32분?! 대체 어떻게 깨야 저런 시간이 나와!?

-누구지? 누가 한 거지?

-익명인데 어떻게 알아. 기다리면 곧 밝히겠지.

누군가 퉁명스럽게 말했지만 호기심 많은 사람들은 무시했다. 언제나 이런 걸 기다리는 사람은 없었다.

-그러고 보니 김태현 팀이 이번에 던전 들어가지 않았어?

-지금 기록 깨고 있는 게 김태현 팀 혼자야? 다른 팀들도 많이 깨고 있는데. 김태현 팀은 들어간 지 얼마 안 됐어.

-그렇지만 너무 공교롭잖아! 계속 40분대만 나오다가 김태현 팀만 들어가니까 30분대가 나오는데!

'흠⋯⋯ 바로 밝히지 말고 좀 기다렸다가 밝히는 것도 나쁘지 않겠는데?'

알아서 사람들이 추측을 해주자 태현은 좀 기다렸다가 밝

힐 생각을 했다. 때때로는 말하지 않는 게 말하는 것보다 더 많은 관심을 받을 수 있었으니까!

1위를 확보한 태현 팀은 여유롭게 예선 종료되는 날까지 순위를 확인하고 간단하게 감을 잃지 않는 정도로만 연습에 들어갔다.

"오늘도 기록 깬 사람은 없네요."

"2위가 38분…… 내가 보기에 이거 뉴욕 라이온즈 기록일 가능성이 크다더라. 그쪽에서 유출됐다던데."

"마케팅 아냐?"

태현 일행은 상쾌한 마음으로 떠들며 던전 앞을 떠났다. 그리고 종료되기 한 시간 전, 순위가 바뀌었다.

[현재 1위. 32분 16초.]
[현재 2위. 32분 17초.]

누군가 태현 팀의 1위를 뺏어버렸다. 물론 이세연이었다.

"됐어!"

주먹을 불끈 쥐고 환호하는 이세연. 유성 게임단의 팀원들은 그걸 보고 복잡한 감정이 섞인 눈빛을 보냈다.

이런 전략을 세웠다는 것에 대한 존경과, 저런 실력을 가졌다는 것에 대한 경이로움과, 그리고…….

'저렇게까지 해야 하나요?'

'그냥 해도 되지 않나?'

'김태현한테 얼마나 원한이 깊으면……'

이세연의 집요함에 대해 질린 눈빛!

당연했다. 별생각 없이 대회 기록을 세우고 예선을 뚫을 생각만 했던 태현 팀과 달리, 이세연은 처음부터 태현을 저격할 생각이었다.

어디 한번 맛 좀 봐라!

사실 이 저격은 몇 가지 계산이 포함되어 있었다.

일단 유성 게임단은 부활시킨 지 얼마 안 되는 게임단. 이세연이 주장을 맡은 걸로 화제를 모으긴 했지만, 부정적인 이미지가 더 강했다.

-유성 게임단이라면 그 전설의 시즌 전패 해체의…….

-이세연이 들어갔다고? 이세연도 고통받는 거 아냐? 완전 소녀 가장…….

이런 게임단의 이미지를 깨끗이 씻고 반전시키기 위해서는 묵직한 한 방이 필요했다. 이세연은 그게 예선 대회 1위라고 생각했다.

"김태현이 1위를 할 거야."

"네? 다른 팀들도 많지 않아요?"

"아무리 김태현 선수가 대단하다지만, 예선 통과면 모를까 1위를 할 거라는 건 너무 과한 예측 같은데…… 게다가 지금 김태현 선수는 베이징 파이터즈 선수들하고 싸우고 있잖습니까. 연습해도 모자랄 시간에."

"아니! 김태현 선수라면 분명히 1위를 할 겁니다! 저는 이세연 주장의 판단을 믿습니다!"

이세연의 판단을 믿는 건 류태수밖에 없었다. 그렇지만 이세연은 기쁘지 않았다.

'저놈 김태현 팀으로 보내 버려야⋯⋯.'

실력도 나쁘지 않고 인성도 나쁘지 않는데 5분 간격으로 태현 찬양을 해대니 짜증이 났다.

'아니. 아니야. 진정하자. 이번 기회는 놓치면 안 돼.'

"내 판단을 틀리지 않아. 김태현이 1위를 할 거야. 그리고 그 성격에 만약 누군가 1위를 탈환한다면, 머리를 짜내서 1위를 다시 뺏겠지. 그럴 능력도 있고. 하지만 마지막 날에 한두 시간을 남기고 1위를 뺏는다면? 김태현 성격에 그건 눈치채지도 못할 가능성이 클걸."

말을 마친 이세연은 주변을 둘러보며 말했다.

"우리는 마지막 날까지 던전을 연습하되 기록은 세우지 않아. 기록을 세우는 건 마지막 날이야."

이세연의 던전 공략 전략을 들은 선수들은 모두 감탄했다. 확실히 이세연은 대단했다. 판온 랭커들이 모두 내심 인정하는 게 그녀! 그런 만큼 전략도 다른 팀들과 달리 독특하고 가능성 높아 보였다.

"이대로만 연습하다가 마지막 날에 기록을 세우는 거야! 알겠지!"

그렇지만 선수들은 일말의 불안감을 갖고 있었다. 정말 이세연의 계획대로 잘 풀려갈까? 물론 계획대로 잘 안 풀려가더라도, 마지막 날에 기록을 세우면 예선 통과야 되겠지만……. 굳이 그렇게까지 할 필요가 있을까? 이세연의 과민반응 아닐까?

-현재 1위는 32분 17초! 김태현 팀 유력 추측.

-지금 다른 게임단한테 다 문의해 봤는데 다 묵묵부답이야. 김태현 팀밖에 없다니까!

-대체 32분 17초가 가능하려면 어떤 전략을 써야 하는 거지?

정말 이세연의 말대로, 며칠 되지도 않고서 태현 팀이 압도적인 차이로 1위를 찍어버리자 다른 선수들의 입이 떡 벌어졌다.

"내가 말했지?"

'정말 대단하다!'

'역시 아무나 주장을 하는 게 아니야!'

선수들의 마음속에는 충성심과 존경심이 생겨났다.

그들은 굳은 얼굴로 고개를 끄덕였다.

"이제야 주장의 말을 알 것 같습니다. 괜히 앞서서 기록을 세울 필요 없이, 마지막 날에 기록을 세우면 김태현 팀을 앞지를 수 있다…… 이제야 알겠습니다!"

"그래. 확실히 1위를 하고, 사람들에게 알려주는 거야. 유성 게임단은 예전의 그 게임단이 아니라고."

선수들은 주먹을 불끈 쥐었다. 그들도 인터넷에서 유성 게임단의 이미지를 잘 알고 있었다. 약팀의 대명사!

그런 이미지가 좋을 리 없었다.

"최선을 다하겠습니다!"

이세연은 흐뭇하게 고개를 끄덕였다. 이제야 팀이 하나로 뭉쳐가고 있는 것 같았다.

선수들은 하나하나가 다 자존심 강한 플레이어들. 그런 사람들을 이끌려면 역시 실력으로 보여줘야 했다.

"유성 게임단이 어떤 팀인지 보여주자."

"네!"

"김태현도 겸사겸사 확실하게 엿먹이고"

순간 선수들의 마음에 의심이 들었다. 설마 저게 진짜 목적인 건 아니겠지?

어찌 되었든 간에 이세연의 전략은 그럴듯해 보였고, 선수들은 이세연의 지시에 따라 필사적으로 연습했다.

대부분의 시간을 투자! 각자 하고 있던 퀘스트도 멈추고 연습에 몰두했다. 그런데도 불구하고 태현의 32분 벽은 정말 깨기 힘들어 보였다. 이세연도 도중에 걱정할 정도로.

'설마 이렇게 말하고서 못 깨는 건 아니겠지? 망신 중의 개망신인데…….'

태현의 행적은 아탈리 왕국에 있는 플레이어들로 인해 계속해서 귀에 들려왔다. 보아하니 이미 1위를 찍었기 때문에 감을 잊지 않을 정도로만 연습하고 가볍게 끝내는 모양!

이세연 입장에서는 기가 막혔다. 태현의 실력이야 이미 알고 있긴 했지만, 어떻게 던전이 열리고 며칠 만에 최고 기록을 깨 버린단 말인가? 그것도 다른 프로 팀들이 계속 도전하고 도전하는데도 따라잡지 못할 정도로!

포기하고 적당히 기록을 세울까 하는 마음도 들었다. 사실 지금 예상 기록만 해도 충분히 예선을 깼으니까.

그렇지만 이세연은 다른 게임단의 선수들과는 달랐다. 차원이 다른 오기와 집념!

18개의 던전을 모두 돌고 각각의 던전 특성을 맞춰 가면서 그녀의 전략이 가장 효과적인 상황을 계산했다. 그리고 그 상황에서 가장 좋은 결과가 나올 때까지 몇 번이고 다시 시도하고 시도했다. 결국 하루를 남겨놓고, 이세연의 팀은 32분까지 기록을 좁히는 데 성공했다.

"32분대를 뚫긴 했는데…… 너무 불규칙해. 운이 좋을 때랑 안 좋을 때랑 차이가 커. 그리고 우리는 내일 안에 기록을 세워야 하지."

"어떻게 해요?"

"마지막에는 운에 맡겨보자. 최선을 다했으니까."

철두철미한 이세연의 입에서 그런 소리가 나오자, 팀원들은 모두 놀랐다. 그러나 이세연은 진심이었다.

왜? 할 수 있는 건 다 했잖아.

이제 믿을 수 있는 건 실전에서의 긴장감이 좋은 작용을 해주는 것밖에 없었다. 그리고 마지막 날. 유성 게임단은 한 시간을 남기고 1위를 탈환하는 데 성공했다. 아무도 보는 사람은 없었지만 정말 아슬아슬하고, 치열한 싸움이었다.

"크핫핫핫핫핫!"

회장실에서 뭔 미친 사람 같은 웃음소리가 들려오자 비서들은 당황해서 서로를 쳐다보았다.

유 회장은 뿌듯하고 보람찬 얼굴로 인터넷을 확인했다.

지금 막 예선 순위가 발표되고 있었다.

그리고 당당히 1위를 차지한 건 유성 게임단!

벌써부터 기사가 올라오고 있었다. 예전에는 유성 그룹과 관계가 있는 언론사에게 의뢰를 넣어서 억지로 포장 기사를 써야 했었는데, 이제는 가만히 있어도 찬양 기사가 올라왔다.

[유성 게임단은 어떻게 강팀이 되었나?]

[강팀 KL을 꺾고 예선 1위를 차지한 유성 게임단, 예전과는 다르다!]

[주장 이세연으로 구성된 막강 선수단을 파헤쳐 보다.]

밥을 먹지 않아도 배가 부른 기분이었다. 이세연을 주장으로 영입하니 이런 효과가 나오다니. 유 회장은 새로운 감각에 눈을 뜰 것 같았다.

잘하는 선수를 현질로 빼 와서 이기는 이 쾌감!

"크으으…… 크으으으……."

주먹을 쥐고 유 회장은 부들부들 떨었다.

지금 가장 궁금한 건 태현의 얼굴이었다. 사실 유성 게임단이 1위를 찍긴 했지만, 그렇다고 해서 다른 사람들이 팀 KL을 비웃거나 하지는 않았다. 거의 시간 차이도 나지 않은 데다가 이 두 팀이 다른 팀들을 압도하는 기록을 냈던 것이다. 이 두 팀이 본선에서 어떤 기록을 세울지, 어떤 전략을 썼는지 이야기하면 이야기했지 팀 KL을 비웃지는 않았다.

그렇지만 유 회장은 알 수 있었다. 지금 태현의 기분이 어떨지! 제대로 한 대 맞은 기분일 것이다.

"으하하하하! 으하하하! 으하! 으하하하하! 크하하핫! 맛이 어떠냐, 이놈아!"

"오늘은 손님을 부르지 말아야겠습니다."

30분째 웃고 있는 유 회장을 보며 정 비서실장은 결단을 내렸다.

마치 얼음처럼 싸늘한 침묵! 팀 KL의 숙소에 모인 다섯 명. 그러나 아무도 입을 열지 않고 있었다.

그만큼 태현의 분위기가 축 쳐져 있었기 때문이었다.

케인은 최상윤을 쳐다보았다. 그리고 눈빛으로 말했다.

'네가 말 좀 붙여봐.'

'싫어, 임마. 말 잘못 했다가는 내가 덤터기 쓰는데.'

'아니 그보다 왜 저러는 거야? 2위 하면 잘한 거잖아! 난 아까 가족들한테 자랑하고 왔구만!'

순위를 보자마자 신이 나서 가족들한테 자랑부터 한 케인이었다. 그다음 '어? 근데 왜 우리가 2위지?'하고 밖으로 나왔더니……. 미친 저기압을 하고 있는 태현을 발견한 것!

'너랑 쟤랑 같냐?'

'예선 순위는 아무 상관도 없는데!'

'네가 그렇게 말해봐라.'

'싫, 싫어. 진짜 팰 것 같단 말야.'

'설마 그러겠어?'

그들이 침묵의 대화를 나누는 사이 태현은 이를 갈았다.

이세연!

'내가 너무 안일했다. 기록이 안 올라온다고 방심하면 안 되는 거였는데.'

더 단축하려고 노력했으면 충분히 줄일 수 있었을 것이라는 게 화가 났다. 이미 본선 진출이 확정된 상황에서, 쓸데없는 시간을 낭비하기 싫어서 안 한 게 화로 돌아온 것이다.

설마 태현의 속마음을 읽고 마지막 날까지 기록을 안 세우고 있다가 마지막 순간에 달리는 짓을 하는 팀이 있을 거라고는…….

예상해야 했다. 이세연은 충분히 그러고도 남을 쪼잔한 사람이라는 걸!

태현은 심호흡을 했다. 냉정을 되찾기 위해서. 사실 객관적으로 봤을 때 태현이 손해 본 건 아무것도 없었다.

오히려 유성 게임단이 거의 모든 시간을 투자해 가면서 간신히 찍는 동안 태현 팀은 쉽게 찍고 갔으니 이득이라면 이득이라고 할 수 있었다.

그렇지만 사람의 마음은 원래 그렇게 이성적으로만 돌아가지 않았다. 특히 태현과 이세연의 관계에서는 더더욱!

하필이면 이세연에게!!

"태현 님."

가장 먼저 입을 연 건 이다비였다. 케인, 최상윤, 정수혁은 존경의 눈빛으로 이다비를 쳐다보았다.

지금 입을 열 수 있다니!

"왜?"

"본선 진출 축하드려요."

"그러면 뭐 해. 이세연한테 졌는데⋯⋯."

"어차피 목적은 최소한의 노력으로 본선 진출이었지, 1위를 찍는 게 아니었잖아요? 예선 시작 전에 이 조합으로 통과가 괜찮을지 걱정했던 것에 비교하면 엄청나게 좋은 결과라고 생각해요."

옆으로 누워 있던 태현이 은근슬쩍 몸을 일으켰다. 최상윤은 그걸 보고 깜짝 놀랐다.

'생각보다 훨씬 더 대단한 사람이다, 이다비!'

말 몇 마디로 태현을 일으키다니! 케인이라면 절대 하지 못했을 일!

케인은 최상윤이 그를 쳐다보는 눈빛이 왠지 모르게 기분 나빴다.

'이 자식은 왜 날 이렇게 처다보는 거지?'

"그런가?"

"사실 전 이번 조합에서 제가 가장 약점이라고 생각하고 있었는데, 저도 활약할 수 있었다는 것에서 기뻤어요. 그러니까 1위를 못했다고 너무 기분 나빠하지 마세요. 여기 있는 다른 사람들 모두한테 의미가 있었던 일이었으니까요."

진심이 담긴 이다비의 말에 태현도 살짝 흔들리는 표정이었다. 기회라는 걸 깨달은 다른 사람들은 잽싸게 끼어들었다.

"그, 그래! 나도 내가 이 정도까지 할 줄은 몰랐다니까! 본선이나 진출하면 다행이라고 생각했지! 우리가 던전을 얼마나 깼다고!"

"맞아, 맞아! 게다가 조합이라고는 정말 괴랄한 조합이었잖아!"

"맞습니다! 선배님! 제 마법을 아시잖습니까. 재수 없으면 역효과 나는데 저도 걱정 많이 했습니다!"

모두의 말에 태현은 한숨을 쉬며 말했다.

"그래. 맞는 말이야. 괜히 기분 나빠하지 말ㄱ……."

띠링-

문자가 날아왔다. 태현은 저도 모르게 확인을 눌렀다. 그 순간 누르면 안 된다는 직감이 들었지만, 이미 늦어 있었다.

[ㅋㅋㅋㅋㅋㅋㅋㅋㅋㅋㅋㅋㅋ]

"……."

빠직!

태현은 주먹을 불끈 쥐었다. 그 모습에 최상윤은 틀렸다는 걸 깨달았다.

'젠장! 다 됐나 싶었는데!'

"무슨 문잔데?"

"이세연이 날 비웃네."

모두가 조용해졌다.

'와, 그렇게까지 하나?'

'같은 팀이었는데 사이가 왜 저렇게 나쁜 거야?'

이세연 팀원들도, 태현 팀원들도 생각하는 게 비슷했다.

왜 저렇게까지 하지?

평소에는 냉정한데 서로 얽히면 유치해지는 둘!

하지만 태현은 오히려 머리가 차가워지는 기분을 느꼈다. 태현은 핸드폰을 옆으로 집어 던지고 일어났다.

"오히려 덕분에 괜찮아졌어. 그래. 이세연이 처음부터 노리고 있었군…… 더 넘어갈 수는 없지."

여기서 화를 내는 건 이세연에게 말리는 일이었다.

절대 그럴 수는 없다!

"맞…… 맞아! 그런 유치한 수작에 넘어가면 안 돼!"

"맞아, 맞아!"

"맞아요! 아예 차단을 해버려요!"

"일 때문에 그럴 수는 없고. 그래. 본선 때 두고 보자……."

그 말에 케인이 중얼거렸다.

"1위랑 2위 팀이라 정반대 블록인데……."

"쉿. 닥쳐. 좀."

예선 1위 팀은 예선 꼴찌 팀과. 예선 2위 팀은 꼴찌에서 두 번째 팀과. 이런 식으로 본선 대진표가 결정되어 있었고, 1위 팀과 2위 팀은 저 멀리 반대 블록에 놓여 있었다.

만약 만나게 되려면 결승전까지 가야 하는 상황!

물론 지금 그걸 지적하는 게 중요한 건 아니었다.

"됐다. 회식이나 하러 가자."

"!!"

"왜 놀라? 네가 본선 진출하면 회식하자며."

태현의 말에 케인의 얼굴이 환해졌다.

"고기 먹자! 기분이 저기압일 땐 고기 앞으로……!"

"그거 우리 아버지나 하는 낡은 개그니까 하지 마라."

케인은 시무룩해져서 고개를 숙였다.

"다른 사람은?"

"나는 아무거나 다 괜찮아."

"상윤이는 패스고. 수혁이는?"

"저는 단 게 먹고 싶습니다!"

엄격하고 근엄하고 진지한 얼굴로 디저트 먹자고 하니 살짝 당황스러웠다.

"저도 아무거나 괜찮아요."

"왜 다 아무거나 괜찮대? 그러면 뷔페나 가자."

"뷔⋯⋯ 뷔페면 그, 세상에 있는 모든 음식들을 먹을 수 있는⋯⋯ 그런 곳이죠?"

"⋯⋯그, 그 정도까지는 아닌데."

이다비의 질문에 태현은 당황했다. 그건 대체 뭐 하는 곳이야?

"이다비. 촌스럽게 굴지 마. 뷔페 정도는⋯⋯."

"케인. 거기 엘리베이터 타는 거 아니야."

"아, 아니야?"

케인은 엘리베이터에 들어갔다가 안에 층 버튼이 없는 걸 보고 깜짝 놀라서 나왔다. 밖에서 누르고 들어가는 식의 엘리베이터!

다른 사람들이 이상하게 쳐다보고 들어가자 케인의 얼굴이 붉어졌다.

"아니⋯⋯ 여기 엘리베이터가 있으니까⋯⋯ 이거 타면 되는 줄 알았지⋯⋯."

"알겠으니까 변명하지 마⋯⋯."

최상윤이 안쓰러운 눈빛으로 말했다. 이런 상황에서는 변명하면 변명할수록 더 안쓰러워 보였다.

"여기는 호텔이잖아요?"

"호텔 뷔페가 맛있으니까."

"그, 그렇지만 호텔이잖아요? 이런 옷차림으로 와도 되는⋯⋯."

"아무도 신경 안 쓰니까 괜찮아."

이다비는 위아래를 훑어보았다. 청바지에 티셔츠, 점퍼 차림으로 온 게 신경이 쓰였다.

사실 이다비는 이제 가난하지는 않았다. 예전에는 거의 밑 빠진 독 수준으로 매번 번 만큼 빚으로 쭉쭉 빠져나갔지만, 이제는 빚쟁이들이 모조리 사라진 만큼 버는 족족 쌓였다.

　그리고 이다비가 적게 버는 편도 아니었다. 파워 워리어 방송 수입과, 각종 아이템 판매 수입. 이런 걸 합하면 월에 천은 기본으로 넘겼다. 집세라도 내려고 했지만 태현은 정색하며 받지 않으려고 했고…….

　그래서 일단 이다비는 쌓아놓기만 하고 있었다. 하도 절약하는 습관이 들다 보니 뭘 쓰려고 해도 쓸 수가 없는 것!

　이다비가 계속 신경 쓰는 것 같자 태현은 케인을 가리켰다.

　"쟤 봐. 너보다 훨씬 더 대충 입었어."

　"그러네요!"

　불안해하던 이다비도 안심하게 만드는 케인의 모습!

　자기보다 더 불안해하는 사람이 있으면, 사람은 오히려 안심이 되는 법이었다.

　"안녕하세요!"

　멀리서 이다솔, 이다샘 두 동생이 나타나자 이다비는 깜짝 놀랐다. 쟤네가 왜 여기에 있지?!

　"내가 불렀는데?"

　"네?! 왜요?!"

　"왜냐니…… 우리끼리만 맛있는 거 먹으면 좀 그렇잖아."

　태현은 당연한 걸 왜 묻냐는 얼굴로 물었다. 이다비는 동생들을 노려보았다.

'먹고 싶은 게 있으면 나한테 말해야지!'

두 동생은 슬슬 시선을 피해 태현의 뒤로 숨었다. 태현은 그걸 알아차리고 말했다.

"너무 그러지 마. 내가 사주고 싶어서 불러낸 거니까. 잘 지내고 있지?"

"네!"

"너희 언니한테만 일 시키는 건 아니고?"

"집안일은 저희가 해요."

"특히 요리는…… 앗."

동생들의 말에 이다비의 얼굴이 붉어졌다. 그걸 깨달은 동생들이 말을 멈췄다.

"아, 아니. 언니가 요리를 못하는 게 아니라요. 하면 잘하는데 안 하는 거라……."

"맞아요!"

"그만해……."

이다비는 어깨를 축 늘어뜨리고 말했다.

식사는 만족스러웠다. 케인은 신이 나서 이것저것 다 쌓아 올리면서 갖고 오고 있었다.

그걸 보면서 태현은 생각했다.

'생각해 보니 요즘 다 이상한 것만 먹은 기분이야.'

'먹으려고 판온을 한다'라는 말이 있을 정도로, 판온에는 맛있는 음식이 많았다. 그렇지만 태현은 요즘 일부러 먹으려고 해도 먹기 힘든 괴식 요리만 먹은 기분이었다.

'역시 스타우 때문이야. 그놈 빨리 보내 버려야지.'

잡으라는 영지 내 사치스러운 요리는 안 잡고 괴식 요리나 유행시키는 놈!

"손님. 죄송합니다. 여기 있는 건 장식품이라 먹을 수 없어요."

"그…… 그래요? 죄, 죄송합니다."

멀리서 케인이 떠드는 소리를 들으며, 태현은 앞으로의 계획을 세웠다. 던전 공략 대회야 시간을 꽤 적게 잡아먹는 대회였다. 다른 퀘스트들을 진행하면서 할 수 있는 대회!

'음…… 아키서스의 권능 스킬을 더 찾아볼까, 아니면 다른 기본 스킬들을 좀 더 강화시켜 볼까…….'

가장 먼저 고급 검술을 최고급 검술로 만들고 싶었다.

현재 태현의 주 무기 중 하나인 검!

그 검술 스킬을 올리는 건 당연한 일이었다.

'끙. 역시 관련 스킬이 없으니까 검술 스킬 성장이 더딘 느낌이야…… 어쩔 수 없지만.'

여기서 더 많은 걸 바라면 솔직히 도둑놈 심보였다.

'마법 스킬도 올려야 하는데. 〈언령〉 스킬 덕분에 이것저것 잡다한 마법을 익힐 필요는 없지만, MP 소모량이 너무 심해.'

〈언령〉 스킬은 어지간한 마법은 다 커버가 되는, 무시무시한 범용성을 자랑하는 사기 스킬이었다. 그렇지만 그런 만큼

MP 소모가 격렬했다.

'MP 회복 옵션이 달린 아이템을 찾고, MP 회복 관련 스킬을 얻어야 해. 다시 마탑으로 가야 하나?'

시간은 제한되어 있는데 해야 하는 건 많은 상황.

가장 필요한 걸 정해야 했다. 아키서스의 권능 스킬을 찾을 것이냐, 검술 스킬을 더 빠르게 강화시킬 방법을 찾을 것이냐, 마법 스킬을 보완할 방법을 찾을 것이냐…….

웅웅-

핸드폰이 울렸다. 태현은 눈쌀을 찌푸렸다.

설마 이세연이 또 조롱하는 전화를 거는 건 아니겠지?

그러나 전화를 건 것은 이세연이 아니었다. SI 엔터의 김 매니저였다.

-태현 씨! 안녕하십니까!

"아. 네."

사실 별로 안녕하지 못했지만 일단은 안녕하다고 대답했다.

-다름이 아니라 3월에 다시 대학교에 다닌다고 들었는데, 그게 맞나요?

"맞습니다만?"

-그러면 곧 바빠지겠군요!

"아뇨, 그 정도까지는 아닌데…… 어차피 일주일에 한 번 정도 나갈 거니까."

태현은 이미 최대한 날로 먹을 계획을 세워놓고 있었다.

-아닙니다. 사람 일이란 게 아무리 그래도 바빠지게 마련!

"네…… 뭐…… 바빠진다 치고요?"

-그전에 시간을 많이 잡아먹을 방송을 미리 나가야 하지 않겠습니까!

"……뭔데요?"

-아주 시청률도 좋고, 태현 씨도 아는 사람도 나오는 방송이니 걱정은…….

"매니저님. 저를 호구로 보는 건 아니죠?"

-……〈생존의 법칙〉입니다!

생존의 법칙. 심플하고 간단한 콘셉트의 방송이었다.

출연자들을 무인도에 데려다 놓고 1박 2일!

물론 태현이 그걸 좋아할 리 없었다.

"전 판온에서 이미 충분히 생존의 법칙을 찍고 있습니다만."

-끊, 끊지 마세요!

"아무래도 자네가 나서야겠어."

"예? 제가 말입니까?"

"그래. 자네라면 김태현을 설득할 수 있을 거야. 원래 웃는 낯에 침 못 뱉는다지 않나?"

이동팔 대표는 그렇게 말하며 김 매니저의 어깨를 두드렸다.

"김태현 씨는 웃는 낯에 충분히 침 뱉을 수 있는 사람 같……."

"자네도 승진할 때가 됐지?"

"……열심히 해보겠습니다. 그렇지만 대표님이 말씀하시는 게 더 설득력이 있을 것 같습니다만……."

"내가 먼저 말을 해서 괜히 욕을 먹을 필요가 있나."

"네?"

"아무것도 아니야."

일이 이렇게 된 건 〈혼자 사는 인간들〉의 PD 때문이었다.

태현이 나오고 팀 KL의 숙소까지 단독 공개를 하자, 〈혼자 사는 인간들〉의 그 편은 시청률이 하늘을 찔렀다. 내부에서 '잘 했어! 정말 잘 짜냈어! 그 게임밖에 모르는 인간들 정말!'이라며 회식을 몇 번이고 했다는 소문이 돌 정도로.

그렇게 되자 그 PD와 친한, KBC 방송사의 〈생존의 법칙〉 PD가 애가 탄 것이다. 태현의 몸을 보고 예전부터 탐내오고 있었는데 〈생존의 법칙〉은 안 나가고 〈혼자 사는 인간들〉은 나가다니!

-대표님. 저희가 싫으세요? 저희가 싫으신 거죠!

"아, 아니. 왜 그렇게 생각하시죠?"

-〈생존의 법칙〉은 안 내보내시잖아요! 저는 SI 엔터 연예인들 좋게 보는데 너무하잖아요!

'아니, 당사자가 나가기 싫다는데 나보고 어쩌라고…….'

태현이 나가기 싫어서 어쩔 수 없었다고 말해도 PD는 믿지 않았다.

-시청률 1위를 찍고 있는 이 프로그램에 나가기 싫어하는 연예인이 어디 있어요!

"······."

-이번에 판온 대회 예선 끝난 거 봤어요. 제가 김태현 씨 팬인 거 아시면서! 지금 내보내주세요! 지금이 딱이라고요!

대회 예선이 끝나고 사람들의 관심이 한참 뜨거워진 지금!

이때 태현을 내보낸다면 〈혼자 사는 인간들〉 PD 따위는 콧대를 꺾어버릴 수 있었다. 그리고 〈생존의 법칙〉 PD는 훨씬 더 야망이 컸다.

-이세연 씨도요! 둘이 같이 나오면 시너지 효과가 두 배⋯⋯ 아니, 몇 배는 더!

"걔는 프로니까 말만 잘 통하면 출연할 겁니다. 그건 걱정하지 않으셔도 됩니다."

-김태현 씨도 프로 아닌가요?

"김태현은⋯⋯ 음⋯⋯ 으음⋯⋯ 으으음⋯⋯."

이동팔은 뭐라고 말을 잇지 못하고 끙끙댔다.

이걸 연예인이라고 봐야 하나?

어쨌든 이렇게 된 이상 태현을 설득해 봐야 할 것 같았다. 보아하니 PD는 상당히 진심으로 보였던 것이다.

방송사 PD들과 사이가 나빠져서 좋을 게 없었다.

'어렵긴 하지만 잘 말하면 설득해 주겠지.'

"조카야. 부탁이 있는데⋯⋯."

-삼촌. 방금 김태현 이기고 'ㅋㅋㅋㅋㅋ'라고 보냈어요!

"왜 그런 무의미한 짓을?!"

하필이면 지금 상황에!

이세연이 말하면 '응~ 너 혼자 많이 나가~'라는 반응이 나올 게 뻔했고, 이동팔이 말해도 '사장님 조카나 많이 내보내십쇼'라는 반응이 나올 것 같았다.

특히 '카'에 발음을 강하게 실어서!

결국 이럴 때 나서기 좋은 사람은 김 매니저였다. 태현의 성격상 아무 잘못 없는 김 매니저한테까지 화를 내지는 못하겠지!

그 예상은 맞아떨어졌다. 태현은 김 매니저한테까지 화를 내지는 않았다. 물론 그렇다고 흔쾌히 수락하지는 않았다.

-근데 제가 아는 사람도 나온다니, 누구죠? 저 아는 사람 별로 없는데. 〈혼자 사는 인간들〉에서 만난 사람들인가요?

'그 사람들 귀찮은데.'

태현만 만나면 사람들이 하는 소리가 있었다.

언제 한번 판온 같이 하죠!

〈혼자 사는 인간들〉에서 태현은 그 말을 듣고 '제가 폭탄으로 만들어도 괜찮나요?'라고 물었다.

다른 사람들은 다 농담인 줄 알고 웃었다.

'저놈 저거 진심이다!'

케인은 진심이란 걸 깨닫고 경악했지만!

어찌 되었든 간에, 태현의 경험을 봤을 때 게임을 못 하는 사람들과 같이 게임을 하는 건 대체로 결과가 좋지 못했다.

대학교 때도 한 번 그랬다가 싸움까지 나지 않았던가. 다행히 김 매니저가 말한 사람들은 그런 사람들이 아니었다.

-아닙니다!

"오. 누구죠?"

-물론 이세연 씨…….

뚝-

-김태현 씨? 김태현 씨?!

결국 김 매니저는 다시 전화를 걸어야 했다.

-태현 씨. 잘 들어보세요.

"잘 듣고 있습니다."

-이세연 씨가 만약 혼자 나가게 된다면…… 분명 이번 대회 관해서 혼자 말하게 될 겁니다. 이세연 씨가 대회에 관해서 혼자 말하게 되면 너무 유리하지 않겠습니까!

김 매니저는 스스로에게 놀라고 있었다. 본인에게 이런 수완이 있었다니!

태현도 살짝 감탄했다. 그냥 착한 사람인 줄 알았는데?

"확실히 일리가 있는 말이긴 하네요."

-그렇죠!? 저도 말하고서 그렇게 생각했습니다!

"무인도에서 찍는 거니까 이세연을 밀어버릴 수도 있고……."

-…….

"농담이거든요."

-아, 네. 그렇죠? 저도 농담이라고 생각했습니다!

김 매니저는 이마에서 나오는 진땀을 닦았다.

To Be Continued

만 년 만에
귀환한
플레이어

나비계곡 퓨전 판타지 장편소설
WISHBOOKS FUSION FANTASY STORY

어느 날, 갑작스럽게 떨어진 지옥.
가진 것은 살고 싶다는 갈망과 포식의 권능뿐.

일천의 지옥부터 구천의 지옥까지.
수십만의 악마를 잡아먹고 일곱 대공마저 무릎 꿇렸다.

"어째서 돌아가려 하십니까?"
"김치찌개가… 김치찌개가 먹고 싶다고."

먹을 것도, 즐길 것도 없다.
있는 거라고는 황량한 대지와 끔찍한 악마뿐!

"난 돌아갈 거야."

「만 년 만에 귀환한 플레이어」

崑崙
霸仙
곤륜패선

윤신현 신무협 장편소설
WISHBOOKS ORIENTAL FANTASY STORY

선대의 안배로 인해 시공간의 진에 갇힌
곤륜의 도사 벽우진.

"……뭐야? 왜 이렇게 되어 있어?"

겨우겨우 탈출해서 나온 그의 눈에 보이는 것은!

"정말, 정말 멸문했다고? 나의 사문이? 천하의 곤륜파가?"

강자존의 세상, 강호.
무너진 곤륜을 재건하기 위해 패선이 돌아왔다!

곤륜패선(崑崙霸仙)

'이왕 할 거면 과거보다 더 나은 곤륜파를 만들어야지.'

9클래스 소드 마스터

이형석 퓨전 판타지 장편소설
WISHBOOKS FUSION FANTASY STORY

검성(劍聖), 카릴 맥거번.
검으로 바꾸지 못한 미래를 다시 쓰기 위해
과거로 돌아오다.

이민족의 피로 인해 전생에 얻지 못한 힘.

'이번 생에 그걸 깨주겠다.'

오직 제국인들만이 사용할 수 있었던,
그 힘을!

'나는 마법을 익힐 것이다.'

이제, 검(劍)과 마법(魔法).
두 가지의 길 모두 정점에 서겠다.

9클래스 소드 마스터: 검의 구도자

목마 퓨전 판타지 장편소설
WISHBOOKS FUSION FANTASY STORY

무공을 배우다

"무(武)를 아느냐?"

잠결에 들린 처음 듣는 목소리에 눈을 떴을 때,
눈앞에 노인이 앉아 있었다.

"싸움해 본 적 있나?"
"없는데요."

[무공을 배우다.]

20년 동안 무공을 배운 백현,
어비스에 침식된 현대로 귀환하다!

'현실은 고작 5년밖에 지나지 않았다고?'